삼월이의 **간호사 이야기**

그렇게 우리는
간호사가
되어간다

그렇게 우리는 간호사가 되어간다

초판 1쇄 발행일 2019년 7월 20일
초판 2쇄 발행일 2020년 3월 26일

글   김혜선
펴낸곳   도서출판 유심
펴낸이   구정남·이헌건
마케팅   최진태

주소   서울 은평구 통일로 684 서울혁신파크 미래청 303B(녹번동)
전화   02.832.9395
팩스   02.6007.1725
URL   www.bookusim.co.kr
등록   제2017-000077호(2014.7.8)

ISBN   979-11-87132-40-0 03810
값   15,000원

이 도서는 한국출판문화산업진흥원 '2019년
우수출판콘텐츠 제작 지원' 사업 선정작입니다.

삼월이의 **간호사 이야기**

그렇게 우리는 **간호사가 되어간다**

글 김혜선

도서출판 유심

지저귐이 아름다운 새, '나이팅게일'
병원의 현장을 노래하는 간호사 '나이팅게일'

『그렇게 우리는 간호사가 되어간다』를 쓴 김혜선 작가는 우리 연구원에서 인문학을 공부할 때부터 동기들이 지어준 이름, 삼월이, 봄 같았다. 밝지만 과하지 않고, 조용하지만 말을 해야 할 때는 침묵하지 않았다. 그녀의 글 세상은 이미 니체가 말한 어린아이에 이르러 긍정과 자유를 넘나들었다.

짧지 않은 세월을 지켜보며, 봄 햇살 같은 그녀에게는 '간호사'가 천직인 듯 어울린다고 여겨졌다. 이 책은 간호사로서 나이팅게일 선언을 하고 줄곧 현장을 지켜온 그녀가, 문학작품과 전설에 자주 등장하는 아름다운 목소리의 나이팅게일처럼 간호사의 일상을 노래한 책이다.

소록도에서 40여 년을 한센인을 위해 봉사하다가 고령에 이르자 2005년 11월 편지 한 장을 남긴 채 오스트리아로 돌아간 간호사들이 있다. 마리안느 스퇴거(Marianne Stoeger·85)와 마가렛 피사렉(Margareth Pissarek·84). 두 간호사는 1962년, 1966년에 생면부지의 한국에 도착해 고국으로 돌아가기까지 소록도의 병원에서 40여 년간 일했다.

두 사람은 어떤 동기로 오랜 시간을 같은 동포에게조차 소외당하던 나

환우들을 돌볼 수 있었던 걸까. 간호사들은 간호학과를 졸업할 때 그들의 대선배, 크림전쟁 때 야전병원에서 몸과 마음을 바쳐 환자들을 돌본 영국의 간호사, 이로써 간호학의 시초가 된 나이팅게일 때부터 전해온 '나는 일생을 의롭게 살며 전문 간호직에 최선을 다할 것'이라는 '나이팅게일 선서'를 한다. 선서가 필요할 만큼, 인간애를 잊지 않아야 실천 가능한 현장이 그들의 일터이기 때문이다.

저자는 언제 들어도 그 지저귐이 평화로운 새, 나이팅게일처럼 간호사 '나이팅게일'의 너그러움으로 병실을 얼싸안고 있다. 때로 급박하고 때로 처연하고 때로 수없는 돌봄이 필요했을 현장의 엄숙한 일상을 평화의 목소리로 노래한 책 『그렇게 우리는 간호사가 되어간다』.

자신을 도와주고 일으켜주는 주변의 사람들, '반짝이는 별'들이 있기에 여기까지 올 수 있었다는 그녀. 캄캄한 밤을 밝혀주던 그 빛으로 위로를 받았듯, 간호 현장의 선후배, 간호사들에게 이 책이 위로가 되기를 바란다는 저자의 말처럼 특히 병원 현장의 특수성에서 '돌봄의 부침'을 겪는 동료 간호사들에게 『그렇게 우리는 간호사가 되어간다』의 완독을 권한다.

'나의 간호를 받는 사람들의 안녕을 위하여 헌신하겠습니다.'

나이팅게일의 선서와 현장의 노고로 맑음과 흐림의 경계를 오가는 수많은 동료들에게 응원을 전하는 삼월이의 책이다.

정 예 서_함께성장인문학연구원 원장

반짝이는 별
- 그대를 사랑합니다

언젠가는 나의 이야기를 글로 써보고 싶었습니다. 간호사로 지내온 이야기를 도란도란 주변의 이들에게 전해주고 싶었습니다. 여러분이 있었기에 나의 시간이 행복했노라고, 감사했노라고 말해주고 싶었습니다.

시인 마종기 님은 사람과 사람이 만나 좋아하면 두 사람 사이에 물길이 트인다고 했습니다. 물길이 트이면 그 사이로 사람의 마음이 조금씩 흘러가죠. 처음에는 짧고 얼마 되지 않는 물길이지만 마음이 흘러들기 시작하면 길은 넓어지고 깊어집니다. 저쪽에서 슬프거나 힘들어하면 물길을 타고 내 마음으로 전달되어 나 또한 아파집니다. 바쁠 때는 가뭄이 든 것처럼 물길이 약해지기도 합니다. 하지만 조급해할 것 없습니다. 여유로운 쪽에서 물을 조금 더 흘려 보내주면 되니까요. 한껏 기쁠 때는 물길이 파도처럼 출렁이며 요동치기도 합니다. 그럴 때는 튜브를 타고 즐겁게 놀며 기쁨을 나누면 됩니다.

나와 물길이 이어진 이들은 나의 반짝이는 '별'입니다. 고미숙 작가의 책을 읽다가 다음과 같은 내용을 만났습니다.

현대 물리학에 따르면 몸을 구성하는 성분은 탄소, 수소, 질소이며 이

요소들은 별에서 만들어졌다고 하는군요. 그렇다면 나도 '별'이 되고 당신도 '별'이 되는 겁니다. 평소에 나는 내 주변의 이들이 반짝이는 별이라고 생각했습니다. 별과 나 그리고 내 주변의 이들이 내 생각에서뿐 아니라 물리학적으로도 연결이 되어 있다는 사실을 알게 되니 기분이 좋아졌다는 그녀의 글에 깊이 동감했습니다. 나 혼자 감성적으로 느꼈던 것을 이론상으로도 사실임을 알게 되었으니까요. 그때의 기쁨의 농도는 진했습니다.

간호사가 되어 지내온 시간은 내 주변의 '별'들과 물길을 만들고, 깊이를 더하고, 같이 노니는 시간이었습니다. 그 물길 안에서 지금까지 쭉 같이 가는 이들도 있고, 물길이 제대로 만들어지기도 전에 헤어진 이들도 있습니다. 또 지금 막 물길이 트이려고 하는 이도 있으며 물길 자체를 만들지 않으려고 내가 먼저 피했던 이도 있습니다. 우리가 살아가는 이야기는 곧 물길 굽이굽이에서 만나는 사람들의 이야기가 아닌가 싶습니다. 그중에서 나는 간호사로서 내가 만난 이들에 대해 써보고 싶었습니다. 간호사로서 만나는 사람들은 다른 현장에서는 쉽게 접할 수 없는 이들이 많으니까요.

문학은 남이 되어 보는 연습이라고 합니다. 간호사가 되어가는 것 또한 남이 되어 보는 연습인 것 같습니다. 문학을 많이 접하면 다양한 인생들을 간접적으로 만나게 됩니다. 간호사가 되어가는 건 직접 만나는 거고요. 그러기에 간호사는 다양한 인생들에 대한 폭넓은 이해가 필요합니다. 인생은 너무도 다양하거든요.

장영희 작가는 『어떻게 사랑할 것인가』에서 하버드 대학에 교환교수로 갔을 때의 일화를 썼습니다. 여러 분야의 교수님들이 모인 회식 자리에서 의대 교수님과 이야기를 나누게 되었는데, 영문학을 전공한 장영희 작가보다 문학에 대해 더 해박했다고 합니다. 알고 보니 하버드 의대에서는 교양과정이 거의 다 문학으로만 되어 있다는 것입니다. '의학을 전문으로 하는 사람이 왜 문학을 공부해야 할까'라고 물었더니, 그분은 어떻게 그런 질문을 하느냐는 눈빛으로 장영희 작가를 보더니 이런 대답을 해주었다고 합니다.

"…… 내가 누군가를 치료한다는 것은 환자의 마음까지 포함하는 것이죠. 그러니 그 사람의 마음을 알 수 있어야 그 사람을 잘 치료할 수 있는 것 아닐까요? 나는 사람의 마음을 읽는 법을 문학에서 배웠습니다. 의사가 되기 위해서 문학은 필수적인 것입니다."

거기에 덧붙여 의사뿐만 아니라 어떤 직업을 갖더라도 문학은 인간다움을 이해할 수 있는 기본 학문이라고 했답니다. '어떻게 살아가야 할 것인가'를 문학을 통해 배울 수 있기 때문이죠.

그렇다면 과연 간호사로서 나는 '어떻게' 살아가야 할까요?
직업의 하나로, 밥벌이 수단의 하나로 치부하기엔 묵직한 무언가가 나를 잡아끕니다. 나에게 '간호사'는 지평의 확장을 가져다준 계기이자 세상을 바라보는 프리즘이었습니다.
간호사로 살며 다양한 사람들을 만났고, 삶과 죽음에 대해 생각해보게 됐고, 환자들이 생존을 위해 힘겹게 사투하는 모습을 바라보면서 소소하고 소박한 내 일상이 얼마나 귀한 것인지 알게 되었습니다. 잠자리에서 일어나 이부자리를 내 힘으로 정리하고 일터로 나와 누군가의 아픔을 어루만지며 일한다는 건, 어찌 보면 하늘이 준 축복이라 여겨지기도 했습니다. 다양한 삶을 전부 이해할 수는 없지만 그 입장이 되어 보려고 다가가는 것, 그것이 간호사로서 살아가는 게 아닐까 싶습니다.

　새벽 1시가 다 되어가는 이 시간.
　지금도 병원에서는 간호사들이 불을 밝힌 채 피곤함을 이기며 일하고 있을 것입니다. 그들의 고단함과 어려움을 잘 알기에 미안함과 고마움을 전하고 싶습니다. 누군가에게 온기를 전하기 위해서는 나 자신부터 먼저 따뜻함이 충전되어야 합니다. 그리고 우리 간호사들 역시 따뜻한 위로와 격려가 필요합니다. 작은 온기지만, 이 책을 통해 우리 간호사들에게 따뜻함이 전해지길 소망합니다. 나의 글이 그대들의 고단함을 조금이나마 덜어주길 소망합니다. 그리고 따뜻함으로 채워진 그대들이 옹달샘이 되고 시냇물이 되기를 바랍니다. 물이 흐르는 곳에서는 생명이 피어나니까요. 그대들로 인해 그곳에서 이야기가 피어나고 사랑이 솟아나길 소망합니다. 사랑하고 축복합니다.

| 목차 |

1부

나이팅게일을 꿈꾸다

그렇게 우리는 **간호사가**
되어간다

1부

나이팅게일을
꿈꾸다

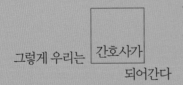

그렇게 우리는 간호사가
되어간다

스무 살의 나,
간호사를 꿈꾸다

　우리나라의 고3들이 대부분 그렇듯 그 시절의 나도 대학을 가야겠다는 생각만 있었을 뿐 특별한 꿈이 없었다. 점수에 맞춰 대학에 들어갔다. 전공은 사회사업이었다. 다행히 대학 생활은 재미있었고, 그때 만난 친구들은 참 좋았다. 방학 동안에 떨어져 있으면 아쉬워 일부러 건수를 만들어 우르르 몰려다닐 정도로 말이다. 전공이 재미없거나 싫진 않았지만 '내가 이걸 계속해도 좋을까?'에 대한 확신은 없었다.

　2학년 여름방학 그리고 외할머니의 입원. 나는 잠깐 동안 보호자로 병원 생활을 하게 됐다. 시간이 더디 가던 그때, 누군가가 켜놓은 병실의 TV에서는 의학 드라마가 나오고 있었다. 멍하게 모니터를 응시하던 나는 이내 빠져들었다. 내가 모르는 분야의 이야기가 흥미로웠다. 내 주변에는 의료계에서 일하는 사람이 없었고, 병원을 몹시도 꺼리던 나였기에 이쪽 분야는 관심 밖이었다. 하지만 보호자로서 병원에 있어서인지 호기심이 발동했다.

　TV 속에서 만난 의료 분야는 새로운 세계였다. 아픈 사람들의 이야기였으나 어둡지 않았고 의료진들의 모습 또한 다채로웠다. 병원이라는 환경 안에서 자기가 맡은 일을 해내면서 자신의 속도대로 살아가는 이들을 보며 '나도 저 안에서 일해보고 싶다'라는 마음이 조금씩 싹터갔다.

　할머니가 잠드신 어느 날 새벽, 나는 병실 복도의 자판기에서 커피를 뽑아 들고 창으로 다가가 밖에 펼쳐진 야경을 바라보았다. 창유리에는 밤을 하얗게 지새며 분주히 일하는 간호사들의 모습이 비쳤다. 창밖의 고요한 새벽 풍경과 묘하게 뒤섞인 그 상황이 의미 있게 다가왔다. 모두 잠든 시간에 불을 밝히며 일한다는 것이 '소명' 없이는 안 되는 일처럼 내 마음을 강하게 끌어당겼다.
　나는 9시 출근, 6시 퇴근이 아닌 직업을 갖고 싶었다. 그런 나에게 남들이 자는 시간에 깨어 일하고 남들이 일하는 시간에 쉬는 간호사의 삼교대 근무 형태는 상당히 매력적이었다. 밤을 밝히며 일한다는 건 잠든 구두장이 할아버지를 위해 꼬마 요정들이 가죽을 다듬고, 바늘로 한 땀 한 땀 꿰매고, 못을 박아 멋진 구두를 만들어주는 동화 속 아름다운 이야기처럼 다가왔다. 나이트 근무가 사실은 무척 고단한 일이라는 것 그리고 간호사들의 사직 이유 중 큰 비중을 차지한다는 걸 그때는 전혀 몰랐다. 몰랐으니 겁 없이 덤빌 수 있었다. 간호사가 되기 전까지는 놀면서도 밤을 새워본 적이 없던 잠꾸러기였지만, 발령받은 후부터는 긴 밤을 꼬박 새우며 일하는 철인 간호사가 되었다.

　여름방학이 끝나갈 무렵 2학년 2학기 등록을 앞두고 나는 과감히 일을 저질렀다. 등록금으로 부모님 몰래 노량진 입시학원과 독서실 이용권을 끊었다. 대학생은 수업시간이 자유로웠기에 부모님 몰래 학원을 다니는 데 큰 어려움이 없었다.

노량진 입시학원은 별나라였다. 한 과목당 한 달이면 정리가 됐다. 3년 동안 배운 내용을 한 달 만에 압축하여 이해하기 쉽게 가르치는 선생님들의 실력에 저절로 감탄이 나왔다. 수백 명의 학생이 동시에 수업을 듣는 것도 신기했고, 자리를 맡기 위해 수업 시작 한참 전에 미리 와 있는 모습도 생소했다. 강의실에 빽빽이 앉은 학생들을 바라보면서 '나야 내가 하고 싶은 바가 있어서 이곳에 스스로 왔지만 어쩔 수 없이 재수, 삼수, 사수를 하는 이들은 마음이 참 힘들겠구나'라는 생각이 들었다.

다행히 입시학원의 수업은 재미있었다. 고등학교 때와 달리 스스로 몰입한 덕분이기도 했고, 전문적으로 강의하는 선생님들 덕분이기도 했다. 물리와 화학이 재미있게 느껴진 건 그때가 처음이었다. 학원 안에서 우연히 만난 고등학교 동창 몇으로부터 그곳 생활에 대한 팁을 많이 얻었다. 친구들은 삼수를 하는 입장이라 처음엔 나를 꺼렸다. 그러나 그것도 잠시, 우리는 이내 같이 붙어 다녔고, 각자의 목표를 향해 노력하며 시간을 채워 나갔다.

동네 독서실에서 나는 옆자리에 앉은 아이와 몇 마디 이야기를 나누다가 친해졌다. 당시 고3이었던 그 아이의 이름은 윤애. 휴학을 하고 다시 공부하는 내가 이해되지 않는다는 듯 말했다.

"언니, 이 지겨운 공부를 뭐 하러 또 해? 그냥 빨리 졸업하고 취업하지."
"나도 고3 때는 너랑 같았어. 얼른 탈출하고 싶었지. 그런데 대학 가니까 아니더라고."

나는 웃으며 대답했다.

수능을 100일 정도 앞두고 다시 공부를 시작한 나는 간호전문대를 목표로 잡았다. 당시 전문대에 다니고 있던 고등학교 친구는 "뭐 하러 다시 공부해서 전문대를 가냐? 기왕 갈 거면 4년제로 가" 하고 조언했다. 하지만 친구의 이야기는 귀에 들어오지 않았다. 늦게 들어갔으니 1년 빨리 졸업해야 한다고 생각했기 때문이었다. 나의 목표는 '국립의료원 간호대학'이었다. 국립, 3년제, 다른 대학의 3분의 1밖에 되지 않는 등록금 등은 나의 조건에 딱 맞았다. 특히 부모님께 비밀로 한 공부라 경제적 부담을 드리고 싶지 않았다.

수능 점수는 괜찮게 나왔지만 마음먹은 대로 밀어붙였다. 경쟁률이 거의 40대 1로 40명을 뽑는데 1,600명 정도가 왔다. 면접 때 교수님께서는 "인연이 되어 꼭 다시 만났으면 좋겠어요. 그런데 지원자들 점수가 워낙 높아서 붙을지 모르겠네요" 하셨다. 너끈하게 합격할 줄 알았던 나는 마음이 조마조마했다. 다행히 합격 통보를 받고 교수님을 다시 뵐 수 있었다. 발표가 난 후, 부모님께 간호대에 합격한 것과 한 학기 등록금을 부모님 몰래 학원비로 썼음을 실토했다. 부모님은 놀랐지만, 한편으로 기특해하셨다. 그날 밤, 나는 오래간만에 두 발 쭉 뻗고 편히 잠들 수 있었다.

독서실에서 공부하던 어느 날, 윤애가 다가와 이어폰을 귀에 끼워주며 조용한 목소리로 말했다.

"언니, 이 음악 들어봐. 내가 좋아하는 노래야."

보이존(Boyzone)의 'Love me for a reason'. 처음 들었음에도 낯설지 않고

편안한 느낌을 주었던 이 음악은 그 후부터 나의 스무 살을 일깨워주는 곡이 되었다. 지금도 이 노래를 듣고 있노라면 스무 살의 풋풋한 나를 만나러 가는 것처럼 느껴진다.

간호사를 하고 싶다는 꿈을 꾸면서 무작정 휴학하고 입시학원에 등록하던 나,

캄캄한 독서실에서 불을 밝히며 홀로 공부하던 나,

다소 들뜬 기분이면서도 뭔가 불안해했던 나,

그러면서도 태연한 척해야 했던 나,

'잘할 수 있을까?'와 '잘할 수 있을 거야!' 사이에서 고민하던 나,

그리고 잠을 깨기 위해 커피 한 잔을 손에 쥐고 새벽하늘의 별을 바라보던 스무 살의 나를 만나러 말이다.

간호사 생활에 지치고 힘들 때면 나는 이어폰을 귀에 꽂고 휴대폰 음악 폴더에서 'Love me for a reason'을 찾아 플레이를 누른다. 전주가 나오기 시작하면 천천히 스무 살, 그때의 나를 다시 만나러 간다. 간호사인 지금의 내가 간호사를 하고 싶다는 꿈을 가졌던 그때의 나를 만나러 말이다. 스무 살 때는 앞으로의 내 모습이 어떨지 가늠이 되지 않았다. 하지만 스무 살 때의 꿈을 이룬 지금의 나에게 나는 조용히 속삭여준다.

"잘하고 있어, 혜선아. 많이 힘들지만 조금만 지나면 나아질 거야. 기운 내."

간호학과를
지망하려는 이들에게

원하던 간호학과 학생이 됐다. 내가 선택해서 왔지만, 대학생 분위기를 하나도 느낄 수 없었다. 그야말로 '간호사 양성소' 같은 기분.

캠퍼스 따윈 없었다. 병원 옆에 멋없이 서 있는 9층 건물 하나가 우리 간호대학 건물이었다. 그것도 건물 전체가 아니었다. 1, 2층은 강의실, 3층은 교수실 및 행정실, 4층은 동아리 방이면서 탈의실이었다. 여기까지가 우리가 사용할 수 있는 공간이었다. 그리고 강의실을 옮겨 다니며 수업을 듣는 게 아니라 고등학교 때처럼 교수님들이 시간 맞춰 강의실로 오는 시스템이었다.

공강 하나 없이 오전 9시부터 오후 5시 30분까지 빡빡하게 채워진 수업 시간표. '이게 무슨 대학생이람?' 그나마 나는 캠퍼스가 있는 학교에서 빈 강의시간을 여유롭게 즐기는 대학 생활을 누려봤지만 캠퍼스의 낭만을 꿈꾸며 입학한 현역 동기들은 실망을 많이 했다. 실제로 자신과 맞지 않는다며 그만두고 나간 동기도 있었고, 그만두지는 않았으나 적응하지 못한 동기도 있었다.

1학년 때는 실습 없이 수업만 받았다. 수업량은 어마어마했고 시험범위도 광범위했다. 해부학과 생리학은 수업을 들어도, 책을 봐도 어려웠다. 일단은 외울 수밖에 없었다. 시험도 장난이 아니었다. 시험지에 메워야 할 분량은 많았으나 나의 머리와 손은 움직여주지 않았다. 다른 대학을 졸업했거나 직장에 다니다가 온 언니도 여럿이었는데, 정말 공부를 열심히 했고 상위권을 거의 휩쓸었다. 나는 겨우 명맥만 유지하는 수준. 해부학은 재시를 봤는데도 점수가 좋지 않아 또다시 시험을 봐야 할 위기에 처하기도 했다. 답답했다.

1학년 성적을 기준으로 상위 50%만 보건교사 실습을 할 수 있었다. 실습을 해야 자격증이 나오는데, 나는 50% 안에 들지 못했다. 간호사로 근무하던 어느 날, 교수님께 전화가 왔다.

"혜선아, A 학교 보건교사 자리가 났는데 시험 한번 봐라."
"네? 아, 저…… 교수님. 말씀 감사한데요, 어쩌죠! 제가 보건교사 자격증이 없어요."
"………"

민망했다. 나를 생각해서 전화를 주셨는데 자격이 안 되니 말이다.

예전이나 지금이나 높은 취업률 때문에 간호학과를 선택하는 학생들이 많다. 그리고 실제로 간호사는 취업이 잘 되고 일할 곳도 많다. 2014년의 경우, 간호학과 졸업자 1만 6,727명의 취업률은 84.4%, 3년제 졸업생도 86.4%의 취업률을 나타냈다. 그만큼 수요가 많다는 의미다. 왜 그럴까? 정답은 높은 사직률과 수많은 유휴 간호사 때문이다. 또 메르스 사태 이후 정부의 감염관리 정책, 간호·간병 통합서비스 확대 시행 등으로 간호사 수요가 급증하면서 때아닌 구인난에 허덕이는 병원이 느는 것도 원인 중 하나다.

2015년 보건의료 빅데이터에 의하면 간호사로 일하고 있는 사람은 총 15만 8,244명이고 이 가운데 9만 명 정도가 상급종합병원 및 종합병원에 종사하고 있다. 또 교육부와 한국보건의료인 국가시험원 자료에 따르면 2015년 간호사 면허 합격자는 1민 5,743명이다. 이 숫자를 합치면 2015년 기준, 간호사 면허소지자는 34만 9,000명 정도. 약 35만 명 가운데 절반인 16만 명가량만 일하고 있는 셈이다. 면허소지자의 절반 이상이 장롱면허고, 평균 근무 연수는 5년 남짓. 이것이 지금 간호사들의 현실이다.

정부에서는 간호사 부족 문제를 해결하기 위해 간호대 정원을 확대하는 방안을 내놓았지만, 이것만으로는 해결되지 않았다. 정원을 늘려도 현장에 남아있는 인원은 늘지 않았기 때문이다. 대한간호협회는 간호사들이 중도에 그만두는 주된 이유는 의료기관이 법정 인력 기준을 지키지 않는 데 따른 과중한 업무량과 낮은 보수, 일과 가정의 양립이 어렵기 때문이라고 설명했다.

또 2014년 한국보건산업진흥원의 '간호사 활동 현황 실태조사'에 따르면 간호대학생이 진로를 선택할 때 가장 높은 선호도를 나타내는 요소는 '직업의 안정성'과 '연봉'이며, 진로 희망기관의 결정 요소 1위는 '기관의 명성'이었다. 진로 희망기관은 대학병원 또는 상급종합병원이 다수(68.9%)였다. 즉 진로 선택에서 밝힌 직업의 안정성, 연봉, 기관의 명성 등이 결국 대학병원 또는 상급종합병원의 형태로 구체화되는 것으로 해석된다. 이러한 조건들이 해결되지 않으면 간호사 부족 사태는 해결되기 어렵다는 것이다.

이런 현실을 굳이 소개하는 이유는 단순히 취업 때문에 간호학과를 선택하지 않았으면 하는 바람과 아울러 현실에 대한 정보를 제공하기 위해서다. 간호사는 우아하게 투약하고 주사하는 일이 전부가 아니다. 즉 꽃길이 아니다. 취업만 바라보고 들어오면 '아, 내가 여기서 뭐 하는 건가?' 하며 후회하는 순간에 별 망설임 없이 사표를 내게 된다.

후회와 좌절감이 엄습하는 순간은 무수히 많다. 간호사 자체를 바라보고 와도 버티기 힘든 경우가 많은데, 마음의 준비조차 하지 않았다면 어떻겠는가?

마음의 다짐 없이 돈을 버는 게 목적이라면, 언제든 나갈 준비가 되어 있다는 말과 같다. 간호사들은 이직이 쉽다. 즉 갈 곳이 많다. 다른 병원으로의 이직이 사직 원인의 47.6%로 가장 많다는 통계 결과로 알 수 있다. (2014년 한국보건산업진흥원의 '간호사 활동 현황 실태조사' 179쪽 참조) 하지만 어느 곳이나 만만치 않기 때문에 옮긴 곳에서도 오래 버티기는 쉽지 않다. 그래서 정규직으로 병동에서 힘들게 삼교대를 하는 대신 다소 편한 계약직으로 가거나 요양병원 또는 시간제 근무를 선호하는 간호사들의 숫자가 증가하고 있다.

간호사뿐 아니라 사람을 대상으로 하는 의사, 교사, 상담사 등을 직업으로 선택하고자 할 때는 소명의식이 확고해야 한다. 그게 어렵다면 적어도 사람에 대한 소망과 존중이 바탕이 되어야 한다. 돈을 벌기 위한 수단으로 직업을 선택하는 순간, 본인뿐 아니라 같이 일하는 동료들 그리고 그 영향이 미치는 대상자와 가족에게까지 큰 상처가 될 수 있다.

'적성에 맞지 않는 선택을 하거나 다른 선택을 할 용기가 없음에 스스로 불행

해진다면 그것은 주위 사람들에게도 불행이다. 남을 행복하게 해주려면 자기
가 먼저 행복해질 수 있는 선택을 해야 한다.'
– 박근우, 『안철수 He, story』 중에서

간호사 자체를 원하고 간호의 중심인 '사람'을 바라보고 뛰어든 이들은
힘들지만 사람을 바라보며 '그·럼·에·도·불·구·하·고' 버티고자 한다. 열악한
환경을 무턱대고 버텨야 한다는 의미가 아니다. 지금의 근무환경이 많이 힘
들다는 것은 먼저 가고 있는 선배 간호사 누구나 다 알고 있으며, 나아질 것
을 기대하고 지금도 노력하고 있다. 그리고 그 터전 위에 더 좋은 열매를 맺
으며 뻗어 나가길 소망하고 있다.

병원간호사회 자료를 보면 200~300병상 중소병원의 이직률은 22%에
달한다. 전국 중소병원의 간호사 인력 부족은 어제오늘 일이 아니다. 그런데
간호사가 몰리는 중소병원이 있다는 소식을 담은 기사가 실려 눈길을 끌었
다. 이 병원의 이직률은 10%(2016년 기준)로, 일반 중소병원의 절반도 안 된다.
간호등급제도 1등급이었다. 간호등급제란 간호사 한 명이 환자 몇 명을 보살
피는가에 따라 정부가 1~7등급으로 나눠놓은 것을 말한다. 중소병원 간호
사는 보통 1인당 18~20명을 돌보는 데 비해 이 병원은 11~12명이다. 서울의 대
형병원과 같은 수준이다. 간호사 1명이 보는 환자가 많으면 많을수록 간호의
질은 떨어질 수밖에 없고, 의료사고 확률도 높아진다.
사실 이 병원도 3~4년 전까지는 간호사들의 이직이 늘 고민거리였다고
한다. 그래서 병원 차원에서 간호인력을 확보하지 않으면 서비스가 높아질
수 없다고 분석하고 간호부에 전폭적인 투자를 했다. 연봉을 중장기적으로

1,000만 원 더 올려야 한다는 간호부장의 의견을 병원 경영진이 심사숙고한 끝에 받아들였다. 큰 결단이었다.

이뿐만 아니라 간호부의 고질적인 문제점들을 개선해나갔다. 동영상 인수인계시스템을 도입하고 신입 간호사들이 어려워하는 약품 및 물품 관리를 선배 간호사들이 도맡게 했다. 간호사의 태움 문화 근절을 위해 '꼰대'라 불리는 간호사들을 타 부서로 이동시키는 것과 더불어 상처가 되는 행동과 말에 대한 사례를 만들어 교육했다. 또한 직장 어린이집을 만들어 간호사들이 우선적으로 사용할 수 있게 해주고, 육아휴직도 태클 없이 받아줬다. 그로 인해 간호사의 사직률이 감소했을 뿐 아니라 전체 간호사 숫자도 대폭 늘어났고 병원의 매출도 크게 올랐다고 한다.

선배들은 이렇게 현장에서 좀 더 나은 환경을 위해 노력하고 있다. 그 노력의 결실이 눈에 확 뜨이게 나타나기도 하고 혹은 보이지 않을 수도 있지만 수고와 노력은 지금도 이어지고 있다.

어느 겨울 출근길, 밤사이 눈이 내려 세상이 하얗게 변했다. 이른 아침임에도 군데군데 눈이 치워져 있었다. 보이지는 않지만 눈을 치워주신 마음 따뜻한 이의 수고로움을 느끼며 직장으로 향했다. 지하철을 내려 병원에 들어서니 많은 직원들이 쌓인 눈을 치우고 있다. 미안함과 고마움이 교차했고, 치워진 그 자리를 밟고 지나가는 것이 송구스러웠다.

일터에 다가오니 불투명한 유리문 밖으로 불빛이 비쳤다. 나보다 먼저 누군가 출근했나 보다. 커피머신과 기계들에 전원이 들어와 있고, 검사실이 환하게 밝혀져 있으니 말이다. 게다가 내 자리 컴퓨터까지 켜서 일할 준비를 다 해놓은 그 따뜻함에 마음이 포근해졌다. 거의 매일 내가 제일 먼저 출근해서 이 모든 일들을 했는데, 누군가 수고해준 걸 생각하니 감사했다. 단순한 편안함을 말하는 게 아니다. '너' 그리고 '우리'를 생각하는 그 마음에 대한 감사였다.

돌이켜보면 내가 누리고 있는 상당수의 일은 이렇게 보이지 않는 누군가의 수고로움으로 이루어져 있다. 당연한 건 하나도 없다. 그 모든 일들은 '씨앗'을 심는 것과 같고 그 '씨앗'이 자라서 지금 내가 누리는 것이다. 우리 간호사들도 마찬가지다. 선배들이 심어놓은 씨앗이 있었기에 지금까지 이르게된 것이다. 힘들지만 현장에서 버텨준 선배들이 있었기에 가능한 것이었다.

앞으로도 이어질 간호의 물결에 예비간호사들이 같이 마음을 모은다면 물결의 방향과 깊이는 어떻게 변할까? 그리하여 우리 간호의 물결이 더 따뜻해진다면 얼마나 의미 있는 일이 될까? 쉽지 않겠지만 아픈 이들의 몸과 마음을 따뜻하게 해주고 싶은 '선'한 가치관을 갖고 일하고 싶은 이들이 있다면 선배로서 이 길을 추천해주고 싶다. 논어에 이런 글귀가 있다.

> '리인위미(里仁爲美) 택불처인(擇不處仁) 언득지(焉得知).'
> '인한 곳은 아름답다. 인한 곳을 가려 선택하지 않는다면 어찌 지혜롭다 할
> 수 있겠는가.'

인에 거하면 아름답다. 인을 생활화하는 것은 아름답다. 구본형 작가는 『사람에게서 구하라』에서 '선'이란 관념적인 것이 아니라 바로 일상이며, 생활이며, 먹고사는 문제이며, 사회적 문제라고 이야기했다. 그리고 어진 사람이 되기 위해서는 어진 직업을 선택하는 것이 좋다고 했다. 매일의 일상에

어진 마음이 깃들게 하는 것 자체가 아름다움이다. 그런 관점에서 바라본다면 간호사는 단연 가장 아름다운 직업이 아닐까?

인생은 나를 아름답게 만드는 과정이다. 나를 바라보고 닦아나가는 도구로, 나의 삶을 빛 고운 색으로 물들여가는 일상과 생활의 도구로 '간호사'를 택해보는 건 어떨까? 세상을 조금이라도 따뜻하게 그리고 '선'하게 하려는 마음을 가진 그대에게 권하고 싶다.

나는 학생간호사:
병원실습 I

2학년부터는 실습과 수업이 병행됐다. 오전에 수업, 오후는 실습. 실습할 때는 머리에 캡을 쓰고 하얀 원피스로 된 간호사 실습복을 입었다. 1학년 말, 캡을 쓰고 실습복을 입고 촛불을 밝힌 가운데 나이팅게일 선서식을 했다. 엄숙하고 장엄한 분위기로 인해 마음이 뭉클해지면서 나이팅게일처럼 환자를 아끼는 간호사가 되고 싶다는 다짐이 저절로 나왔다.

간호사 캡은 학생 때까지만 착용했다. 요즘은 캡과 흰색 유니폼을 잘 입지 않지만, 세월이 흘러도 이 두 가지는 간호사의 이미지로 자리하고 있다. 간호사 복장은 기독교의 영향이 컸는데, 이는 과거 수녀나 수사들이 간호사 역할을 대신했기 때문이라고 한다. 후에 칼라와 코넷이라 불리는 머리장식이 있는 희고 큰 모자를 착용했고, 이것이 근대 직업 간호사의 상징으로 자리 잡게 되었다.

유서 깊은 간호사 캡이 사라진 가장 큰 이유는 일하는 데 불편한 것 그리고 남자 간호사 증가 등의 현실을 반영해서라고 한다. 실제로 실습할 때 장이나 수액 걸대에 캡이 걸리거나 부딪히는 경우가 종종 있어 신경이 많이 쓰였고, 원피스 유니폼 또한 활동성이 떨어지고 불편했다. 쭈그리고 앉아 주사를 놓거나 소변을 비우는 경우에 자세가 제대로 나오지 않아 업무에 집중하기 어려웠다. 그래서 요즘에는 주로 바지로 된 유니폼을 입고, 디자인이나 색상도 병원마다 다양하게 선택하고 있다.

첫 실습

우리 학교는 병원이 같이 있는 덕에 같은 날 실습과 수업을 병행했지만, 병원이 없는 학교는 보통 2주나 한 달 주기로 수업과 실습을 나눠서 진행했다. 실습생은 병동에 따라 2명에서 5명 정도까지 다양했다. 수술실이나 분만실 등 특수 파트는 여러 명이 같이 실습을 돌았고, 내과나 정형외과 등은 2명 정도가 같이했다.

실습 첫날, 아침 7시까지 병동에 도착해야 해서 새벽부터 출동했다. 집이 먼 친구들은 첫차를 타고 나와야 시간에 맞출 수 있었다. 적어도 병동에 10분 전에는 가야 하니 빠듯했다. 탈의실에 들어섰더니 먼저 온 친구들이 준비를 하고 있어 분주했다. 여기저기서 들리는 아우성.

"실핀 남는 거 있는 사람, 나 좀 빌려주라!"
"어우, 어떡해. 스타킹 신다가 나갔어."
"앗, 흰 양말 안 신고 왔다."

동기들의 모습은 각양각색이었다. 옷을 갈아입고 있는 친구, 준비물을 다 챙기지 못한 걸 걱정하는 친구, 머리를 빗고 망 핀으로 정리하고 있는 친구 등등. 시간이 다가오자 거울을 보며 최종적으로 옷매무새를 확인한 뒤 실습 짝꿍들과 함께 분주히 엘리베이터를 타고 내려갔다. 다들 처음 실습이라 조금씩 설레면서도 살짝 긴장도가 올라가 있다.

"근데, 우리 병동에 가서 뭐 해야 해?"
"글쎄. 처음이라 알 수가 있어야지."
"수첩이랑 펜 챙겼지?"
"응. 가위도 챙겼어."

나와 짝꿍은 병원 엘리베이터 안에서 소곤소곤 속삭였다. 우리는 이내 병동에 도착했다.

나의 첫 실습지는 내과 병동이었다. 부푼 마음에 간호사실에 도착했지만 선생님들은 너무 바쁜지 아무도 봐주지 않았다. '어쩌지?' 나와 짝꿍은 멀뚱멀뚱 서로를 쳐다봤다. 그러다 가장 가까운 곳에 있는 선생님한테 다가가 "선생님, 저희 오늘 처음 실습 나왔는데요" 했다. 그제야 얼굴을 들고 우리를 보는 선생님.

"아, 그러니? 지금 인계 준비하느라 정신이 없었다 얘." (다른 곳에 있는 선생님에게 큰 소리로) "선생님, 여기 학생들 왔어요."

다들 분주하고 바쁜데, 우리 둘만 할 일이 없어 눈만 껌뻑껌뻑하고 있었다. 간호사실 구석에서 선생님들이 일하는데 걸리적거리지 않도록 자리를 잘 잡는 게 관건이었다. 간호사실 옆 처치실에는 스크린이 쳐 있었다. 나와 짝꿍은 어떤 환자인지도 모른 채 안을 흘깃흘깃 쳐다봤다.

수간호사님과 함께 선생님들이 들어와 자리에 앉았다. 우리도 간호사실 안으로 들어갔다. 인계를 시작해야 하는데, 나이트 근무를 한 선생님들이 처치실 안에서 나오지 못하고 있었다. 다행히 수간호사님이 우리를 챙겨주었다.

"오늘 처음 실습이구나? 서 있지 말고 옆방에 있는 의자 가져와서 앉아. 인계 듣자."

우리는 잽싸게 의자를 가져와 제일 뒤에 앉았다. 이윽고 나이트번 선생님들이 와서 인계가 시작되었다. 머리 싸매며 외우고 시험을 보던 의학용어들이 선생님들의 입에서 일상어처럼 술술 나오기 시작했다.

"3A OO님, 어젯밤 ER(Emergency Room: 응급실) 통해 LC(Liver Cirrhosis: 간경화), varix bleeding(식 도정맥류 출혈) 진단명으로 입원한 신환입니다. 매일 소주 2병씩 마신 히스토리 있으며 환자 ER에서 Hgb(헤모글로빈) 7.4로 p/c 2pint 맞았고 varix bleeding(식도정맥류 출혈) 있어서 S-B tube 넣었고 병동 오기 전까지 melena(혈변) 3회 보셨으며 입원 후엔 melena는 없습니다. 금일 응급으로 내시경 예정이고 금식 중입니다."

처치실에 있는 환자에 대한 인계였다. 다행히 알아들을 수 있는 의학용어들이 몇 개 나와 반가웠다. 인계를 듣고 보니 간경화와 식도정맥류 진단명을 가진 환자였다. 피를 토하고 응급실로 온 환자에게 지혈을 위해 S-B(Sengstaken Blakemore) 튜브를 삽입했다. 식도 내에 풍선을 부풀리고 그 압

력으로 출혈 부위를 눌러 지혈하는 장치다.

나는 보자마자 '도대체 이걸 하고 어떻게 사람이 가만히 있을 수가 있지?' 하는 생각이 절로 들었다. 튜브를 꽂은 상태가 유지되도록 콧구멍 밖으로 나와 있는 튜브의 끝을 긴 끈으로 연결해서 당겨놓은 모습이 보기만 해도 심란했기 때문이었다.

누워 있는 환자의 얼굴은 엉망이었다. 튜브 때문에 하늘을 향해 들린 콧구멍, 마른 핏자국이 군데군데 얼룩진 뺨과 이마, 한없이 창백해진 얼굴 그리고 허공을 멍하니 응시하고 있는 눈, 토한 피가 엉킨 머리카락…… 붉은 혈액주사는 환자의 창백해진 몸에 온기를 더하기 위해 부지런히 혈관으로 주입되고 있었다. 스크린을 치고 처치실 안에서 행해지고 있는 의료적 처치는 보호자나 방문객이 아니라 예비 의료인으로서 병원에 있음을 일깨워주었다.

인계가 끝난 후, 수간호사님께서 오리엔테이션을 주었다. 흡입기(suction 기)로 가래를 뽑아내는 모습, 산소 압력계에서 뽀글뽀글 거품이 나는 모습을 보니 신기했다. 하지만 가래를 뽑아낼 때 빨려 들어가는 소리와 환자의 우웩거림은 실습 나간 지 한참이 지나도 적응이 되지 않았다. 그 소리를 들을 때마다 나 또한 속이 메슥거리고 넘어올 것 같았다. 병문안은 가봤어도 자세히 보지 않아 뭐가 뭔지 몰랐는데 설명을 들으면서 직접 보니 쏙쏙 와닿았다.

학생간호사들의 주된 업무는 vital sign(활력징후) 재기, 혈당 측정 등이었다. 시간이 조금 지나면서 환자 간호정보 조사도 하고, 선생님의 감독 하에

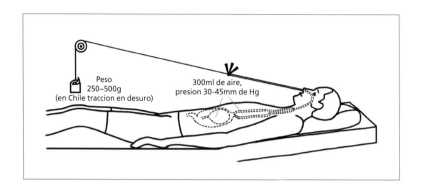

수액의 약물 믹스와 IV 세팅 등도 했다. 그리고 한 달 동안 실습한 병동에서 한 명씩 케이스를 정해 케이스 스터디를 한 다음 보고서를 제출했다. 환자의 진단명, 과거력, 치료 및 간호과정 등을 공부해서 내는 숙제와 같은 것으로, 이 보고서를 내고 나면 한 병동의 실습이 마무리된다.

첫 달 실습을 끝내고 나면 다음 달 실습부터는 서로에게서 정보를 얻기가 좀 수월해진다.

"그 병동 어때?"

"가면 뭐 해야 해?"

이런 식으로 말이다. 그럼 동기들은 서로서로 "그 병동은 분위기 좋은 편이야. 근데 '김간'(김 간호사의 줄임말)은 조심해야 해. 성격 안 좋아." 또는 "거기 수간호사님 무서워. 지각하면 죽음이야" 하며 정보들을 알려주었고, 그렇게 우리의 실습은 계속 이어졌다.

나는 학생간호사:
병원 실습 II

신경외과 병동 실습

신경외과 병동 실습 때였다. 지금은 보건원이 시트와 환자복을 교환해 주지만, 우리 병원은 기본 간호를 중시해서 아침에 환자 시트와 환자복을 간 호사가 교체했다. 내가 간호사가 된 뒤에도 마찬가지였다.

낮 근무 간호사 선생님들은 시트와 환자복을 교체하고 테이블을 정리 하면서 환자의 안전을 위해 혹시 약을 안 먹고 가지고 있는지, 위험한 물건 은 없는지 등을 꼼꼼히 살폈다.

신경외과 환자들은 머리 쪽을 수술한 분들이 많아서 무서웠다. 잘못 건 드렸다가 환자가 잘못되지 않을까 걱정됐기 때문이다. 의식이 없는 데다 잘 펴지지 않는 팔과 다리, 콧줄, 목의 튜브, 소변줄 그리고 각종 관이 연결되어 있는 환자들을 선생님들은 능숙하게 좌우로 이동시키면서 시트를 척척 교 환하고 옷을 갈아입혔다. 한 자세로 계속 누워만 있으면 그쪽 부위에 혈액 순환이 되지 않아 욕창이 생기기 때문에 시트를 교환하면서 환자의 피부 상 태를 확인하고 체위도 변경해주었다.

피부 상태를 확인할 때 환자가 기저귀에 대변을 보기도 했는데, 그런 경우 옆으로 뉘어서 변을 닦아내고 잘 마르게 한 후 새 기저귀를 엉덩이 쪽에 싹 밀어 넣었다. 그런 다음 환자를 똑바로 눕혀 기저귀를 채우고 마무리하는 모습이 참 감명 깊었다. 수백 번을 하고 난 뒤에야 얻을 수 있는 무심함 속에서의 능숙함이라고 해야 할까. 냄새가 나고 더럽다거나 하는 느낌 이전에 선생님들의 몸에 밴 능숙함과 담담한 태도 그리고 체계적인 자세가 먼저 마음에 다가왔다. 그렇게 병동 전체를 돌고 나면 온몸은 땀으로 뒤범벅되었다. 특히 여름에는 인계를 듣기도 전에 이미 한증막에 다녀온 듯한 수준이 되어버렸다.

의식이 없는 채 오랜 기간 누워 있는 환자들은 이상하게 성별과 나이 구분이 잘 안 됐다. 특히 머리를 짧게 깎아놓으면 더했다. 시트를 갈면서 보니 어느 환자의 팔에 문신이 새겨 있었다. 속으로 '이 아저씨 사회에 계실 때 주먹 좀 쓰셨나?' 생각했는데, 기저귀를 갈면서 봤더니 웬걸! 여자분이었다. 그것도 이제 겨우 스물두 살!

차트를 확인해봤더니 2년 전 남자친구와 오토바이를 타고 가다가 교통사고가 크게 나서 응급치료와 수술까지 받았으나 결국엔 내가 보고 있는 그 상태가 된 것이다. 초점 없는 시선, 빡빡 깎아놓은 머리, 목에 꽂힌 기관절개관(tracheostomy tube), 영양공급을 위한 위장관 튜브, 생식기를 확인하지 않으면 성별이 구분되지 않는 모습의 Y.

'스물두 살이면 나랑 동갑. 한창 웃고 떠들며 친구들과 지낼 나이인데 이렇게 누워만 있으니 어떻게 해'.

동갑인 그 환자에게 애착이 많이 갔다. 그러면서 '만약 사고가 안 났으면 지금 어떤 모습으로 지내고 있을까' 하는 생각이 실습 내내 머릿속에서 맴돌았다. 표정 없는 Y의 옆에는 오랜 간병에 지친 모습이 역력한 언니가 자리를 지키고 있었다.

신경외과 병동 실습을 할 때 국립정신건강센터(예전의 국립정신병원)에서도 실습을 나왔다. 그중 한 남학생이 내가 마음에 든다며 적극적으로 의사 표현을 했다. 나는 부담스러웠다. 원래 소심한 터라 혹시나 선생님들이 알게 되실까 봐 걱정도 됐다. 같이 실습 온 동기들에게 내 이야기를 했는지 지나가면서 만나는 그쪽 실습생들이 '쟤래, 쟤. B가 찍은 애가' 하며 수군거리는 모습을 몇 차례 보았다.

어느 날, 그 학생은 "기본 간호학 책 좀 보고 싶은데 빌릴 수 있을까요?" 하고 말을 걸어왔다. 어려운 일이 아니기에 다음 날 빌려줬다. 돌려받은 후에도 펼쳐볼 일이 없었기에 그대로 책꽂이에 꽂아두었다. 며칠이 지난 후였다.

"기본 간호학 책, 혹시 다시 봤어요?"

"아뇨."

"아. 그럼 오늘 한번 보세요."

"왜요?"

"보면 알 거예요."

궁금한 마음에 집에 와서 바로 책을 폈더니 맨 앞장에 손수 연필로 그린 그림이 붙어 있었다. 정성스럽게 연필로 그린 소묘. '잘 그렸네!' 하는 마음과 부담스러움이 동시에 교차했다.

다음 실습 날이었다.

"봤어요?"

"아, 네. 그림을 잘 그리시던걸요."

"토요일에 시간 어때요? 재미있는 영화 나왔던데 같이 볼래요?"

부담 백배였다. 미안했지만 난 정중하게 사양했다. 전혀 마음의 감흥이 없었기 때문이다. 그 후 몇 차례 소소한 이벤트가 있었지만 다행히 실습 기간 막바지였기에 그 학생을 만날 일이 별로 없었다. 참 불편하고 어색하기 짝이 없었지만, 지금 생각하니 이 또한 나의 실습 중 재미있는 추억의 하나로 남게 되었다. 지금은 얼굴도 생각나지 않는 그 학생, 잘 지내는지 궁금하다.

수술실 실습

간호사로 배치받아 일을 하게 되면 다른 부서를 경험할 기회가 많지 않다. 특히 수술실이나 응급실, 투석실과 같은 특수 파트는 더욱 그렇다. 학생 때 수술실 실습 기간은 단 2주. 환자로서 수술실에 들어간 때를 제외하곤 이때의 경험이 내가 수술실을 접한 시간의 거의 전부라 할 수 있다.

수술실 안으로 들어가기 위해서는 병원 내의 다른 곳과 차단된 문을 통과해야 한다. 감염을 예방하기 위해 대부분 번호 키로 잠금장치가 되어 있다. 문을 통과하여 안에 있는 복도를 지나 옷을 갈아입은 다음 연결된 문으로 나가면 또 다른 세상이다.

수술실은 각 방마다 주로 하는 수술이 정해져 있다. 시간이 되면 각 병동에서 환자들이 이송 침대를 타고 속속 도착하는데, 대부분 긴장되어 표정이 굳어 있다. 아가들은 보통 엄마가 안고 같이 왔는데, 떨어지지 않으려 아가들은 큰 소리로 울고 엄마는 달래느라 여념이 없었다.

수술실은 선혈이 낭자할 거라는 나의 예상과 달리 피는 많이 보이지 않았다. 그 이유는 바로바로 흡입기로 피를 빨아들이고 거즈로 닦아내기 때문이었다. 그래서 나에게 수술실의 대표적인 이미지는 피가 아닌 '살이 타는 냄새'였다. 출혈 부위를 보비(bovie)라는 기구로 지져서 지혈을 하는데, 이때 살 타는 냄새가 수술방 안에 가득 찬다. 고요한 긴장감이 가득한 가운데 보비의 '지지직' 하는 소리 그리고 살 타는 냄새는 나의 정신을 아득하게 만들었다.

가장 기억에 남는 수술은 산부인과 제왕절개였다. 산모의 빵빵한 배를 메스로 절개한 뒤 집도의가 손을 넣어 아이의 목을 잡고 천천히 끌어올리는 장면은 아직도 생생하다. 탯줄이 연결된 채로 나온 아가는 온몸이 쭈글쭈글했고 태지와 피로 뒤덮여 있었다. 간호사 선생님은 능숙하게 아가의 입에 고인 이물질을 제거하여 아가가 울도록 해준 다음 탯줄을 자르고 온몸을 닦아주었다.

분만실 실습

분만실 실습도 기억에 남는다. 산모 세 분이 침대에 누워 있었는데 주기적인 통증 때문에 가만히 있지 못했다. '얼마나 아프면 저렇게 고통스러워하는 걸까?' 20대 초반의 어린 나는 가늠하기가 힘들었고 고통을 나눌 수도 없었다.

사람의 인생은 출생에서 시작해 사망으로 끝난다. 그 시작의 순간을 직접 목격하는 건 경이로운 일이다. 엄마의 몸에서 새로운 생명이 세상 밖으로 나오는 그 찰나의 순간을 직접 볼 수 있는 이가 얼마나 될까?

아가가 나온 후 태반이 나오는 것도 신기했다. 태반은 별도로 폐기물 처리를 하게 돼 있는데, 선생님을 따라가 같이 정리하며 장갑을 끼고 태반을 만져보았다. 엄마의 몸을 벗어난 지 얼마 안 된 미끌미끌한 태반은 아직 온기가 남아 있었고 비릿한 피 냄새가 났다.

'여기를 통해 영양분과 산소가 공급되고 노폐물이 교환되어 아가가 성장한다는 거지? 나도 그렇게 엄마 뱃속에서 컸다는 거고. 손바닥 두 개를 합친 정도 크기밖에 되지 않는 이 태반에서 생명이 자라는구나. 한 생명이 생존할 수 있게 해준 태반은 우주의 자양분과 같은 거구나.'

분만실에는 한눈에도 어려 보이는 산모들이 여러 명 있었다. 처음에는 너무 앳돼 보여서 산모라는 생각을 전혀 하지 못했다. 알고 보니 시설에서 보호를 받고 있는 미혼모들이었다. 경제적으로 자립할 수 없는 그들은 시설에서 지내다가 날짜에 맞춰 입원하고 출산을 했다. 이들은 아이를 낳긴 했지만 키울 수 있는 형편이 안 되기에 대부분 입양을 보낸다고 한다.

어린 산모들은 "야, 우리 애 코가 더 예뻐" 혹은 "아니야 우리 애가 더 예뻐" 하며 자기들끼리 장난치고 까르르 웃고 툭탁거리는 철없는 아이들이었다. 그중에는 열일곱 살밖에 안 됐음에도 벌써 둘째를 출산한 미혼모도 있었다. 엄마이기 이전에 그들 자신이 한창 커야 할 아이들이었으니, 뭔가 마음이 편하지 않았다.

하지만 이들이라고 어찌 고민이 없고 걱정이 없겠는가? 별 탈 일으키지 않고 지낸 나도 세상의 모든 고민을 짊어진 것처럼 그 나이를 보내고 허덕였는데, 어린 나이에 피붙이까지 딸린 이 아이들은 얼마나 힘들고 눈물로 밤을 지새웠을까? 그리고 사회의 따가운 시선을 홀로 감당해야 하니 얼마나 무섭고 외로웠을까?

실습을 마치며

실습을 하면서 느낀 점은 병동에 따라 분위기가 많이 다르다는 것이었다. 정형외과는 활기찼고, 내과는 고요하지만 언제 무슨 일이 터질시 모르는 불안감이 깔려 있었다. 신경과는 노인들이 많아 천천히 흘러갔으며, 소아과는 생동감 있고 재잘거리는 봄 같았다. 다양한 질병과 그에 따른 치료와 간호 그리고 수많은 사람과 사건들이 병원이라는 곳을 통해 이루어지고 있었고, 내가 거기에 참여하고 있다는 사실이 좋았다. 물론 나의 역할은 주로 관찰자였고 미미하기 그지없었지만, 난 나의 역할이 만족스러웠다. 누구나 학습하고 공부하는 과정이 있어야 하고 그 바탕이 선행되어야 다음 단계로 갈 수 있으니까.

이때의 경험은 간호사가 되어서는 다시 접하지 못할 귀중한 시간이었다. 간호사가 된 후, 나는 실습을 나오는 학생간호사(SN: Student Nurse)들에게 가장 기초적인 질문들을 던지곤 한다. 많은 것을 얻어 갈 준비가 되어 있는지 아닌지를 확인하기 위해서다. 뭐든지 공부가 선행되지 않으면 그냥 스쳐 지나가고 내 안에 남지 않는다. 실습을 나가기 전, 주요 질병과 치료 및 간호 그리고 검사에 대한 개괄적인 공부를 하고 나가면 많은 도움이 된다. 그리고 공부하면서 모르는 것들을 그곳에 있는 선배 간호사들에게 물어보면 바로 내 것이 될 확률이 높아진다.

간호사라면 누구든 열심히 따라오는 학생간호사들에게 마음이 가기 마련이다. 거기에 인사 잘하고 환자들을 잘 대한다면 금상첨화다. 이런 팁을 잘 활용하여 후배들이 훌륭한 학생간호사가 되었으면 한다.

1. 지각하지 마세요!
▶ 실습시간 준수는 기본입니다!

2. 결석이나 지각 등을 할 경우, 꼭 병동에 미리 연락하세요.
▶ 실습은 친구와의 약속이 아닙니다. 그러니 같은 실습생에게만 이야기해 놓는 건 안 되겠죠? 꼭 병동에 알리세요.

3. 엘리베이터나 식당, 복도 등에서 너무 떠들지 마세요.
▶ 실습복만 보면 어느 학교에서 나왔는지 다 알 수 있답니다. 내가 곧 우리 학교의 얼굴이라 생각하세요.

4. 환자에 관한 정보는 절대 공공장소에서 누설해서는 안 됩니다.
▶ 가끔 식당이나 엘리베이터 안에서 환자에 대한 이야기를 큰 소리로 하는 실습생이 있습니다. 환자 정보는 개인정보입니다. 주의해야 해요.

5. 수첩과 펜은 기본!
▶ 공부하러 왔는데 아무것도 적지 않는다면 안 되겠죠?

6. 몰려다니지 마세요.
▶ 복도나 처치실에 몰려서 수다 떨러 실습 나온 게 아닙니다!

7. 실습 병동의 주요 질환에 대해 공부하고 나가세요.
▶ 아는 만큼 관심이 생기고 관심이 있는 만큼 보입니다.

8. 인사 잘하세요.
▶ 자신을 알리는 가장 좋은 방법입니다.

9. 실습생에게 맞는 몸가짐
▶ 현란한 매니큐어나 염색은 품위 있는 간호사의 모습에 맞지 않아요.
▶ 머리가 떡이 진 건 곤란해요.
▶ 향수는 자제해주세요. 환자에 따라서는(특히 항암요법 하시는 분들) 냄새에 매우 민감하답니다.

10. 바이털만 잰다고요?
▶ 간호사가 되어 보면 알겠지만 기본 중의 기본이 바이털 사인 체크랍니다. 선배 간호사들도 늘 하는 일이에요.

11. 학생간호사 시절은 간호사가 되면 돌아오지 않는 시간입니다. 맘껏 공부하고 즐기세요!

병원 안의 또 다른 세상 :
정신건강센터 이야기

사람은 몸뿐 아니라 정신과 영혼으로 이루어진 존재다. 몸이 아픈 경우에는 진단명에 따라 치료를 받으면 낫지만, 마음이 아픈 경우에는 치료가 쉽지 않다. 마음의 병은 혼자 끙끙 앓다가 혹은 나는 멀쩡하다고 주장하다가 주변의 강한 권유로 병원에 가는 경우가 많다. 이런 분들은 외래로 진료를 다니기도 하지만 폐쇄된 병원에 입원해서 치료를 받기도 한다. 이곳에서의 실습은, 학생 때가 아니면 다시 경험해보기 어렵다.

내가 실습을 나갔던 곳은 성인 폐쇄병동이었다. 개방병동은 환자가 입원을 해도 다른 환자들과 똑같이 병원 안에서는 자유롭게 다닐 수 있지만, 폐쇄병동은 입구부터 굳게 닫혀 있어서 출입이 자유롭지 않다. 또 혹시나 있을지 모르는 환자의 과격한 행동에 대응할 수 있도록 간호사 외에 정신보건 직원들이 같이 근무한다.

여러 개의 병실과 중앙홀 그리고 화장실 등으로 이루어진 병동의 모습은 요양원 등의 시설과 별반 다를 게 없었지만 그곳에 흐르는 묵직함과 생기 없음은 우리의 생기를 금방 앗아가 버렸다. 웃음, 밝음, 희망, 미소 이런 것들과는 단절된 느낌이었다.

　환자들의 모습은 제각기였다. 제일 먼저 만난 환자는 같은 말을 무한 반복했다. 이야기의 시작부터 마지막까지 대사를 외운 듯 똑같았고, 쉽게 끝나지 않았다. 두 번째 들을 때부터 좀이 쑤셨는데 그분은 처음 이야기하는 것처럼 진지했다. 그야말로 네버엔딩 스토리! 그 이야기를 첫날 세 번 정도 그리고 실습하는 동안 열 번 정도 들었더니 나도 모르게 그분 옆에 잘 가지 않게 됐다.

　'정신과 병동의 간호사가 되면 이런 과정을 겪어야 하는구나' 하는 생각이 드니 자신이 없어졌다.

　다음에 만난 환자는 옆에 누가 있든지 없든지 허공을 바라보며 나에겐 보이지 않는 누군가와 끊임없이 이야기를 나누는 '허공님'이었다. 여느 때와 같이 허공님은 계속 보이지 않는 이와 이야기를 했고, '네버엔딩님'은 '허공님'을 바라보며 본인의 이야기를 이어갔다. 허공님이 듣건 말건 개의치 않고 말이다. 그래도 허공님이 말을 자르거나 못하도록 막지 않은 덕에 네버엔딩님은 본인의 이야기를 다 마치고 자리를 떴다.

　병실로 들어가 보았다. 백발이 성성한 할머니가 벽을 보며 중얼거리고 있었다. 첫사랑에 실패한 후 마음을 닫았다는 그녀는 20대의 아가씨에서 할머니가 된 환자였다. 내향적이고 소심했던 그녀는 같은 동네의 총각이 자신에게 친절한 태도로 대해주는 걸 사랑이라 생각했는데 남자는 그렇지 않았다고 한다. 큰 충격을 받았으나 다시 용기를 내어 남자에게 마음을 비추었다 또 거절당했다. 그 이후 가족 및 주변 사람들과의 관계가 힘들어지고 제대로 된 생활을 할 수 없게 된 그녀는 백발이 된 지금까지 20대의 그 시절에 머물러 있었다. 청춘의 시간에 좋아하는 마음을 받아주지 않았다고 해서 자신을 스스로 가둔 채 50여 년의 시간을 보내버린 그녀를 보니 안타까웠다.

흔히들 첫사랑은 아련하고 아름다운 것이라고 한다. 하지만 그녀를 만나고 나서는 꼭 그렇지만은 않다는 걸 알게 되었다. 누군가를 사랑하기 위해서는 먼저 나를 사랑해야 하고 그래야 다른 사람을 사랑할 수 있음을 배웠다. 첫사랑, 어찌 보면 어린 시절에 거쳐 가는 통과의례처럼 사소한 일로 여길지 모르지만, 운명을 가르는 커다란 사건이 되기도 한다는 것을 그녀를 보며 알게 됐다.

특별한 프로그램이 없을 때는 우리들이 작업활동을 준비해 와서 진행하기도 했다. 영화를 보기도 하고 종이 찢어 붙이기를 하기도 했다. 환자들은 의욕이 별로 없어서 같이 작업을 하다가도 한 분, 두 분 빠져나가 병실에 누워 있곤 했다. 종이 찢어 붙이기를 하면서 나는 30대 중반쯤 되어 보이는 여자분과 대화를 나누게 되었다. 집이 어디냐고 묻더니 본인의 집과 가깝다며 좋아했다.

"자기는 간호사 되는 거지? 딸내미 간호사 시킨 거면 부모님이 성공하셨네. 잘 키우셨어. 나도 우리 애들 보고 싶어. 둘이거든. 나…… 우리 애들 잘 키워야 하는데……."

그러더니 고개를 갑자기 아래로 떨궜다. 가만히 바닥을 한참 바라보다 이내 방으로 들어갔다. 그녀의 갑작스런 기분 변화에 나는 당황했다. 웃으면서 얘기하다가 갑자기 곤두박질치는 심경의 변화에 어떻게 대처해야 할지 몰랐다.

폐쇄병동 안에서 일하는 간호사 선생님들의 모습도 다양했다. 그곳의 분위기에 젖어서 그런지 무겁고 주변에 별 관심이 없는 분들도 있었지만, 내가 본 선생님 한 분은 참 아름답게 일했다. 투약할 때도 웃으면서 환자와 눈을 마주치고, 투약하는 내내 미소를 지었다. 같은 일을 하지만 간호사가 어떻게 하는지에 따라 분위기가 달라질 수 있음을 선생님을 보면서 알게 되었다. 아울러 한 사람의 따뜻함이 미치는 영향력에 대해서도 덤으로 알게 되었다.

정신보건센터에서의 시간은 느리게 흘러갔다. 누구 하나 서두르는 이가 없었다. 하지만 시간은 어김없이 흘러 좌충우돌 겪어내는 나의 실습도 끝이 났다. 여러 달이 지난 뒤, 나는 우연히 집 근처에서 아이들 걱정을 했던 그녀를 보게 됐다. 그녀는 나를 못 알아봤지만 나는 한눈에 알아보았다. 병원 안에서는 그래도 생기 있던 모습이었는데, 찬란한 봄날의 거리 한복판에서 만난 그녀는 어딘가 부자연스러웠고 많이 멍해 보였다. 다른 이들은 자기 길을 부지런히 가는데 그녀만 어딜 갈지 몰라 서성이는 것만 같았다. 퇴원 후 적응은 잘 하고 있는지 아이들은 잘 크고 있는지 묻고 싶었지만 그냥 멀리서 눈길로만 안부를 전했다.

그로부터 10여 년이 지나고 나서 소화기 병동에서 일할 때였다. 알코올성 간경화로 남자 환자가 입원했다. 체격이 두루뭉실하여 곰돌이 같았던 그에게 입원생활을 안내해주고 짐을 같이 정리했다. 그의 모든 물건에는 매직으로 크게 이름이 쓰여 있었다. 심지어 수건과 팬티까지 말이다.

'아니, 초등학생도 아닌데 왜 여기까지 이름을 다 써놨지?' 하며 의아해 하다가 문득 그가 정신건강센터에 있다가 온 걸 기억해냈다. 그곳에서 실습할 때도 환자들의 모든 물건에 이름이 쓰인 것이 특이하다는 생각을 했기 때문이었다.

환자의 자리는 창가였는데, 가끔 창밖을 보면서 혼잣말을 하거나 씩 웃는 것 외에는 특이한 증상이 없었다. 난 그런 환자가 귀엽기도 하고 마음이 쓰여서 가끔 초콜릿이나 작은 비스킷 등을 가져다드리고는 했다. 그러면 영락없이 곰돌이 미소를 지으면서 맛있게 드셨다.

그런데 내가 보기에는 순한 곰돌이 같은 분이었지만, 가족들 입장에서는 큰 짐이었다. 당시 환자는 50대 중반이었는데 결혼도 안 한 터라 동생이 보살피고 있었다.

퇴원하는 날, 곰돌이 아저씨의 동생은 많이 지쳤는지 짜증이 가득했다. 자신이 하던 일을 중단하고 와서 형을 또 다른 병원에 입원시키고 돌아가야 했기 때문이다. 언제까지 계속 이어질지 모르는 일을 감당해야 하는 보호자의 입장을 이해하지 못하는 건 아니었지만 참 서글펐다. 사람이 누군가의 짐이 된다는 것처럼 씁쓸한 일이 또 있을까.

다른 환자들도 그렇지만 마음이 아픈 분들을 대하면 본인뿐 아니라 가족들이 같이 겪어내야 할 고단함이 떠오른다. 실습 때는 환자만 겨우 보던 나였지만 간호사로 경력이 쌓여가면서 환자뿐 아니라 주변의 가족들과 지인들까지 넓혀가며 생각하게 됐다. 이 모든 것이 실습 때의 경험이 바탕이 되었기에 가능한 것이다. 실습을 마치고 학생간호사를 지나 간호사로서 경험을 더해 가면서 나는 차근차근 인생을 배워 나가고 있다. 아주 천천히 말이다.

2 부

그렇게
간호사가 되어간다

그렇게 우리는 간호사가
되어간다

간호사의 이름으로 첫발을 뗀 나는
신규 간호사입니다

내가 몸담고 있는 이곳은 나의 첫 직장이자 지금까지의 직장이다. 첫 발령지는 우리 병원의 신8 병동. 지금은 감염 병동으로 바뀌었지만 당시는 이비인후과, 안과, 비뇨기과, 피부과 병동이었다. 내과 병동에 비해 환자들의 중증도는 낮았지만 병상 회전율이 빨라 입원과 퇴원이 많았다. 따라서 간호사들이 기본적으로 해야 할 일들이 확 늘어난다.

환자가 입원하면 신장과 체중 및 활력 징후 측정, 병력 조사, 식사 청구, 복용하고 있는 자가 약 확인, 병동 안내 및 담당의 연락 등을 시행한다. 월요일, 화요일에 환자가 입원하면 다음 날 수술을 하고 금요일, 토요일이면 퇴원이었다. 마치 밀물과 썰물 같았다.

신규 간호사 시절에 같이 일한 선생님들은 나의 학생간호사 마지막 실습 때의 선생님들이었다. 덕분에 친숙하고 부담감이 덜했다. 신규 간호사 교육 기간 중, 식당에 가는 길에 병동 선생님을 우연히 만났다.

"혜선아, 너 우리 병동에 오게 될 거야. 우리 한 명 비었거든. 마지막 실습을 우리 병동에서 했으니 당연히 와야지! 어제 발령 났더라. 조만간 만나자!"

어느 부서에 갈지 궁금했는데 마침 선생님이 알려주신 셈이었다. 신규 간호사 교육이 끝나는 날, 우리 동기들은 근무지를 지정받았고 각자의 병동에 가서 인사를 했다. 병동에 도착하자 선생님들은 "너, 올 줄 알고 있었어. 환영한다" 하며 맞아주었다.

이제 학생간호사가 아닌 진짜 간호사로 일하기 시작했다. 9주간 실습을 한 곳이었지만 학생일 때와 간호사로 일하는 것은 천지차이였다.

'도대체 난 아는 게 왜 이리 없는 거지? 왜 이렇게 모르는 게 많은 거야?'

하나부터 열까지 모르는 것투성이였다. 선생님들께 트레이닝을 받을 때는 그런대로 따라갈 수 있었지만, 직접 담당 간호사가 되어 내가 맡은 환자들을 스스로 보는 건 그야말로 맨땅에 헤딩하기였다. 모든 책임을 내가 져야 했다. 입원 환자를 받고, 주사를 놓고, 약을 투약하고, 수술시간에 맞춰 환자를 보내고, 끝나면 인계를 받고, 수술 후 간호를 하고, 퇴원 교육을 하고, 식사를 확인하고, 시트를 갈고, 드레싱 어시스트를 하고, 검사에 대한 설명 및 준비……

'세상에 배워야 할 일들이 이렇게나 많았다니! 선생님들은 이 많은 일들을 어쩜 이렇게 물 흐르듯 잘하시는 걸까?'

내 능력의 부족함을 뼈저리게 느꼈다. 모르는 게 산같이 많았던 나는 선생님들께 이것저것 너무도 많이 물어봐서 민망할 지경이었다.

환자의 검사나 수술 스케줄이 정해지면 간호사실 칠판에 적어놓는다.

간호사로 일한 지 얼마 안 됐을 때, 내가 담당한 환자의 CT 검사가 예정되어 있었다. 검사명 옆에 '10:30AM'이라고 시간까지 쓰여 있었음에도 나는 그날 뭔가에 홀렸는지 속으로 계속 '왜 이렇게 CT실에서 전화가 안 오는 거지? 검사시간 다 됐는데……' 하며 기다리고 있었다.

30분이 지나도 연락이 없어서 "선생님, CT를 10시 반에 하기로 되어 있는데 검사실에서 전화가 안 와요. 계속 기다리고 있는데" 하고 말씀드렸다.

"뭐? 그럼 환자 안 가고 그냥 있는 거야?"

"네. 연락 안 와서 못 내리고 있었어요."

"아이고 혜선아. 저렇게 시간이 적혀 있는 건 이미 그쪽에서 시간을 정해준 거야. 큰일 났다. 검사 안 해주면 어쩌지? 예약 시간이 넘어도 환자가 안 오면 그냥 다음 환자로 넘어가거든."

선생님은 급히 CT실로 전화를 했다. 난 식은땀이 쭉 났다.

'아, 선생님께 진작 물어볼걸. 제발, 검사해주세요. 해주세요' 하고 속으로 기도하면서 꼼짝도 못 하고 선생님 옆에 붙어 있었다.

"아, CT실이죠? 네, 신8 병동인데요. OO 환자 CT를 내려야 하는데 저희 신규 간호사가 놓쳐서요, 죄송합니다. 혹시 지금 내려도 될까요? 죄송합니다."

선생님은 연신 사과를 했다. 잠시 정적이 흘렀다.

"아, 20분 후에요? 감사합니다. 맞춰서 내리겠습니다."

휴우. 선생님은 그렇게 문제를 해결해주었고 나는 안도의 한숨을 내쉬었다.

"선생님, 감사합니다. 죄송해요."
"다음부터는 확인 잘하고 시간 맞춰 보내. 알았지!"

그런 다음 선생님은 급히 본인 환자를 보기 위해 병실로 향했다. 임신 중이라 몸도 많이 무거운 상태였는데, 나까지 챙기느라 일이 많이 밀린 상태였다. 다음 날, 나는 선생님의 사물함에 조그만 간식거리와 '선생님, 저 때문에 많이 힘드셨죠? 죄송해요. 열심히 하겠습니다'라는 내용의 편지를 같이 담아 살짝 걸어놓고 왔다. 그렇게라도 해야 죄송한 마음을 조금이나마 갚을 수 있을 것 같아서였다.

신규가 처음 독립하면 같은 근무시간의 간호사들 그리고 신규에게 인계를 주고받는 간호사들을 보통 경력자로 배치시킨다. 신규를 중심으로 사방을 선배들이 에워싸서 실수를 해도 메꿀 수 있도록 하는 것이다. 신규 간호사가 처음부터 한 사람 몫의 역할을 해낼 수 없기 때문에 신규가 독립하는 때는 모두에게 힘든 시기다. 자신은 본인 일에 허덕여서 힘들고, 선배들은 메꿔주고 챙겨줘야 하니 말이다. 경력이 쌓인 후 내가 신규 간호사 트레이닝을 해보니 누군가를 가르치고 성장시키는 일이 만만치 않음을 바로 알수 있었다. 임신까지 한 상태에서 나를 봐주셨던 선생님이 얼마나 힘들었을

지 충분히 헤아릴 수 있었다.

　그 시절, 내가 따라가기 힘든 건 일뿐만이 아니었다. 또 다른 복병이 있었으니 바로 '밥 먹기'였다. 선생님들의 밥 먹는 속도는 정말 빨랐다. 나는 아직 반도 못 먹었는데 선생님들은 이미 끝난 경우가 많았다. 적지 않은 부담이었다. 가뜩이나 일을 못 해 헤매고 있는데 먹는 것까지 맘 편히 먹을 수가 없어 불편했다. 몇 번의 과정을 겪은 뒤 밥을 조금만 담아왔다. 그래야 어느 정도 선생님들과 보조를 맞출 수 있었다. 연차가 올라가면서 나의 밥 먹는 속도도 조금씩 빨라졌지만 아쉽게도 일이 바빠 못 먹는 경우가 더 많았다.

　독립한 지 얼마 지나지 않아 엄마, 아빠께서 떡과 과일, 닭강정, 김밥 등을 푸짐하게 준비해 와서 우리 딸 잘 부탁드린다며 병동 선생님들께 인사를 하셨다. 나는 쑥스럽기도 했고, 선생님들께서 좋아하실까 싶어서 말렸지만 부모님은 당연히 해야 할 예의라고 하며 나를 나무라셨다. 병동 안에 있는 비뇨기과 의사실에도 음식을 나눠드렸다. 엄마가 솜씨를 발휘하여 만든 닭강정은 평소에 내가 잘 먹는 음식이었는데, 다행히 선생님들의 입맛에도 맞아 인기 만점이었다.

　이브닝 근무였던 그날, 같이 근무한 선생님이 "비뇨기과 의사실에서 잘 먹었다며 이따가 포장마차에서 간단히 한잔하자네. 너 괜찮니?" 하고 물으셨다. 이런 자리를 한번도 가본 적이 없어서 어떻게 해야 할지 몰라 우물거리고 있었더니 "그냥 국수 한 그릇 먹는다고 생각하면 돼. 병원 바로 옆에 있는 포장마차야" 하셨다.

　나는 학교 다닐 때도 포장마차에 한번도 가본 적이 없었다. 아저씨들의 전유물 같은 느낌이랄까, 내가 갈 곳이 아닌 것 같았기 때문이다. 하지만 스물네 살에 처음 가본 포장마차는 별다를 게 없었다. 길거리에 서서 호호 불며 먹던 어묵을 앉아서 먹는 정도의 차이일 뿐이었다. 그날 처음으로 멍게라는 걸 먹어봤는데, 맛은 없었다. 초등학생 입맛인 나에게 포장마차에서 먹을 수 있는 건 국수와 어묵 정도로 제한적이었다.

비뇨기과 전공의 선생님들과 편하게 술을 마시며 이것저것 이야기했다. 아무것도 모르는 나는 그냥 국수만 끄적거리며 먹을 뿐이었다. 어색하긴 했지만, 어찌 됐건 그 자리를 가진 후 의사실과 많이 편해졌다.

6개월 정도가 흘러 어느 정도 정맥주사를 놓을 수 있게 됐다. 그런데 이브닝 근무를 하던 어느 날, 정맥주사가 너무 안 됐다. 두 번을 찌르고도 실패한 뒤 어쩔 수 없이 선배 선생님께 부탁을 했다. 평소에는 참 좋은 선생님이었는데, 그날은 기분이 별로였던 모양이다.

"너, 아직까지 그러면 어떻게 하니? 알았어, 냅둬. 내가 시간 날 때 할 테니까" 하고 퉁명스럽게 대답해서 무안했다. 안 그래도 정맥주사가 안 되어 기분이 지하 4층, 저 밑까지 내려간 상태였는데 선생님까지 타박을 하니 더 우울하고 '나는 왜 이것밖에 안 되나' 하는 자책감이 들었다. 심하게 나를 비난하는 말이 아님에도 상처가 됐다. 신규가 선배들에게 듣는 말 한 마디, 한 마디가 얼마나 파장이 큰지 확실하게 느낀 순간이었다. 별것 아닌 얘기를 들은 것만으로도 의기소침해지고 '나는 간호사가 맞지 않은가 봐' 하는 부정적인 생각이 바로 들었는데, 그보다 더한 욕설이나 비하 그리고 공개적인 곳에서의 태움을 당한 경우에는 그 상처가 얼마나 클까?

속이 상하긴 했지만, 내가 그 선생님께 받은 유익한 영향은 훨씬 더 컸다. 환자들을 달래고 편안하게 대하는 법, 의사실과 잘 지내는 법 그리고 분위기를 밝게 하는 것 등을 나는 곁에서 배웠다. 선생님과 나이 차이가 많이 났지만 먼저 편안하게 대해주셨기에 다가가기가 수월했다.

> "솔직히 저는 항상 사람들에게 그래요. 일개 배우 나부랭이라고. 왜냐하면 60명 정도 되는 스태프들과 배우들이 멋진 밥상을 차려놓아요. 저는 잘 차려진 밥상에 숟가락 하나 얹었을 뿐입니다."

영화배우 황정민 씨의 수상소감을 좋아한다. 나직하게 이야기하는 그 말 속의 울림을 공감한다. 나의 신규 시절에 우리 선생님들이 잘 차려준 밥상에 막내인 내가 황송하게도 숟가락 하나 얹고 갔다. 부족하고 실수가 많았던 나를 선생님들은 참 많이도 보듬어주었고 오히려 "네가 예쁘게 하니까 예뻐하지" 하면서 이끌어주었다. 아마 생글생글 잘 웃고, 근무시간보다 항상 일찍 출근하고 근무 끝나면 선생님들 쫓아다니면서 뭐 빠진 거 없냐고 귀찮게 했던 모습이 예뻤나 보다. 그런 나를 보고 선생님들은 웃으면서 "야, 고만 따라다녀. 일 빼먹은 거 없대도! 그러니까 얼른 좀 집에 가라고!" 했다.

선배가 되어 여러 후배 간호사들을 대하다 보니 어떤 후배가 예쁘고 안 예쁜지 보이기 시작했다. 선생님들이 나를 귀여워해주었던 마음을 알 수 있긴 했지만 그래도 너무나 과분한 칭찬과 사랑을 주셨다. 그분들의 사랑과 좋은 영향력을 흠뻑 받으며 나는 간호사로서 조금씩 성장했다.

1. 문제가 발생하면?
▶ 괜찮겠지 혼자 생각하고 넘어가지 말고 즉시 선배 간호사와 상의하세요!

2. 인사를 잘하자!
▶ 생각보다 인사 안 하는 경우가 많답니다. 인사는 자신을 알리는 가장 좋은 방법입니다!

3. 일이 보이면 모르는 척 넘어가지 마세요!
▶ 정리해야 할 물건들, 환자들의 수액 갈아주기 등 내가 할 수 있는 일들이 보이면 바로 하세요.

4. 잘 모르는 부분은 꼭 다시 확인하세요!
▶ 선배에게 혼날까 봐 물어보지 않고 짐작으로 하게 되면 나중에 큰 사고로 돌아옵니다.

5. 근무 중에는 휴대폰 사용을 자제하세요.
▶ 일하는 동안 휴대폰에 빠져있는 후배, 누가 예뻐할까요?

6. 일찍 출근하세요.
▶ 일도 못하면서 선배들과 똑같이 출근해서 잘하기를 바라는 건, 너무도 큰 욕심이지요.

7. 선배의 도움을 받았다면 고마움을 표현해주세요.
▶ 선배 입장에서 보면 도와줘도 별 반응이 없는 후배는 다음번에는 도움을 주고 싶지 않아요!

두려움 1위 정맥주사 그리고
따뜻한 K 아저씨

신규 간호사 시절, 여러 가지 두려운 일들이 많았지만 난 혈관주사가 제일 스트레스였다. 지금도 완전히 자유롭다고는 할 수 없지만, 신규 시절에는 큰 고민거리였다.

정맥주사를 놓기 위해서는 일단 고무줄로 팔을 묶고 혈관이 튀어나오기를 기다려야 한다. 그 사이 알코올 솜으로 주사할 부위를 중심으로 5cm 정도 원을 그리며 닦고 말린다. 이중으로 된 정맥 천자용 카테터를 잡고 다른 손으로 3cm 정도 떨어진 주사 부위 피부를 삽입할 반대 방향으로 잡아당긴다. 그러고 나서 바늘의 사면이 위로 향하게 하고 10~30도의 각도로 정맥의 방향을 따라 삽입한다. 이때 카테터에 피가 고이는 걸 확인한 후 쇠바늘은 그대로 두고 플라스틱 바늘을 살살 밀어 넣는다.

신규 때는 무턱대고 이중 카테터를 한꺼번에 혈관에 쑥 밀어 넣었으나 나중에는 요령이 생겨 혈관에 진입하면 플라스틱 부분만 천천히 밀어 넣었다. 그러면 혈관이 가늘거나 약하더라도 터지지 않는다. 바늘 안으로 혈액이 보이면 제대로 들어갔다는 의미이기에 잘하고 있는 거다. 하지만 신나서 수액을 연결하여 주입하는 순간 갑자기 혈관이 터지는 수가 있다. 그러니 반창고를 붙이고 병실을 나설 때까지 잘 확인해야 한다.

간호사로 발령이 났다고 그날부터 바로 정맥주사를 잘 놓을 리 없다. 수많은 실패와 경험 뒤에 차츰 감각이 생기고 실력이 향상되는 것이다. 선생님들의 부드럽고 자연스러운 손놀림은 어느 경지에 이르러서야 나올 수 있는 모습이다. 나 같은 신규는 흉내 낼 수 없는 탁월함이었다. 그 단계에 이르기 위해 수없이 반복하고 실전에 부딪혀야 했다.

주사 놓는 시간만 해도 상당히 오래 걸렸던 그때, 미숙한 나를 다독여주고 손을 내밀어주었던 K 아저씨! 방광암으로 항암주사를 맞기 위해 자주 입원했던 그분을 잊을 수 없다. 아저씨는 실력이 한참 모자라는 나를 위해 불편함을 감수하고 오른손을 선뜻 내주면서 "여기 혈관 잘 나오니까 한 번 해봐" 하셨다. 신규임이 너무도 티가 났던 그때, 나를 보자마자 "가서 주사 잘 놓는 간호사 오라고 해요" 하면서 거부했던 환자도 있었는데 말이다.

아저씨의 손에 고무줄을 묶자 손등 중앙에 혈관이 선명하게 툭 튀어나왔다. 누가 봐도 주삿바늘을 대기만 하면 피가 바로 나올 것 같은 혈관이었다. 그럼에도 난 바들바들 떨면서 한참을 망설이다가 찔렀다. 이중구조로 된 주사바늘이 익숙지 않은 나는 조심스레 혈관으로 바늘을 밀어 넣었다. 피가 고이는 걸 확인하고 고무줄을 풀고 쇠바늘을 빼냈다. 그리고 수액세트와 플라스틱 바늘을 연결하고 수액을 틀었다. 잘 들어가고 혈관이 붓지도 않았다.

"잘 됐네, 수고했어요."

나는 아저씨 팔에 반창고를 예쁘게 붙여드렸다. 정맥주사 과정에서 내가 잘할 수 있는 부분은 그것밖에 없었기 때문이다. 아저씨께 감사하다는 인사를 하고 병실을 나왔다.

'휴우, 어렵다.'

그래도 정맥주사를 한 번에 성공해서 무척 뿌듯했다.

내가 환자가 되어 주사를 맞게 되었을 때, 같은 정맥주사지만 간호사마다 방법이 조금씩 다르다는 걸 알게 됐다. 고무줄로 팔을 묶은 다음 어느 간호사는 혈관이 잘 나오라고 살살 두드리기도 하고, 문지르기도 하고, 주물러주기도 한다. 또 다른 간호사는 이마를 때릴 때처럼 손가락으로 혈관을 퉁퉁 튕긴다. 개인적으로 손가락으로 튕기는 경우 썩 기분이 좋지 않았고 아프기까지 했다. 나는 주로 환자들에게 "어디가 잘 나올까요?" 말을 걸면서 고무줄을 묶고 몇 번 주물러서 따뜻하게 해준 다음 살살 두드리는 스타일이다. 대화를 주고받는 동안 환자들은 대부분 이야기에 팔려 긴장감을 늦추게 된다. 그리고 혈관이 안 좋아서 오랫동안 찾아야 할 때도 좋은 방법이다. 아무 말 안 하고 간호사가 팔만 계속 아프게 튕기면 얼마나 긴장되겠는가? 별의미 없는 대화라 하더라도 간호사가 부드럽게 이야기하면서 주사를 놓는 경우와 주사만 푹 찌르는 경우는 천지 차이다. 물론 나도 신규 때는 오로지 주사 놓기에만 급급했지만 시간이 지나면서 많이 나아졌다.

주사를 다 맞은 다음 뺄 때도 작은 노하우가 있다. 바늘을 완전히 빼고 재빨리 솜을 대줘야 통증이 덜한데, 잘 모르는 신규 간호사들은 바늘이 혈관 안에 있는 상태에서 솜으로 꾹 누르며 뺀다. 이 경우 바늘이 눌리게 되어 매우 아프다. 특히 쇠바늘일 경우는 더하다. 내가 직접 겪은 경험이다.

헤파린 캡이라는 제품이 있다. 정맥주사를 매번 찌르면 환자도 힘들고 간호사도 힘들다. 그런데 정맥주사용 카테터의 플라스틱 부분과 헤파린 캡을 연결하여 반창고로 고정시켜 놓으면 최장 3일까지 쓸 수 있다. 하루 두세 번 항생제를 맞는 환자의 경우엔 그때마다 찌르지 않고 보통 헤파린 캡을 부착시켜 놓고 필요할 때마다 끝부분의 고무 부위에 주사를 놓는다. 헤파린 캡

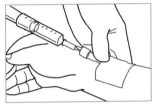

에는 헤파린이라는 특수한 약물 처리가 되어 있어서 혈액이 응고되지 않기에 특별히 붓거나 감염 증상이 없으면 3일 동안 유지할 수 있다.

헤파린 캡과 관련한 나의 대박 실수담이 있다. 신규 때 난 용감하게도 23게이지 쇠바늘 끝에 헤파린 캡을 연결하는 만행을 저질렀다. 원래는 정맥주사용 카테터의 플라스틱 부분과 헤파린 캡을 연결해야 하는데, 항상 완성되어 반창고에 가려진 헤파린 캡만 봤던 나는 아무 바늘이나 사용해도 되는 줄 알았다. 헤파린 캡을 연결하는 데만 정신이 팔려 안의 내용물을 생각지 못했던 거다. 내가 잘못한 줄은 꿈에도 몰랐고 심지어 환자에게 친절한 설명까지 덧붙였다.

"이거 잘만 유지되면 3일 동안은 쓸 수 있어요. 주사 맞을 때마다 안 찔러도 되니까 편하실 거예요."

다음 날 출근해서 난 선생님께 한 소리 들었다.

"혜선아, 너 23게이지 바늘에 헤파린 캡을 연결했다면서? 왜 그런 거야?"
"네?"

'선생님이 왜 그러시는 거지?' 나는 그 질문을 이해하지 못했다. 하지만 선생님의 설명을 들은 후엔 바로 이해가 됐다. 어처구니없는 실수를 인식한 순간, 얼굴이 화끈거릴 정도로 창피했다.
'세상에, 세상에 이렇게 바보 같을 수가!'
환자의 쇠바늘 헤파린 캡은 반나절이나 지난 후 이브닝 선생님이 항생제를 놓으려고 할 때 발견됐다. 아, 환자는 얼마나 힘들었을까? 무지한 간호사를 만나 하지 않아도 될 고생을 했으니 말이다. 그 뒤로 난 후배들에게 헤파린 캡을 하는 법을 상세히 알려준다. 나처럼 실수하지 않도록 말이다.

K 아저씨는 그 뒤로 몇 차례 입원과 퇴원을 반복했다. 내가 입사한 지 1년쯤 되었을 무렵 아저씨의 혈관주사를 다시 놓을 기회가 있었다.

"주사실력 많이 늘었네. 초짜라서 벌벌 떨면서 주사 놓을 때가 얼마 전이었는데. 그때 말은 안 했지만 엄청 아팠던 거 모르지? 내 딸 같아서 기다려준 거야."

그 시절, 신규라는 게 티가 날 거라 생각을 못 했는데 아저씨는 이미 다 파악하고 계셨던 거다. 본인 몸이 아프고 힘들어 주사 맞는 것도 짜증 나는 일이었을 텐데 아저씨는 오히려 나의 마음을 헤아려주셨다.

이뿐 아니었다. 아저씨는 아드님이 『좋은 생각』에 다닌다면서 나에게 몇 년 동안 책을 매달 보내주셨다. 그 책을 받을 때마다 난 아저씨를 떠올리며 좋은 분을 만났음을 감사드렸다. 『좋은 생각』은 독자들의 글과 여러 좋은 글들이 함께 실려 있는 월간지인데, 책 안에서는 독자들을 '좋은 님'이라고 표현한다.

'좋은 님, 좋은 님.'

나는 혼자 읊조려 보았다. 세상은 이렇게 보이지 않고 티 내지 않는 '좋은 님'들 덕에 유지되고 돌아가고 있음을 나는 아저씨를 통해, 『좋은 생각』이라는 책을 통해 사회 초년병 시절에 알게 되었다. 내가 힘들어도 상대를 바라볼 줄 알고 헤아릴 줄 아는 넉넉함을 가진 이들 덕분에 유지되고 있음을 말이다.

사실 나는 간호사로서 아저씨께 제대로 해드린 게 없었다. 능력도 모자라고 마음의 넉넉함 또한 없었다. 오히려 아저씨에게 따뜻한 마음을 듬뿍 받았다. 사람들은 사회생활의 '쓴맛'에 대해 많이 이야기하지만 내가 지금까지 일하고 있는 이유는 이 '쓴맛'을 덮고도 남을 '참맛' 그리고 따뜻한 사람의 향기 때문이 아닐까 싶다.

저, 바빠요!
나이트 가야 하거든요

신규 시절에는 나이트 근무를 혼자 했다. 덜덜 떨면서 밤새 환자들이 어떻게 될까 봐 긴장하며 근무했던 기억이 아직도 생생하다. 한 시간마다 병실 라운딩을 가는 게 원칙이었지만 마음이 놓이지 않았던 나는 수시로 병실을 들락날락했다. 환자 침대의 발 쪽에 서서 환자가 숨을 쉬고 있나 한참 쳐다보다가 나오기도 했고, 혹시나 수액 연결 부위가 빠진 건 아닌가 걱정되어 이불을 들추다가 곤히 자는 환자의 잠을 깨우기도 했다. 또 환자가 자리에 없으면 복도나 화장실로 득달같이 달려가 확인을 했다.

모두 경험 부족과 불안감에서 나온 행동이었다. 환자의 입장에서는 환경이 바뀐 탓에 잠을 이루지 못해 슬슬 돌아다닐 수도 있는 일. 하지만 나는 계속 환자를 찾으러 다녔고 그것도 모자라 빨리 주무시라고 잔소리까지 해댔다. 신참 티가 나도 너무 났다.

신규 간호사가 나이트 근무를 하면 보통 새벽 4시 정도에 병실 라운딩을 떠나야 했다. 고참들은 5시에 떠나도 충분했지만 35~40명의 환자들을 혼자 보려면 내게는 절대적으로 시간이 부족했다. 환자들의 바이털 사인을 재고,

소변통을 비우고 양을 측정한 후 새것으로 교체하고, 간호 기록지를 작성하고, 노티(notify: 환자 상태에 대해 알리는 것. 줄여서 '노티'라고 한다) 할 것 등을 정리하면 일차 라운딩이 끝난다. 이어서 바로 수술 환자 준비를 해야 했다. 보통 아침 첫 수술 케이스가 비뇨기과, 안과, 이비인후과 각각 1개씩 있어서 혼자 하기에는 많이 버거웠다. 거기에다 혈당 측정과 아침 식전 약 투약 및 인슐린 주사를 끝내고 7시 반부터는 인계를 시작해야 했다.

'와! 선생님들은 어떻게 이 많은 일을 뚝딱 다 하시는 거지?'

일을 할수록 나와 고참 선생님들의 능력 차이를 절실히 느꼈다. 전날 밤 이브닝 담당이 수술 준비 및 설명을 한다. 다음 날 수술 전에 반지, 시계 등의 장신구와 속옷을 모두 제거한 다음 매니큐어가 지워졌는지 확인하고 수술복으로 갈아입도록 한다. 복장 준비가 다 되면 다음은 정맥주사다. 수술 시 응급상황이 발생할 수 있으므로 18게이지 굵은 바늘로 혈관주사를 놓아야 한다. 또, 경우에 따라서는 소변줄도 꽂아야 하기 때문에 방방 뛰면서 준비를 해야 겨우 시간에 맞출 수 있었다.

그 시절의 나는 초·중·고 학생들의 방학이 무서웠다. '아니, 간호사가 방학이랑 무슨 상관이 있어?'라고 의아해할 수도 있을 텐데, 그 이유는 이비인후과에서 가장 많이 하는 편도선절제술이 방학 동안 집중적으로 이루어졌기 때문이다. 초등학생 아이들이 하나둘 병실에 보이기 시작하면 방학이 왔음을 알 수 있었다.

주사 놓는 것도 서툰 내가 굵은 바늘의 주사를 놓으려면 온 신경을 집중해야 했다. 그나마 어른은 나은 편이다. 어린아이들의 혈관주사를 놓으려면 정말 큰일 중의 큰일이라 밤근무 내내 걱정이었다. 아이들을 별로 좋아하지 않았던 나는 요령도 없어서 어떻게 달래야 할지 잘 몰랐다. 시간에 맞춰 일을 끝내야 했기 때문에 마음은 더 바빠졌고 진땀이 났다.

아이들도 여러 유형이라 울면서도 엄마에게 얼굴을 파묻고 순순히 손을 내밀어 주사를 맞는 아이들이 있는가 하면, 내가 병실에 들어서자마자 쏜살같이 복도로 도망가는 아이도 있었고, 다가가기만 해도 겁을 내며 주사 안 맞는다고 난리인 아이도 있었다. "이거 놔, 엄마! 나 살려줘! 으악!" 이쯤 되면 병실은 때 이른 새벽부터 시끌벅적해지고, 요란함의 중심에 선 나는 모든 이목의 초점이 된다. 처음에 실패를 하면 아이의 울음소리와 부모님의 따가운 눈총을 감내하며 다시 시도해야만 했다. 정말 아찔했다.

부모의 태도에 따라 아이들은 많이 달라진다. 아이들이 주사를 무서워하고 싫어하는 것은 당연하다. 미리 부드러우면서도 단호하게 "조금 있으면 주사를 맞게 될 거야" 이야기해주고 아프지만 꼭 필요한 과정임을 알려주는 경우에는 울면서도 손을 내밀고 주사를 맞는다. 이런 경우, 주사를 맞고 나서 칭찬을 해주면 금방 울음을 그친다. 하지만 아이가 울면 더 흥분하고 격앙되는 부모들도 있다. 이런 때는 오히려 부모들을 달래야 했다. 주사를 맞는 건 지금 당장의 아픔보다 더 큰 치료를 위함인데 오히려 내게 "주사 좀 잘 놓아요! 그러다 애 잡겠네" 하며 핀잔을 줄 때는 정말 도망가고 싶은 심정이었다.

'누구는 잘 놓고 싶지 않겠느냐고요! 나도 잘 놓고 싶다고요!'

속으로는 무수히 외치지만, 입 밖으로는 "네, 알겠습니다"라는 말밖에 하지 못하고 묵묵히 다시 자세를 잡아야 했다.

처음으로 혼자 나이트 근무를 하는 날, 미리 충분히 잠을 자고 출근해야 했지만 긴장감으로 잠을 이룰 수가 없었다. 오지 않기를 바랐건만, 그 날은 마침내 오고야 말았다. '밤새 졸리면 어쩌지?' 하는 생각 따윈 들지도 않았다. 이브닝 근무를 한 선생님은 두 분이었다. 한 분은 내가 안쓰러운지 퇴근길에 옆 병동에 들러 "오늘 우리 신규가 첫 나이트니까 잘 봐주세요" 하고 부탁을 하고 가셨다. 또 집에 도착해서도 괜찮은지 전화를 해서 "새벽 2시까지는 안 자고 있을 테니까 모르는 거 있으면 전화해"라고 해주었다. 또 다른 선생님은 12시까지 나를 지켜주다 가셨다. 지금 생각해도 너무 감사하다.

"선생님, 저 너무 걱정돼요. 내일 아침에 수술환자들 라인(정맥주사) 못 잡으면 어떡해요?" 하며 기어 들어가는 목소리로 물어봤다. 선생님들은 "만약 못 잡겠으면 그냥 놔둬. 아침에 출근해서 데이 번이 잡으면 돼. 너무 걱정하지 마" 하며 격려해주었다.

선생님들이 가시고, 나는 정말 혼자가 되었다. 30명이 넘는 환자를 혼자 지켜야 한다는 부담감에 초긴장 상태였다. 전화벨이 울렸다. 가슴이 덜컹했다.

'응급실에서 환자 올린다고 하면 어쩌지?' 하며 조심스럽게 전화를 받았다. 몇 통의 전화가 더 왔지만 다행히 응급실에서 환자를 받으라는 전화는 아니었다.

나이트 근무 동안 다음 날 아침 혈액검사 예정인 환자들의 검사용기를 준비해놔야 하는데 나는 헤매고 있었다.

'CBC는 보라색 뚜껑이 있는 보틀이고 PT/aPTT는 파랑색 뚜껑, Blood

CT(혈액배양검사)는 드레싱 세트에 소독할 것 준비하고, 주사기 세 개랑 교체할 바늘 세 개 그리고 용기는 세 쌍으로 준비하고······'

나는 이렇게 중얼거리면서 수첩에 적어 놓은 대로 준비했다. 하지만 역시 신규 티가 났고, 무척 오래 걸렸다. 그리고 외부로 나가는 위탁검사들은 뭘 어떻게 준비해야 할지 몰라 따로 남겨두었다. 긴장의 연속이었지만 시간은 빨리 흘러갔다. 날이 밝아 데이 번 선생님들이 출근했다. 그렇게 반가울 수가 없었다.

선생님들은 "괜찮았어?" 하며 안부를 물어주었다. 나는 선생님들을 붙잡고 밤새 해결하지 못했던 것들을 우르르 쏟아냈다. 마치 그렇게 털어놓지 않으면 나의 긴장감을 없애지 못할 것처럼.

처음 나이트 근무를 혼자 해내고 무사히 탈의실로 향하는 내 스스로가 참 대견했다. 일을 잘한 게 아니라 그저 버텨내기만 했을 뿐이지만, 하룻밤 사이에 내가 쑥 자란 기분이었다.

집으로 향하는 지하철 안은 출근시간의 끝자락이어서 사람이 많았다. 그제야 긴장이 풀린 나는 졸음이 밀려왔다. 때마침 자리가 났다. 난 앉아서 졸기 시작했다. 머릿속에서는 계속 병원에서 종종거리며 일하는 내가 있었다. 병원에 계속 있는 건지, 퇴근을 한 건지 구분이 안 돼 눈을 뜨고 여러 번 확인을 해야 했다. 현실과 꿈의 경계가 명확하지 않고 개운치 않은 상태는 집에 와서도 계속됐다. 잠을 자기 위해 누웠지만 머릿속은 병원 생각으로 가득 찼다.

'내가 그 오더 확인했었나?'

'맞아. 그 환자 금식을 청했었나?'

'퇴원 환자 다섯 명 모두 퇴원약이 준비되어 있었나?'

아! 몸은 집에 있지만 머릿속에서의 나는 끊임없이 일하고 있었고, 빼먹은 일 때문에 병동에 전화한 것도 수차례였다. 차라리 생각이 나지나 말지, 놓친 일들이 시리즈로 떠오르니 정말 괴로웠다.

첫 나이트를 잘 견뎌냈지만, 그게 전부가 아니었다. 그 뒤로 이어지는 나이트 근무는 여전히 스트레스의 연속이었다. 특히 혼자서 모든 걸 다 해야 한다는 부담감이 가장 큰 두려움이었다. 중증도는 훨씬 높지만 둘이서 나이트 근무를 하는 내과 병동이 나에겐 차라리 좋았다.

밤근무 중 보호자 한 분이 면회를 왔다. 새벽 1시가 넘은 시각이어서 다른 환자들에게 방해가 되지 않도록 살짝 만나고 오시라고 했다. 그분이 병실로 가신 지 얼마 후, 간호사실 쪽으로 오던 환자와 그 보호자의 언성이 높아졌다.

"다른 환자분들 깨시니 말씀 계속하시려면 1층 로비로 가시는 게 좋겠어요" 하고 안내를 했다. 그리고 30분 정도 지났을까? 보호자만 씩씩거리면서 오시더니 "OO 어디 있어?" 하며 나한테 다그쳤다.

"같이 내려가신 후로 안 오셨어요."
"이 새끼, 가만 두나 봐라"

그런데, 가만 보니 소리치는 보호자의 손에 칼이 들려 있는 게 아닌가. 큰 칼은 아니고 과도 정도였지만 난 순간 얼음이 되었다.

'이거 어떻게 하지?'

무서웠다. 환자를 다시 찾으러 가려는 건지 보호자는 엘리베이터를 타고 내려갔고 난 그사이 당직의에게 전화를 했다.

"여기 신8인데요. 3B OO 환자, 보호자가 찾아왔는데 칼을 들고 있어서요."
"왜 그런대요? 내가 간다고 뭘 할 수 있는 것도 아니니깐 그냥 보안 불러요."

그러면서 전화를 뚝 끊는 것이 아닌가. '아니 환자가 칼에 찔려야 온다는 얘기야 뭐야?' 난 속이 부글부글 끓었다. 아무튼 나도 살아야 했기에 보안부서에 요청을 했고, 다행히 빨리 와서 복도를 지키고 있다가 보호자가 다시 돌아오자 일단 안정을 시키고 칼을 수거한 뒤 같이 갔다. 보호자가 순순히 따라줘서 큰일은 나지 않았지만 언제 다시 돌아올지 모르기에 나는 그 밤을 덜덜 떨면서 지새웠다.

당시 방광암 진단명으로 입원한 남자 환자가 있었다. 전직 조폭이라는데, 우리에겐 순했다. 그러나 병이 진행될수록 통증이 심해졌고 그로 인해 신경질적으로 변했다. 간호사실로 와서 진통제를 찾는 경우가 잦았고, 아픔이 가시지 않는다고 복도에 드러누워 진통제를 달라고 하기도 했다. 망치로 본인의 머리를 빠개야겠다는 말로 우리의 가슴을 철렁하게 하기도 했다. 아저씨는 항암치료로 인해 머리카락도 많이 빠졌고, 체중도 부쩍 줄었다. 안타깝게도 찾아오는 이들이 없었다.

데이 출근을 한 어느 날이었다. 나이트 근무를 한 1년 밑의 후배가 멍한 표정으로 나를 보더니 "선생님, 무서워요" 하는 것이 아닌가.

"왜 그래? 너 표정 안 좋아."

때마침 다른 선배 간호사 선생님들도 출근을 했다. 후배는 바들바들 떨면서 거의 울듯이 이야기를 시작했다. 간밤에 그 조폭 아저씨가 병동에서 자살을 했노라고. 새벽에 불 꺼진 비상계단으로 올라오던 외과 전공의가 창틀에 목을 매고 자살해 있는 아저씨를 발견했단다. 소스라치게 놀란 전공의는 바로 이 후배를 불렀고 둘은 아저씨를 끌어내렸다. 여자 둘이서 한 명은 아저씨를 밑에서 들어 올리고 한 명은 의자를 밟고 올라가 목의 끈을 잘랐다. 심폐소생술을 하며 비뇨기과 당직의를 호출했다. 심전도 모니터를 연결하니 아직 심장이 뛰고 있어 응급조치를 했지만 결국 하늘나라로 가셨단다.

후배의 놀란 가슴은 진정되지 않았다. 혼자 근무하는 나이트 때 환자가 자살을 했으니 얼마나 놀랐겠는가. 게다가 싸늘하게 식어가는 환자를 안아서 내린 후에 응급조치까지 한다는 게 어디 쉬운 일이겠는가.

하지만 후배는 안정을 취하지도 못한 채 경찰서에 가서 조서까지 써야했다. 나와 또 한 명의 선배가 경찰서까지 동행했다. 경찰서 안쪽의 철문을 통과해보는 건 처음이었다. 아무 잘못도 없었건만 철창의 삐걱거리는 소리에 괜스레 주눅이 들었다.

후배는 덜덜 떨면서 진술을 했다.

'만약 내가 혼자 나이트 근무를 할 때 이런 일이 발생했으면 어떻게 했을까?'

아마 나 또한 감당하기 힘들었을 것이다. 여럿이 있어도 감당하기 어려운 일을 혼자 있을 때 마주했으니 그 충격이 얼마나 클까? 시간이 한참 흘렀어도 그때의 아찔했던 기억은 아직까지 남아있다.

꽃 같은
내 동기들

　나와 같이 입사한 동기들이 총 15명이었고 2년도 안 되어 80% 정도가 사직했다. 지금까지 일하고 있는 사람은 달랑 나 혼자다. 난 사실 3년만 일하고 그만둘 생각이었는데 어찌 된 일인지 20년 차인 지금까지 일하고 있다.

　간호사들은 1년에 한 번 대한간호협회와 각자 본인이 속해 있는 분과(중환자간호사회, 수술간호사회, 병원간호사회 등등)의 연회비를 납부해야 한다. 신규일 때 간호팀장님이 "혜선아, 간호협회 평생회원제가 있으니까 아예 그걸 등록해라. 80만 원이니까 20만 원씩 4개월로 해" 하고 권했다. 어른의 말씀이고 간호사라면 당연히 그래야 하는 줄 알았다. 그때 내 첫 월급이 76만 원인가 했으니 80만 원은 어마어마하게 큰돈이었다. 멋모르고 낸 회비가 발목을 덜컥 잡았는지 나는 지금까지 일하고 있다. 평생회비 본전은 이미 다 뽑은 셈이다. 1년에 한 번씩 회비를 내는 때가 오면 나는 평생회원의 여유로움으로 씩 웃으며 다른 간호사들의 염장을 지르곤 한다.

　"난 평생이지롱!"

입사 동기 중 특히 친했던 두 명의 동기가 있었다. 각자 다른 학교 출신이었지만 탈의실에서 마주칠 때마다 반가워했고, 종알종알 이야기하기 바빴다. 사회생활을 처음 하는 터라 조직에 맞춰가면서 겪는 어려움을 토로하며 속상해하기도 하고 격려하기도 했다.

제주도에서 올라온 친구 B는 대학로에서 자취를 하고 있었고, 한 명은 기숙사에서 살았기에 우리는 근무시간이 맞으면, 아니 안 맞더라도 자취하는 친구의 집에 가서 즐거운 시간을 보냈다. 셋이 새벽까지 수나를 떨다가 집주인인 B는 얼마 못 자고 일어나 데이 근무를 나갔고 나와 다른 한 친구 정미는 주인도 없는 집에서 늦게까지 뒹굴거리다가 점심으로 라면까지 끓여 먹고 나오기도 했다.

B는 자유로운 영혼이었다. 갑갑한 제주도를 떠나고 싶어 일부러 서울로 소신 지원해서 온 친구였다. 동갑이었지만 나와는 참 달랐다. 혼자 씩씩하게 서울 생활을 너무도 잘하는 B를 보면 참 대견하고 부러웠다. 일에 대한 스트레스도 별로 없는 것 같았다. 둥글둥글 성격도 원만하고 일도 잘하는 그 친구를 보면서 나의 단점인 소심함과 자신 없음을 고쳐가야겠다고 생각했다. 이브닝 근무가 끝난 어느 날, 탈의실에서 B와 마주쳤다.

"야, 정말 오래간만이다. 잘 살아?"

3교대로 근무시간이 들쑥날쑥해서 얼굴을 자주 볼 수가 없었기에 무척 반가웠다. 무더운 여름이었던 그날, 친구는 "간만에 만났는데 우리 시원하게 맥주 한잔 할까?" 하고 제안했다. 나는 흔쾌히 응했고, 우리는 병원 옆에 있는 작은 바에 가서 병맥주를 마셨다. 바에서 나오는 음악을 들으며 얘기를 하다가 나는 "이거 내가 좋아하는 노래야" 하며 흥얼거리기 시작했다. 친구는 갑자기 벌떡 일어나서는 "오늘 내가 너를 위해 춤을 춰주마" 하고 내 옆에서 리듬을 타기 시작했다.

작은 무대가 있었고, 사람들이 많지 않았던 그곳에서 친구는 노래가 끝날 때까지 오로지 나만을 위해 춤을 췄다. 어두운 조명, 테이블 위에 있는 촛불로만 공간을 밝힌 그곳에서 내가 좋아하는 노래와 친구의 춤 그리고 약간의 취기는 그 공간과 시간이 우리만의 것인 듯한 충만함을 안겨주었다. 나같으면 쑥스러워서 못했을 텐데 친구는 그때의 감정에 충실하게 반응했다. 난 친구가 참 멋져 보였고 고마웠다. 일을 제대로 못 따라간다는 자괴감에 빠져 마음이 힘들었던 그날, 나를 위해 특별한 선물을 해준 친구가 눈물 나도록 고마웠다. 시간이 지남에 따라 그 맥주집은 여러 번 업종이 변경되었지만, 난 그 앞을 지날 때마다 친구와의 추억을 떠올리며 미소짓는다.

어느 날, 데이 출근을 위해 탈의실에서 옷을 갈아입다가 B에게 물었다.

"넌, 화장하면 예쁜데 왜 잘 안 하고 다녀?"
"난 밖에 나가서 놀 때만 열심히 화장해. 병원에 올 때는 굳이 예쁘게 할 필요가 없어. 그냥 예의상으로만 하면 돼. 그리고 밖에 나가면서 변신을 하는 거지."

당시 병원이 생활의 전부였던 나로서는 상상도 못할 이야기였다. 나는 출근할 때마다 오늘 병원에 가서 뭘 해야 할지, 어떤 환자를 만날지, 수술이 몇 개일지, 환자의 혈관이 괜찮을지 하는 생각이 머릿속에 가득했고, 집에 가서는 '오늘 내가 빼먹은 게 뭐지?'를 되뇌며 내가 맡은 팀의 환자들을 처음부터 끝까지 생각하고 빠진 부분이 떠오르면 득달같이 병동에 전화를 했다.

반면에 B는 병원 안에서는 털털하게 하고 다녔지만 밖에서는 한껏 꾸밀 줄도 알고 기분에 따라서 술도 마시면서 본인의 생활을 즐길 줄 알았다. 즉 일과 자기 생활의 균형을 이루며 살아갈 줄 알았던 거다. 나와 달라서 더 매력적인 친구의 모습은 나의 호기심을 자극했다.

그 후 몇 년 지나지 않아 B는 결혼을 했다. 결혼과 함께 제주도로 내려가며 병원을 그만둔 친구는 차츰 소식이 뜸해졌다. 이메일을 몇 번 보냈지만 답장이 없어 결국 끊어지고 말았다. 사랑하는 친구 B가 잘 지내는지 지금도 궁금하다.

내 신규 간호사 시절의 더없이 좋은 친구 B야, 정미랑 나랑 항상 너를 보고 싶어 한단다!

또 한 명의 입사 동기, 정미. 한 살 아래 동생인 정미는 뽀얀 피부에 초롱초롱하고 큰 눈을 가졌고 딱 보기에도 순·둥·이라고 쓰여 있는 사랑스러운 아이다. 실제로 성격도 순하다. "정말?" "아, 그래?" 등의 감탄사로 동감을 표하곤 하는 정미의 말투는 같이 이야기를 나누는 이로 하여금 그녀에게 빠져들게 하는 매력이 있었다. 그래서 정미와 수다를 떨고 나면 속이 시원했고 내 편을 얻은 듯 든든했다.

어느 날, 정미가 "언니, 나 방통(방송통신대학) 할 건데 같이 할래?" 하며 물었다. 우리는 당시 3년제 간호대를 졸업한 전문학사였기 때문에 학사를 따기 위해서는 다른 대학에 편입을 해야 했다. 나는 일에 적응하는 게 우선이라 깊이 생각해보지 않았다. 하지만 "그래? 너 할 때 같이 하면 나야 좋지" 하고 '친구 따라 강남 간다'는 속담처럼 정미를 따라 방통을 시작했다.

정미는 여기저기서 선배들의 족보를 구해왔고, 나는 병동 선배님들이 교과서를 물려주는 등의 도움을 주어서 공부를 할 수 있었다. 혼자 공부한 다는 게 쉬운 일이 아니었기에 방통을 하면 원래의 학기보다 시간이 더 걸려서 졸업하는 것이 보편적이었다. 난 학점이 안 좋아서 한 학기를 더 다니며 재수강을 했다. 명색이 병동 간호사인데 다른 과목도 아닌 성인 간호학이 D였기 때문이었다. 부끄러워서 정미에게만 조용히 "정미야, 나 성인 간호학 D 나왔다. 이게 뭔 창피니" 했다. 그랬더니 정미는 "응, 언니 나는 F야" 하며 해맑게 웃었다. 난 그런 정미를 보며 웃음이 터졌고, 나를 따라 웃던 정미는 "다시 재수강하지 뭐" 쿨하게 대꾸했다.

당시 나의 남자친구였던 지금의 신랑은 이 사건 이후로 정미에게 '에프 친구'라는 별명을 지어줬고, 지금도 정미는 우리 신랑에게 '에프친구'로 불린다. 멋도 모르고 시작한 방통이었지만 난 정미 덕분에 무사히 학사를 따게 됐다. 친구 따라 제대로 강남을 간 것이다.

양수가 새서 입원했을 때 정미는 거의 매일 병실로 찾아왔다. 가까이 있어도 쉽지 않은 일이었지만, 정미는 잠깐이라도 꼬박꼬박 와줬다. 오프인 날에도, 퇴근길에도 나를 보고 갔고 다녀와서는 복귀했음을 알렸다. 또 기숙사에서 만들었다며 스파게티를 포장해 와서는 "언니, 입원해서 이런 거 못 먹지? 한번 먹어봐" 하며 특별식을 마련해주기도 했다. 샤워는커녕 침상 안정을 취해야만 하는 나의 사정을 잘 아는 정미는 "언니, 내일 수술이니까 내가 머리 감겨줄게" 하면서 자신의 샴푸와 린스를 가져와 나를 보호자 침대에 눕히고는 대야에 물을 받아 손수 머리를 감겨주었다.

"언니, 내일 수술 잘 받아. 알았지? 나 기본간호 잘한다, 그치?" 하며 나를 격려해주고 긴장을 가라앉혀 주었다. 그렇게 태어난 아이가 수연이고, 기쁘게도 정미와 같은 날 생일을 맞이하게 되었다. 나는 정미에 대한 고마운 마음 변치 말라는 의미로 받아들이고 해마다 수연이의 생일이 되면 정미를 떠올리며 잊지 않고 연락을 한다. 정미가 보건소로 직장을 옮기면서 같은 직장에서의 생활은 끝이 났지만 서로에게 좋은 관계로 지금까지 남아있다.

인생의 첫 사회생활, 그 길을 함께 갔던 사랑하는 동기들 덕에 그 시간을 잘 통과할 수 있었음을 고백한다. 동기들은 나의 위로자였고 우리는 서로에게 즐거움이었다, 각자 다른 병동이었지만 그곳에서 나름의 뿌리를 내리려 동동거리는 시간을 같이 보낸 길동무들. 시간이 흘러 각자 가정을 일구고, 직장도 바뀌고, 역할과 형편이 달라져 연락이 뜸해졌지만 치열했던 사회 초년시절을 같이 보낸 끈끈함은 아직도 여전하다.

사랑하는 친구들아, 잘 지내니? 나 너희들 많이 보고 싶다!

간호사인 나,
환자가 되어 보니

내가 환자가 되어 본 것은 지금까지 네 번 정도다. 그중 처음은 첫째 수연이를 임신했을 때였다. 입원해서 환자복을 입고 침대에 누워 있는 기분은 묘했다. 몸이 안 좋아서 그런지 마음이 편치 않았고 모든 게 불안정했다. 침대에 누웠지만 바닥은 딱딱하고 시렸다. 쉬어야 했지만 쉽게 잠을 이룰 수 없었고 오랜 시간 뒤척이기만 했다.

새벽 5시경, 간호사의 바이털 사인 측정을 시작으로 환자로서의 나의 하루가 시작됐다. 7시 전에 채혈 및 태아심박동 검사를 하고, 아침식사 그리고 회진, 보건원님의 병실 청소, 수시로 오는 각종 종교단체의 전도 방문, 점심식사, 면회객들 만나기, 잠깐 휴식……. 그러다 보면 어느새 저녁 회진과 식사시간이 되었다.

하루 중 온전히 쉴 수 있는 시간은 충분하지 않다. 병실에 드나드는 사람이 의외로 많았고 시끄러웠다. 누워는 있지만 조용히 쉴 수 있는 환경이 아니었다. 복도에서 들리는 환자들과 보호자의 이야기, 카트 굴러가는 소리,

수액걸이대를 밀고 가는 소리 등 소음 요인은 다양했다. 몸 상태가 안 좋으니 그 소리들은 더욱더 크게 들리고 거슬렸다. 특히 간호사들이 신발을 끌고 다니며 내는 소음은 유난히 시끄러웠고, 고요한 밤이나 새벽에는 더 심했다. 병실 안에서 신발 소리만 듣고도 나는 어느 간호사가 지나가고 있는지 알 수 있었다.

수연이를 출산하기 위해 나는 수술실로 옮겨졌다. 침대에 누워서 가는 동안 바닥의 질감이 침대 바퀴를 통해 전달되었다. 턱이 있는 곳에서의 덜컹거림은 컸고, 누워서 바라보는 천장은 어지러웠으며 불빛은 눈부셨다. 그동안 느껴보지 못했던 낯선 경험이었다.

병원에서 침대로 이송되는 환자를 보는 건 일상이었다. 하지만 침대에 누운 입장이 되고 보니 모든 사람들이 나를 쳐다보는 것만 같았다. 가끔 이불을 푹 뒤집어쓰고 얼굴을 가리는 환자들이 있었는데, 왜 그런지 알 수 있었다. 누워서 보니 사물과 사람들이 달라 보였다. 단지 누워 있을 뿐인데 말이다. 모든 것이 낯설게 느껴졌고 새로웠다. 바라보는 시각에 따라 보이는 것들이 달라질 수 있음을 수술실로 가는 짧은 시간 동안에 나는 깨달았다. 주로 서 있는 자세에서 누워 있는 환자에게 무언가를 설명하곤 했었는데 그 또한 고압적으로 보일 수도 있고, 간호가 아닌 훈계가 될 수도 있겠구나 하는 생각이 들었다.

어느덧 목적지에 도착했다. 명색이 간호사였기에 알아서 수술 침대로 옮겨 앉아 수액을 수액걸이에 걸고, 소변줄을 침대에 잘 고정시킨 후 얌전히 누웠다. 그런데 한 5분쯤 지났을까 수술실 간호사 선생님이 "이 방 아니에요.

방이 변경됐어요" 하는 게 아닌가. 같이 있던 인턴 선생님과 나는 머쓱했다. 하지만 어쩌겠는가? 나는 주섬주섬 고정해놓은 소변줄을 풀고는 조용히 이송 침대에 올랐고 바로 옆방 수술실로 옮겨졌다.

그러고는 "선생님, 여기 맞죠? 또 이사 가야 하는 거 아니죠?" 하고 수술실 간호사 선생님께 확인을 했다. 바짝 얼어있던 나는 어이없는 에피소드로 인해 긴장감이 조금 누그러졌다.

잠시 후 마취과 선생님이 오셨다.

"옆으로 누워서 새우처럼 웅크려볼게요."

선생님의 말씀대로 나는 경막외 마취를 위한 자세를 취했다. 척추 내에 있는 경막외강(척수가 들어 있는 공간 바깥쪽 공간)에 바늘을 넣어서 약물을 주입하기 위함이다. 임신 막달이라 배가 한껏 나온 상태여서 허벅지를 배까지 붙이고 있기가 어려웠다. 내 딴에는 구부린다고 구부렸지만 마취과 선생님은 만족하지 못했다.

"좀 더 구부려보세요."

숨이 차고 땀이 났다. 바늘을 넣는 작업은 한 번에 안 되고 세 번째가 되어서야 겨우 성공했다. 이제 막 시작인데, 나는 이미 기운이 쪽 빠졌다.

시술이 끝나면 환자를 바로 눕히고 설치한 도관으로 마취 약제를 주입한 후 수술을 위한 자세를 취하게 된다. 경막외강에 주입된 국소마취제는 척수액으로 스며들어 척수신경과 신경절을 차단한다. 이때 환자는 다리에 힘이 빠지고 저린 것 같은 감각 등을 느끼게 된다. 마취과 선생님은 배 쪽부터 살짝 꼬집어보면서 아픈지, 숨이 찬지 등을 물어보았다. 마취 때문인지 긴장 때문인지 정확한 감각을 알 수 없었다. 아픈 것 같기도 하고 아닌 것 같기도 했고 숨찬 것 같기도 하고 아닌 것 같기도 했다.

자세를 똑바로 한 후 나의 심장은 갑자기 요동치기 시작했다. 긴장이 몰려왔는지 아니면 이제 본격적으로 수술이 시작된다는 걸 몸이 감지했는지 심장 박동수가 120을 넘어섰다. 집도의 선생님은 "왜 그렇게 긴장해요? 마음 편히 해요" 해주었다. 안면이 있는 수술실 간호사 선생님이 나의 손을 잡아주었다. 경막외 마취를 했기에 의식이 또렷했던 그때, 나의 청각은 예민하게 반응했다. 의료진들이 쓰는 의학용어가 귓속으로 쏙쏙 꽂혀 들어와 상황이 어떻게 돌아가는지 파악이 되었기 때문이다.

잠시 후, 메스로 배를 가르는 무딘 감각이 느껴졌다. 그러다 어느 순간 내 몸 전체가 좌우로 크게 흔들렸다. 수술실 간호사 선생님은 "지금 아가가 나오고 있어요" 하고 알려주었다. 학생간호사 때 봤던 장면이 지금 나에게 일어나고 있는 거였다. 아가의 목을 잡고 엄마의 몸 밖으로 빼내는 그 순간 말이다.

묵직하게 누르고 흔드는 강도가 너무나도 커서 나는 방광에 소변이 꽉 차올라 터질 것만 같았다. 수술실 간호사 선생님께 다급하게 "선생님, 혹시 제 소변줄 잠긴 건 아닌가요? 방광이 터질 것 같아요" 하고 말했다. 그 상황에 어떻게 소변줄 걱정을 하느냐고 타박할지 모르지만, 그때의 나는 정말 심각했다. 모르는 게 약이라더니 딱 나를 두고 하는 말인 것 같다.

"응애~."

우렁차지는 않지만 분명한 아기의 울음소리가 들렸다. 간호사 선생님은 아가의 몸을 정성스레 닦고 소독포로 싼 후 "공주님입니다"라고 알려주었다. 태지로 온통 뒤덮여 울고 있는 아가가 내 뱃속에 있다가 세상으로 나왔다는 것이 신기하기만 했다.

곧이어 "이제 수면제 들어갑니다. 잠들 겁니다" 하고 마취과 선생님이 이야기했다. 얼마 지나지 않아 나는 아득한 블랙홀로 빠져들어 가는 것만 같았다. 느낌이 썩 유쾌하지 않았다. 속으로 "여기서 빠져나와야 해. 이 컴컴한 곳으로 빨려 들어가면 안 돼" 하며 버티려 했다. 편안하게 잠드는 게 아니라 바닥이 없는 우물 속으로 한없이 빨려 들어가는 듯했기에 숨찬 것처럼 갑갑했고 또 누군가가 나를 못 나가도록 강한 힘으로 붙잡아 끄는 것만 같았다.

그로부터 얼마 후, 희미하게 무언가가 보이기 시작했다. 천천히 고개를 돌려보니 회복실이었다. 저쪽에 낯익은 간호사 선생님들이 보였다. 왠지 울컥하는 감정에 이불로 얼굴을 가렸다. 얼마 지나지 않아 배를 칼로 찌르는 것 같은 극심한 통증이 밀려왔다. 자궁수축제를 투여했기 때문이란다. 수술하는 것보다 더 아팠다. 나는 "선생님, 너무 아파요" 하며 진통제를 요청했다. 내 몸과 정신이 분리되었으면 좋겠다는 생각이 들 정도로 몸이 저절로 뒤틀리고 나도 모르게 입술을 깨물 만큼 아팠다. 수술 당일은 거의 밤을 통증으로 지새웠다. 마지막 자궁수축제를 맞을 때는 미리 "저, 진통제 먼저 주신 다음에 수축제 주면 안 될까요?" 하고 요청할 정도였다.

통증이 가라앉고 나니 좀 살 것 같았다. 아플 때는 인간의 가장 원초적인 민낯이 드러난다. 너무도 고통스러워서 내 모습이 어떻게 보일지 따져볼 겨를조차 없었다. 빨리 고통에서 헤어나오고 싶을 뿐.

환자들은 진통제를 요구할 때 얼마나 괴로웠을까? 진통제를 원하면 담당 의사에게 노티를 하고 처방을 받아 그 약이 올라올 때까지 견뎌야 한다. 아플 때는 시간이 더욱더 길게 느껴지는 법이다. 담당 의사가 응급상황이거나 전화를 받지 못하는 경우면 처방을 받을 수가 없고, 진통제 투약 시간은 더 늦어지게 된다. 이런 사정을 잘 아는 나도 진통제 투여가 늦어지니 예민해졌다.

진통제 빨리 안 준다고 소리치고 화내는 환자들이 종종 있다. 이해를 못하는 건 아니지만 많이 힘들었다. 처방이 늦어지거나 약이 아직 오지 않아 불가피하게 투여를 못함에도 불구하고 그 원성을 다 받아내야 하는 것이 버거웠다. 그래서 환자의 통증보다는 환자의 짜증을 받아내야 하는 게 먼저였다. 돌아가면서 나한테만 짜증을 내는 것같이 느껴졌고 내가 잘못한 게 아님에도 일차 방어선으로 그 짜증을 받아내야 하는 것이 힘들었다. 하지만 내가 극한 통증을 겪고 보니 그 순간에 나오는 것은 간호사에 대한 짜증이 아니라 본인의 통증에 대한 예민한 반응임을 알게 되었다.

'많이 힘드신가 보다' 하고 넘기고 조금씩 받아들일 수 있게 되었지만 쉽지만은 않았다. '내가 저 짜증을 언제까지 받아줘야 하나'라는 막막함이 있었기 때문이다. 하지만 내가 실제로 통증을 겪어본 뒤, 의료진들이 환자의 통증에 무감각해지는 이유가 이런 연유 때문일 수도 있겠구나 하는 생각이 들었다.

수술 다음 날, 통증이 많이 가라앉았고 소변줄도 제거했다. 침대 안에서 다리를 움직이며 앉아 있다가 천천히 신랑의 부축을 받아 침대 밖으로 나왔다. 바닥에 발을 딛는 순간 다리에 힘이 풀려 주저앉을 뻔했다. 화장실까지 비틀거리며 부축을 받아서 갔다. 일을 다 본 후에도 다리에 힘이 들어가지 않아 제대로 일어나지 못했다.

출산 후 오로(분만 후 자궁에서 나오는 분비물)가 계속 나오던 터라 기저귀를 한 채 계속 누워 있었던 나는 하룻밤 사이에 꼬리뼈 있는 부위가 몽고반점처럼 까매지고 물집이 잡히며 감각이 둔해졌다. 피부과 진료를 본 후 연고 처방을 받았지만 나의 몽고반점은 거의 1년 동안 몸에 새겨져 있었고 무딘 감각도 지속됐다. 또 한 달 이상 맞은 항생제로 인해 선명하고 불끈불끈 솟았던 내 팔의 혈관들은 피부 안쪽 깊숙이 숨어들어 갔으며 주사 흔적들은 곳곳에 남아 있었다. 환자로서 겪은 시간의 흔적들이 몸에 새겨진 거였다.

환자로서의 시간은 유쾌하고 좋은 시간이 결코 아니었으며 어쩔 수 없지만 받아들여야 하는 시간이었다. 하지만 간호사로만 있었다면 결코 알 수 없었던 것들을 알게 된 시간이었다. 또한 내가 어쩌지 못하는 것들을 대하는 자세와 이 세상을 살아가는 데 있어 진정 중요한 것이 무엇인지를 알아가는 시간이기도 했다.

입원 기간은 몸도 마음도 침체되어 예민함의 밀도가 높아진다. 그때 마주하는 의료진의 태도는 환자에게 큰 영향을 미칠 수밖에 없다. 직장을 다니는 사람은 직장을 쉬거나 그만둔 상태이고, 가정을 돌보던 엄마는 가족들을 뒤로하고 병원에 있는 것이다. 학생은 학교를 가지 못하고 있는 상태이며, 아가나 거동이 불편한 분이 입원한 경우에는 보호자가 한 명 붙어 있어야 한다. 일상이 무너지고, 본인뿐 아니라 가족들까지 영향을 받는다. 썩 유쾌하지 않은 변화가 일상의 틀을 흔든다.

퇴원해서 아가를 안고 집으로 가는 길, 나의 시선은 차창 밖의 풍경에 빨려들어 갔다. 하늘의 구름이 이리도 아름다운지 햇살이 이리도 따사로운지 전에는 느끼지 못했다. 걸어다니는 사람들의 모습 하나하나가 눈 안으로 쏙쏙 박혀 들어왔다. 아무렇지도 않은 일상이 너무도 그리웠다.

창문을 조금 내리고 그 사이로 들어오는 바람을 느껴보았다. 5월의 바람은 온기를 머금어 따사로웠다. 만감이 교차했다. 겨우 한 달 남짓 입원해 있었을 뿐이었는데, 새로 태어난 것만 같았다. 모든 것들이 예전 같지 않았다. 일상으로의 복귀는 나의 시선을 곱고 순하게 변화시켜 주었다. 그리고 환자가 아닌 일반인으로서 평범하지만 소중한 생활 속으로 다시 한 걸음 내딛기 시작했다.

3 부

어느새
이만큼 왔구나

그렇게 우리는 간호사가
되어간다

내게도
후배가 생겼답니다

　나의 첫 근무지였던 신8 병동. 그곳에서 만난 선배·후배 간호사 그리고 레지던트들은 지금 돌아봐도 참 정감이 있었다. 이비인후과, 안과, 비뇨기과가 같이 있는 곳이었는데, 비뇨기과 의사실이 병동 안에 있었기에 다른 과보다 사이가 좋았다. 비뇨기과 과장님은 종종 회진 후에 간호사실에 들러 같이 커피를 마시며 안부를 묻기도 했다. 또 선배 간호사들과 의사실의 사이가 돈독해서 신규인 나는 그냥 그 분위기에 묻어가기만 하면 되었다. 선배들이 잘 깔아주신 자리에서 내 일만 제대로 하면 됐던 거였다.

　입사 1년 후쯤, 후배가 들어왔다. 나의 첫 후배 행숙이. 행숙이는 처음 봤을 때 예쁘고 똑똑하다는 느낌을 받았다. 이젠 내가 막내가 아니라는 아쉬움과 선배가 된다는 설렘으로 좋기도 했지만 약간의 질투 섞인 감정도 있었다. (아마 많은 간호사들이 이런 느낌을 가질 수 있을 것이다.) 행숙이는, 일을 썩 잘하지도 않았지만 못하지도 않는 아이였다. 알려주면 그 당시는 잘하는데, 조금 지나면 까먹고 다시 새로워지는 스타일이었다. 처음에는 좋게 트레이닝을 시작했지만 나중에는 안 되겠다 싶어 호되게 몇 번 혼냈다. 그러고 나니 마음이 편치 않았다.

하지만 고맙게도 행숙이는 나를 잘 따라주었다. 선배 입장에서는 혼냈다고 꽁해서 인사도 제대로 안 하고 피하는 후배를 굳이 잡아서 가르치고 싶지는 않다. 비록 혼나서 기분은 나쁠지라도 선배에게 다가오고 배우려고 노력하는 후배가 좋고, 그 모습이 예뻐서 더 알려주고 싶게 된다. 일은 시간이 지나면 어느 정도 비슷하게 할 수 있지만 태도는 그렇지 않다. 행숙이 또한 처음에는 실수가 많고 지적을 당하기도 했지만 열심히 따라오며 성장해 나갔기에 우리는 서로 맞추며 일을 했고 친해지게 되었다.

행숙이가 입사한 지 몇 개월이 지난 어느 날, 나는 문득 궁금해졌다. 행숙이라는 이름이 요즘 아이들치고는 조금 예스럽게 느껴져 장난스럽게 물었다.

"행숙아, 그 이름 할아버지가 지어준 거야?"

그랬더니 흠칫 놀라면서 "아니에요, 작명소에서 돈 주고 지은 이름이에요" 하고 힘주어 말하는 것이 아닌가. 그러고는 "제 이름의 '행'은 해피 '행'이에요"라며 자랑스럽게 이야기했다. 옆에서 우리의 대화를 웃으며 듣고 있던 이비인후과 1년차는 "아니야. 행숙 간호사는 해피 '행'이 아니라 다닐 '행'이야"라고 거들었다.

난 꾹꾹 참았던 웃음을 크게 빵 터트리고 말았다. 그전부터 우리 간호사실에서는 행숙이를 '행자'라고 불렀는데 이 사건 이후 '행자'(幸者)는 '행자(行者), 즉 돌아다니는 아이가 되어버렸다. 행숙이의 첫인상은 도시적이며 약간 도도한 이미지였지만, 시간이 지날수록 숨기고 있던 구멍이 하나씩 드러났다. 그러나 그 구멍은 오히려 행숙이를 귀엽고 사랑스럽게 만들어주었다.

행숙이와 같이 근무하던 어느 날이었다. 우리는 간호사실에 있었고 수술을 마친 비뇨기과 1년차가 지나가고 있었다. 행숙이는 재빨리 노티를 했다. 수술 중에는 할 수가 없어서 끝남과 동시에 그동안 밀렸던 노티를 하게 된다 (물론 급한 사항은 수술에 들어가지 않은 위 연차에게 한다).

"OO 환자 BP(혈압)가 180/110이에요."
"그래요? 그럼 카타(Catapress: 항고혈압제) 하프(half: 반) 재서 주세요."

예상했던 처방이었기에 알아서 하겠거니 생각하고 난 내 할 일을 하고 있었다. 그런데 이어지는 행숙이의 목소리.

"선생님, 어떻게 말을 그렇게 해요?"

'이게 뭐지?'
나는 행숙이를 봤다. 1년차 선생 또한 영문을 모르는 얼굴이었다.

"내가 뭘요?"
"말을 어떻게 그렇게 하냐고요! 너무해요. 그러는 거 아니에요!"

나는 귀를 기울였다. 행숙이는 기분 나쁨을 꾹꾹 참아내는 표정으로 조용히 말을 이어갔다.

"아니, 어떻게 재·수·없·다고 할 수 있냐고요!"

1년차와 나는 의아한 눈빛으로 서로를 바라봤다. 그리고 잠시 후 우리는 동시에 빵 터지고 말았다.

"야, 노행숙! 또 엉뚱하게 들었네. 너 귀 안 팠지? 재·수·없·다는 게 아니고 재·서 주라는 거잖아!"

나는 너무 웃겨서 말을 이어가기도 힘들었다.

"아……. 그런 거였어요? 어쩐지……. 왜 나한테 욕을 하나 했네."

행숙이의 표정은 이내 밝아졌다. 1년차는 어깨를 쓱 한번 올리더니 "나, 가도 되는 거죠? 카타프레스 꼭 재·서 주세요" 하며 의사실로 갔다.
진지했던 그날 행숙이의 표정과 엉뚱함은 지금도 나를 웃게 만든다.

행숙이가 입사한 지 1년쯤 되었을 때 의약 분업 문제가 터졌다. 의약 분업은 의사가 환자에게 약을 치료제로 사용하려고 할 때, 의사는 환자에게 처방전만을 교부하고 약사는 처방전에 따라 약을 조제 및 투약하는 제도를 말한다. 즉 의사가 환자의 증상을 진단해 가장 적합한 의약품을 처방하면

약사가 처방전에 따라 전문적으로 의약품을 조제 및 판매하는 것으로, 질 높은 의료서비스를 제공하기 위해 도입한 제도다.

의사들은 이에 반대하며 전국적으로 대규모 파업을 감행했고, 그로 인해 각 병원의 수술 및 진료는 마비 상태였다. 내가 다니는 병원은 국립병원이었기에 환자들이 대거 몰려와서 북새통이었다. 우리 병원의 인턴과 레지던트들도 파업에 참여했지만 전문의들은 공무원 신분이었기에 진료를 해야 했다. 인턴과 레지던트들이 없는 상황에서 갑자기 늘어난 환자 때문에 간호사들은 눈코 뜰 새 없이 바빴다.

행숙이와 둘이 이브닝 근무를 하던 어느 날이었다. 내 일도 감당하기 버거울 정도로 많았는데, 행숙이가 계속 쫓아다니면서 환자 상태에 대해 이야기했다. 당시 행숙이 담당 환자 중에 이비인후과에서 LMS(laryngeal microscopic surgery: 후두의 미세경 수술)를 하고 목에 기관절개 튜브(tracheostomy tube: 목 앞부분에서 기관으로 통하는 구멍을 만들고 튜브를 넣어놓은 것)를 하고 오신 분이 있었다.

"선생님, 환자가 자꾸 숨이 차대요."
"saturation(산소포화도)은 괜찮아? 석션(suction: 흡입) 해봤어?"
"네. 나오는 것도 없고 카테터(catheter: 흡입을 위한 관)도 잘 들어가는데 그래요."

'기관절개 튜브를 했으면 숨 쉬는 게 힘들지 않을 텐데, 왜 그럴까' 생각하며 나는 행숙이와 같이 환자를 보러 갔다. 환자는 딱 보기에도 힘들어하는 표정이 역력했다. 석션을 해보았으나 나오는 것은 없었다. 행숙이 말대로였다. 수술을 집도한 전문의 선생님의 회진이 얼마 전이었지만 다시 노티를 해야 했다. 기도가 유지되지 않는 것은 환자에게 가장 급박한 상황이기 때문이었다.

평소대로라면 당장 당직 레지던트에게 콜을 하면 되지만 파업 때문에 전문의 선생님에게 직접 해야 했다. 나는 당직 과장님께 연락을 하고, 환자를 처치실로 옮긴 후 환자 곁에 있었다.

"행숙아, 내가 과장님 어시스트 할 테니까 넌 나머지 환자들 얼른 봐. 일 많이 밀렸을 텐데……" 하고 행숙이를 떠밀었다.

과장님은 환자의 튜브를 재빨리 교체했고, 나는 튜브를 고정한 뒤 석션을 했다. 환자는 조금씩 안정을 찾으면서 숨 쉬는 것이 확실히 편안해졌다.

뒷정리를 하고 환자를 병실로 옮긴 후 간호사실로 돌아왔다. 차트에 기록을 하는 과장님을 보니 얼굴에 땀이 송글송글 맺혀 있고 와이셔츠의 한쪽 단은 바지 속에, 한쪽은 바지 밖으로 나와 있었다.

"과장님, 엄청 뛰어오셨나 봐요."
"앞에 잠깐 밥 먹으러 나갔다가 바로 불려왔잖아. 아휴 더워."

억센 경상도 사투리로 툴툴거리는 과장님.

"배고프시겠어요, 과장님. 얼른 식사하러 가세요. 제가 식사 나올 때쯤 딱 맞춰서 다시 콜 하겠습니다."

"다른 환자들은 괜찮은가? 나 밥 먹어도 되나?"
"네네, 얼른 가세요."

과장님이 가시고 나자 조마조마했던 행숙이는 나한테 딱 붙어 섰다.

"샘, 고맙다요. 샘 아니었으면 나 아무것도 못했을 거라요."
"이눔 지지배. 너 앞으로 나 따라다니며 노티 하지 마. 니가 알아서 하라
고, 알았지!"
"아니요, 저 계속 샘 옆에 붙어서 노티 할 거라요."

행숙이는 헤헤 웃었다. 내가 으름장을 놔도 무서워하지 않을뿐더러 넉
살까지 부리는 행숙이. 후배가 어찌해야 할지 모르고 있을 때 그 일을 해결
해줄 수 있는 선배 그리고 그 고마움을 알아주는 후배. 또, 선배가 바빠서
미처 하지 못하고 있는 일들을 도와주는 후배와 끌어주고 챙겨주는 선후배
사이, 우리는 어느덧 그렇게 되었다. 서로 마음이 통하고 즐겁게 일하게 되
면서 나의 선배 노릇은 오래가지 못했다. 선후배라기보다는 동료 간호사로
같이 깔깔거리며 일하는 단계가 되었기 때문이다.
"샘, 다음 주에 저랑 같이 이브닝이에요. 계속 샘 옆에 붙어 있을 거라요"
하며 근무표를 보고 좋아라 하던 행숙이의 모습이 떠오른다. 오늘은 퇴근
하면서 행숙이에게 연락을 한번 해봐야겠다.

"행자야, 잘 지내?"

그럼 아마 행숙이는 이렇게 답하겠지.

"샘, 보고 싶다요!"

닮고 싶은 선배의
모습

　언젠가 한 후배와 이야기를 나누다가 "넌 어떤 선배가 제일 싫어?" 하고 물어봤다.

　"내가 설사 잘못한 경우라도 공개적인 자리에서 내 편 안 들어주고 의사실 편들고 나 깔아뭉갤 때 정말 싫어요. 선배고 수간호사면 그러면 안 되지 않아요? 차라리 가만히 있던가. 이건 오히려 더해."

　그 이야기를 듣고 그 아이가 왜 유독 A 선배에게 뻣뻣하게 구는지 이해할 수 있게 되었다. 후배들이 실망하는 선배의 모습은 책임지지 않고 보호막이 되어주지 않을 때다.

　의사실과 트러블이 있어서 공개적인 장소에서 다툼이 난 경우, 일단 조용한 곳으로 데리고 들어가 그 사건을 해결하거나 혼내거나 다독여줘야 한다. 공개적인 곳에서 의사실 편을 들어주거나 오히려 간호사실이 잘못했다고 하는 선배가 있다면 당연히 둘 사이의 신뢰는 깨지기 마련이다. 그러면서 후배는 선배를 떨떠름하게 대하게 되고, 선배는 후배가 자신을 무시한다고 생각하게 된다.

어느 병원인가, 보호자나 환자가 간호사실에서 큰소리를 내거나 난리를 치면 어느새 쓱 사라지는 선배도 있었다고 한다. 그러고는 지지고 볶고 일을 다 해결한 뒤에 어느샌가 나타나 "아까 그 환자는 마무리 잘 됐니?" 하며 천연덕스럽게 묻는다는 것이다.

또 어느 선배는 보호자나 환자가 음료수나 먹거리를 주면 본인의 허락 없이 못 먹게 했다고 한다. 음료수를 장에 꼭꼭 넣어놓고는 날짜가 지날 때까지 꺼내지 않아 결국 상해서 버리게 된 경우도 있었건만, 그 선배는 바뀌지 않았고 마치 자신만의 특권인 것처럼 장의 열쇠도 본인이 보관했다고 한다. 또 다른 경우도 있었다. 환자가 커피를 여러 잔 사주셔서 그중 한 잔을 마셨는데, 본인이 없을 때 허락도 없이 먹었다고 화가 난 그 선배는 퇴근한 후배 간호사에게 전화를 걸어 한참 혼을 냈단다. 결국 후배 간호사는 쉬는 날이었음에도 커피를 사 가지고 병원에 나갔다고 한다.

2016년 11월 말, 명동에서 간호대학 동문회가 열렸다. 까마득한 대선배부터 그해 졸업생까지 다양한 연령층의 사람들이 '동문'이라는 이름으로 한자리에 모였다. 사실 이런 모임을 별로 좋아하지 않는 나는 동문회에 제대로 참석한 적이 몇 번 없다. 잘 모르는 이들, 직장에서 상사로 모시는 분들과 한자리에 모여 이야기를 나누며 식사한다는 게 부담이었다. 또, 근무 후에 원하지 않는 자리에 가는 것 자체가 피곤했다.

하지만 그해의 동문회에서는 반가운 얼굴들을 많이 만났다. 신규 간호사 시절 나를 트레이닝해주셨던 선생님들과 바로 아래 학번 후배들도 만났다. 내게 다가와 반갑게 인사해준 선배와 후배들이 참 고마웠다. 학생간호사 시절에만 뵙고 다른 곳으로 직장을 옮기신 탓에 못 뵌 선생님을 이번 기회에 만나게 되었다. 알고 있어도 머쓱해서 먼저 인사하지 못하던 나였는데, 세월이 흐른 탓인지 이제는 먼저 다가가는 여유가 생겼다.

"선생님, 안녕하세요. 저 학생 실습 때 병동에서 뵈었어요."
"어머, 그러니? 그때가 언젠데 기억하니? 기억해줘서 고맙다 얘."

K 선생님은 우리 병원을 그만두고 이직을 했기 때문에 학생 실습 때 만난 게 인연의 전부였다. 그때도 참 존경스러웠는데 "K 간호사가 그만두는 건 병원의 큰 손실이에요"라고 어느 레지던트가 이야기했다는 것을 듣고 내 생각에 확신을 가졌다.

선생님은 간호사의 기본이 무엇인지 나에게 알려준 분이다.

"학생도 다 같은 학생이 아니야. 배우려고 열심히 하는 애들에겐 가르치고 싶은 마음이 들지만 시간만 때우려는 애들에겐 그냥 일만 시키게 돼. 이 환자에게 왜 이 약이 들어가는지를 알고 주는 간호사와 모르고 그냥 주는 간호사는 천지차이야. 모르고 일하면 안 돼. 오더가 난다고 그냥 하지 말고 그걸 왜 해야 하는가 생각하고 공부하는 자세가 필요해."

그러고는 이렇게 덧붙였다.

"난 간호사를 한 지 10년이 넘었지만 지금도 한 시간 전에 출근해서 카덱스(환자의 이름과 진단명, 수액 처방, 약 처방, 검사, 가지고 있는 기구 등 환자에 대한 모든

것이 요약되어 있는 차트) 보고 환자를 파악해. 그 다음에 병실 라운딩 돌고 PO(경구약)랑 주사제 다 확인한 후에 인계를 들어. '나 일할 준비 다 되었어요'라는 자세로 말이야. 그러면 자신감이 생겨. 일은 그렇게 하는 거야."

일을 하면서 그리고 다양한 선배들의 모습을 보면서, 나는 K 선생님의 말씀과 태도를 이해하고 존경하게 되었다. 그리고 일의 자세는 곧 삶의 자세와도 연결되며, 일을 대하는 태도는 결국 살아가는 태도로 나타난다는 것을 덤으로 알게 되었다.

병동에서 일할 때, 신규만 골라서 괴롭히는 A 레지던트가 있었다. 신규가 전화를 받으면 바로 반말이었다. 어떻게든 꼬투리를 잡아서 간호사의 속을 뒤집어놓거나 싸우거나 그도 아니면 울음을 터트리게 했다. 다들 기피하는 레지던트였다.

저 멀리 A 레지던트가 간호사실로 오는 모습이 보였다. 한눈에 봐도 씩씩거리는 기세다.

"이 환자 담당 누구예요?"
"C 간호사인데, 지금 다른 병실에 있어요. 무슨 일 있어요?"
"아니, 용량이 틀린 것 같아서 좀 확인하려고요."

A 레지던트는 헤파린을 정맥주사로 계속 주입하며 정해진 시간에 혈액검사를 하고 그 수치를 보면서 용량을 조절하는 환자의 담당의였다.

EMR(electronic medical record: 전자의무기록) 상의 용량과 환자에게 부착된 약물 자동 주사기(infusion pump)를 이미 확인하고 온 상황에서 나에게는 바로 뭐라 하진 못하고 담당 간호사를 찾고 있었던 것이다.

나는 "그래요, 한번 볼까요?" 하며 EMR 화면을 열었다.

"어…… 환자 11시 aPTT가 172여서 target 안이고, 그 전에 맞고 있던 대로 22cc/hr 유지하면 되네요. 그리고 지금 22cc/hr로 맞게 들어가는 걸로 보이는데, 뭐가 잘못됐을까요?"

나는 조용하게 되물었다. 이런 때일수록 목소리를 높이지 말고 차분하게 그리고 천천히 대화를 해야 상대가 흥분하지 않는다. 내가 맞다고 상대를 몰아세우면 바로 싸움으로 이어질 확률이 높다. 일단 담당 간호사가 잘못한 것이 없음이 확인됐다. 씩씩대면서 왔던 레지던트는 결국 "어…… 내가 잘못 봤나?" 하고 당황해했다.

그런 레지던트가 무안해하지 않도록 나는 "틀리지 않게 열심을 다해 성심성의껏 볼게요!" 하며 너스레를 떨었고, 레지던트는 "아, 네네" 하고 답했다. 연차가 한참 높은 간호사가 고개를 숙이며 열심히 보겠다고 하니 레지던트도 더 이상 어쩌지 못하고 멋쩍게 돌아갔다.

A 레지던트가 간호사실에 나타났을 때 혹시 무슨 일이 날지 몰라 나는 일부러 담당 간호사를 부르지 않았다. 평소 사이가 안 좋은 경우 일이 크게 번질 수도 있기 때문이다. 얼마 지나지 않아 담당 간호사가 간호사실로 돌아왔고 나는 간단히 상황을 이야기해줬다.

"와, 샘 고마워요. 샘이니까 아무 말도 안 하고 그냥 간 거예요. 내가 있었으면 다른 꼬투리를 잡아서라도 뭐라고 했을걸요?"

후배는 활짝 웃으며 내 손을 잡았다. 근무한 지 이제 1년을 넘긴 후배는 그 레지던트 때문에 많이 힘들어했다. 그 마음을 알기에 나는 잡은 손을 꼭 쥐어주었다. 사실 담당 간호사를 불러서 해결해도 될 일이었지만 전부터 후배가 "어우 스트레스예요. 전화만 하면 반말이에요. 전에는 콜을 했더니 '어, 그런데…… 왜? 아무튼 나 회진 중이고 바쁘니까 전화 끊어' 하면서 전화를 뚝 끊어버리는 거예요. 정말 기분 나빠요. 내가 잘못한 것도 아니고 환자 상태 노티 하는데 쩔쩔매야 하고" 하면서 속상해했던 걸 알고 있었기 때문에 부르지 않았다. 별거 아니지만 나의 이 작은 행동 하나에 후배는 무척 고마워했다.

결핵약을 복용하는 환자가 있었다. 한참 일을 하고 있는데 B 레지던트가 나에게 물었다.

"8호실 담당 어디 있어요? 처방에 혈액검사 결과 확인 후 결핵약 먹이기로 되어 있는데 투약기록이 D 간호사로 되어 있네요. 그 간호사 지금 어디 있어요?"
"나이트하고 퇴근했는데, 제가 한번 확인해보고 연락할게요."

바로 담당 간호사에게 전화를 걸었다.

"네, 선생님!"

"응, 나야. 집에 가고 있지? 혹시 8호실 환자 아침 식전 결핵약 줬니?"

"그럼요! 드시는 것까지 확인했어요!"

해맑게 웃으며 대답하는 후배. 아, 이를 어쩐다?

"응, 주면 안 되는 거였어. 그분 아침 피검사 결과 보고 약 조절하기로 했었거든. 지금 B 레지던트가 난리다."

"아, 정말요? 저 몰랐는데……."

"못 봤구나. 오더에 있었어."

"정말요? 그럼, 제가 놓쳤나 봐요. 아, 어떡해요 선생님?"

"일단 들어가. 나이트 했는데 자야지. 내가 얘기해볼게."

전화를 끊었다. 난감했다. 그러던 차에 환자의 주치의 선생님이 주말이라 혼자 회진을 왔다. 나는 잽싸게 따라갔다. 자초지종을 이야기하고 우리 실수임을 시인하고 사과했다.

"그 환자 OT/PT(간수치)가 계속 오르고 있어서 좀 보려고 했는데, 일단 오늘 피검사 결과 확인하고 다시 정하죠."

휴우……. 일단 한고비를 넘겼구나. 얼마 후, B 레지던트가 간호사실에 나타났고 나는 상황을 이야기했다.

"제가 확인해봤는데 약을 준 거 맞대요. 아까 스텝 샘 오셨기에 제가 말씀드렸어요. 미안해요."

"아니, 선생님이 잘못한 게 아닌데 왜 미안해요?"

"제 팀이고 우리 간호사실에서 잘못했으니까 미안하죠."

B 레지던트는 의외라는 반응을 보이며 "일단 스텝 샘이랑 상의할게요" 하며 돌아갔다. 전문의 선생님께 이야기했다고 했던 터라 B 레지던트도 별 말이 없었다. 일은 그렇게 마무리됐고, 난 퇴근한 나이트 번 간호사에게 문자를 보내줬다. 걱정과 미안함으로 계속 연락이 오고 있었기 때문이다.

"잘 해결됐어, 얼른 푹 자. 이눔 지지배, 다음부터는 정신 똑바로 차리고!"라고 말이다.

일단 마무리가 되긴 했지만, 후배들에게 한 가지 덧붙여주고 싶은 이야기가 있다. 일을 할 때는 최대한 실수를 안 했으면 하는 것이다. 의사실에 잘못을 고해야 하는 어려움도 있지만 그 이전에 환자에게 피해가 간다는 것을 잊지 말아야 한다. 우리가 일하는 목적은 '환자의 간호'다. 그 목적에 부합되도록 좀 더 꼼꼼하게 일을 해나갔으면 좋겠다.

『인턴일기』(홍순범, 글항아리)라는 책에 이런 글귀가 나온다.

> "지난달, 흉부외과 3년차 선생님이 불꽃놀이 폭죽을 만들어주었다면, 이번 달 내과 선생님들은 그 폭죽을 올바른 방향으로 세운 뒤 심지에 불을 붙여주었다. 참으로 그분들께 받은 것이 많다."

진로를 고민하던 인턴 시절, 자신을 이끌어준 선배들에게 고마움을 표하는 저자의 글을 읽으며 나는 '줄탁동기'(啐啄同機)라는 옛말이 떠올랐다. 선종의 대표적인 불서인 『벽암록』에 나오는 이 말은, 알 속의 병아리가 바깥세상으로 나오기 위해 부리로 껍질을 깨는 소리를 밖에서 어미 닭이 듣고 같이 쪼아주는 것을 말한다. 어미 닭이 껍질을 같이 깨주기 위해서는 알에서 나는 소리에 귀를 기울여야 한다. 도움을 주기 위해서는 언제 도움이 필요한지 알아야 하는데, 관심이 있어야 알아차릴 수 있기 때문이다.

잘하다가 어느 한순간이 막혀 앞으로 나가지 못하고 끙끙거리고 있을 때, 그 부분을 일깨워주고 다시 나갈 수 있는 힘을 주는 것이 선배의 역할이 아닐까 싶다. 즉 선배의 역할이 필요할 때 선배다움을 발휘하는 것이 후배들이 원하는 진정한 선배의 모습일 것이다.

나는 사실 소심하고 배포가 작아서 앞장서서 문제를 해결하거나 뭔가를 추진하는 것에 두려움이 많다. 큰소리가 나거나 다툼이 시작되면 간이 콩알만 해진다. 그러나 사람들은 잘 모른다. 그냥 나는 그 시간을 버틸 뿐이다. 도망가고 싶은 마음이 간절하고 그 순간 내 몸이 사라져버렸으면 좋겠다고 수도 없이 생각하지만, 몸은 그대로 있고 도망갈 엄두도 못 내고 그냥 그 자리에 있는 겁쟁이다. 나라고 어디 그게 쉽고 즐겁겠는가? 선배이기에, 또 상황이 그러하기에 버티는 거다. 내 선배들이 나를 감싸준 것처럼 말이다.

신규였던 내가 시간이 지나 벌써 연차가 이렇게나 많은 선배가 되었지만, 좋은 선배가 되는 건 쉽지 않다. 그냥 모른 척하고 싶을 때도 많았다. 신규가 해야 할 것들을 하나하나 배워나가듯, 선배도 선배의 역할에 대해 하나하나 배워나가야 한다. 바람직한 모습과 그렇지 못한 모습들을 보면서 나는 내 모습을 만들어가고 있다. 나를 만들어가며 지표로 삼은 글귀가 있다.

'수처작주 입처개진'(隨處作主 立處皆眞)
– 머무르는 곳마다 주인이 되고, 서 있는 곳마다 참되게 한다.

임제 선사가 하신 말씀이며, K 선생님이 알려주신 것과도 통한다. 주인이 된다는 것 그리고 선배가 된다는 건 그 자리를 잘 지키는 것이 아닐까? 내가 맡은 자리에서 내 몫을 하며 서 있는 것이 참되게 살아가는 것이 아닐까? 내 자리에서 뿌리를 내리고 스스로 정정한 나무가 되어 후배들에게 그늘이 되어주고, 그 그늘 아래에서 지친 마음을 쉬고 다시 날아갈 힘을 줄 수 있는 선배가 되는 것. 그것이 나의 '수처작주 입처개진'이 아닐까 싶다.

태운다고요?
- 간호사들의 '태움' 문화

"A 간호사가 이번에 외래로 내려온대요."

"나, 그 간호사 알아요. 순하게 생겼지만 보통이 아니더라고요."

"뭐가요?"

"병동 회진 도는데, A 간호사가 후배를 무섭게 잡더라고. 아무렇지도 않은 척 지나가긴 했지만 여러 사람 다니는 복도에서 그러는 건 아니지. 혼내려면 안에 들어가서 하라고 얘기 좀 해줘요. 김혜선 간호사가 선배니까."

"그래요? 몰랐네요."

몇 년 전 같이 일하는 전문의 선생님과 새로 외래로 오게 될 간호사에 대해 이야기를 나눴다. 부서이동이 있게 되면 그 사람에 대한 평이 입에서 입으로 순식간에 전해진다. 별로인 사람이 새로 오게 되는 부서는 폭탄이 떨어진 듯 아우성이고, 떠나게 되는 곳은 앓던 이를 뽑은 듯 속 시원해한다. '평판은 최선의 소개장이다'라는 유대인 격언이 어떤 말인지 제대로 알게 되는 시점이다.

안 좋은 평판 중 하나가 간호사들 간의 '태움'인 경우도 있다. 선배가 후배를 '태워서' 후배가 도저히 일을 못 하겠다며 사직서를 쓰겠다고 하면, 간호부 차원에서 둘 중 한 명을 다른 부서로 이동시키기도 한다. 그러면 당장 "너 B 병동의 C 샘 알아? 성격 안 좋고 일 안 하기로 유명하잖아. 트레이닝 때 신규를 활활 태워서 못 버티고 사표 썼대. 그거 무마하려고 우리 병동으로 로테이션되어 온다는데, 이제 어쩌냐? 죽었다, 우리."

어느 병원에서는 트레이닝을 받던 후배 간호사가 선배의 폭언을 참다 못해 휴대폰으로 녹음을 했다고 한다.

"야! 니 머리는 장식이냐? 그렇게 알려줘도 몰라? 바보야? 그 머리로 대학은 어떻게 나왔냐?"
"어휴~ 씨! 똑바로 못해? 몇 번을 얘기해야 정신 차릴 건데?"

인격 모독뿐 아니라 볼펜으로 머리를 툭툭 치는 등의 손찌검도 했다고 한다. 사실을 알게 된 후배 간호사의 부모님은 화가 머리끝까지 나서 고소를 하겠다고 나섰고, 병원이 한바탕 시끄러웠다고 한다.

트레이닝 기간은 서로에게 인내의 시간이다. 나에게도 트레이닝은 그때마다 힘들고 버거웠다. '얘를 가르치느니 내가 하고 말지'라는 마음이 저절로 들 만큼 피하고 싶은 과정이었다.

다 큰 성인을 하나하나 가르친다는 건 쉽지 않다. 내가 '아'라고 알려주면 '어'라고 알아듣는 경우가 허다했고, 알려준 게 분명한데도 배운 적 없다고 발뺌하는 경우도 있었다. 가르치는 이는 씩씩거리며 인상을 쓰고 한숨을 푹푹 쉬고, 배우는 이는 동동거리며 어찌할 줄을 몰라하고……. 그 갈등의 사이 어딘가에서 '태움'은 시작된다.

'태움'이라는 단어가 낯선 이들도 있을 것이다. 하지만 간호사들의 '태움' 문화는 이미 언론에서 크게 보도됐다. '병원 내 선배 간호사들이 후배를 상대로 하는 폭언, 폭행 및 따돌림을 뜻하는 단어'로 '재가 될 때까지 태운다'는 의미이다. 학교에서 왕따, 은따 등의 용어가 있듯이 간호사들 사이에서는 '태운다'라는 용어가 통용된다.

2015년 보건복지부 자료에 따르면 총 32만 명의 간호사 면허소지자 중 의료기관에서 활동하는 인력은 15만 명에 불과한 것으로 나타났다. 장롱면허 간호사가 많다는 이야기다. 그리고 신규 간호사의 이직률은 심각한 수준이다. 2014년 신규 간호사 1만 3,779명 중 이직자는 4,612명(33.5%)이었다. 어느 병원에서는 신규 간호사의 이직률이 하도 높아 입사 100일을 채우면 잘 버텼다는 의미에서 파티까지 열어준다. 그렇다면 간호사들이 100일도 버티지 못하고 병원을 떠나는 이유는 무엇일까?

'태움'이 그 이유의 전부라고는 생각할 수 없다. 병원 현장은 이론과 실제가 너무도 다르고, 신규가 빠른 시간 내에 배우고 익혀야 할 것이 어마어마하게 많다. 검사실 및 각 부서의 위치 파악도 제대로 안 되고, 병원에서의 표준어라 할 수 있는 의학용어도 알아듣기 힘든 터에 의사의 오더를 받고, 처방에 따라 약을 투여하고, 각종 검사와 수술 및 시술 전후의 처치에다 응급상황에서의 대처법 등 숙지할 것이 너무도 많다. 거기에 한없이 친절해야 하고, 환자 및 보호자의 요구조건을 맞춰줘야 한다. 근무하는 거의 모든 순간에 '을'로서의 자세를 취해야 한다.

또한 한 번의 실수가 환자의 생명과 직접 연결되는 만큼 근무 내내 긴장도가 높다. 실수를 하면 자신에 대한 자책뿐 아니라 '혹시나 환자가 안 좋아지면 어떡하지?' 하는 두려움과 걱정이 머릿속에서 끊임없이 맴돈다. 오늘 못한 걸 내일 메꿀 수 있는 업무가 아니기에 시간 내에 완수해야만 한다. 경력자인 나도 '아차' 하는 순간이 생기면 지금도 눈앞이 하얘지고 기운이 쪽 빠진다. 그러니 신규 간호사들은 오죽하겠는가? 그러다 보면 '이건 내 길이 아닌가 봐. 내가 밥도 못 먹으면서 이렇게 욕먹고 다녀야 해? 이게 뭐야? 지금 내가 뭘 하고 있는 거야?'라는 생각이 들 수밖에 없다. 마음이 너덜너덜해지고 자괴감까지 드는 상황에서 선배들마저 일을 제대로 못한다고 혼을 내면 신규는 비빌 언덕이 없게 된다. 그러다 결국 포기하고 사직을 결심하게 된다.

서로를 이해하고 한 템포 천천히

사람이 무언가를 배우고 이해한 후 몸에 익숙해지기까지는 시간이 걸린다. 하지만 기다려주는 입장에서는 시간이 너무도 더디 간다. 가르치는 입장에서는 알려줬는데 못하니 신경질이 나고, 배우는 입장에서는 모든 게 낯선데다 밀물처럼 들어오는 수많은 정보에 정신이 몽롱해진다. 들은 걸 기억하기도 쉽지 않은데, 그게 어디 내 맘처럼 몸으로 바로 나오겠는가?

간호사들의 스트레스 중 하나가 정맥주사다. 수십 수백 번 해봐야 혈관으로 바늘이 들어가는 느낌을 알 수 있고 노련하게 잘할 수 있다. 이론으로 알 수 있는 게 아니다. 경력 간호사라고 해도 안 되는 날은 안 된다. 나도 두어 번 찔러봐서 안 되는 경우는 포기하고 다른 간호사에게 넘긴다. 그러니 신규들에게는 쥐약이 아닐 수 없다. 혈관이 툭툭 튀어나와 한 번에 주사를 잘 놓을 수 있으면 좋으련만 그런 환자는 정형외과의 꽃같이 젊은 환자들 외에는 찾아보기 힘들다. 노인들의 혈관은 그 길을 알 수가 없고, 만져도 만져지지 않는다. 가느다란 실과 같아 겨우 혈관으로 바늘 끝을 조심조심 넣어보면 툭 터져버리거나 이리저리 도망가기 일쑤다. 진땀이 삐질삐질 쏟아지는 순간이다. 그 시간들을 겪어낸 선배들도 잘 안 되는 때가 많은데 신규는 얼마나 힘들겠 는가. 이런 상황을 선배들이 조금만 이해해준다면 신규들에게 위로가 되지 않을까?

내 경험을 돌아보면 선배라고 해서 언제까지나 선배로 머무는 것은 아니었다. 부서이동으로 새로운 곳으로 가게 되면, 그곳에서는 '나이 많은 신규'가 된다. 나보다 어리지만 먼저 있던 후배에게 배워야 한다. 극단적으로 내가 '태웠던' 후배 밑으로 들어가 일을 배워야 하는 상황이 올 수도 있다. 그야말로 '갑'이 '을'이 되고 '을'이 '갑'이 된다. 사실 입사 후 2~3년쯤 지나면 업무능력이 어느 정도 갖춰져서 그때부터는 선배와 후배라기보다는 같이 가는 '동료'의 입장이 된다. 때로는 내가 후배들에게 도움을 받아야 하는 상황이 발생하기도 한다. 트레이닝 때 심하게 태웠던 후배가 성장해서 동료가 되었을 때 나를 어떻게 대할 것인가에 대해 잠깐만 생각해보면 어떨까?

나는 신규가 성장해서 나와 동등한 입장에서 일하는 게 참 좋다. 후배들이 자신의 자리에서 자신의 몫을 하는 그 모습이 참 좋다. 그러기 위해서는 서로 존중하고 배려하며 선배들이 먼저 다가갔으면 좋겠다. 신규들은 허허벌판에 혼자 있는 상태이기에 바람막이가 필요하다. 그 시절 따뜻하게 대해줬던 선배는 평생의 고마움으로 남는다. 나에게도 그런 선배가 있었으며 그런 선배가 되고 싶다. 나는 후배들에게 참 많이 물어보며 일을 했다. 나에게 가르쳐주는 게 좋았고 또 그들을 커버해주어야 할 일이 있을 때 보호막이 될 수 있어 좋았다. 서로 소통하며 일하면 버텨낼 수 있는 힘이 커진다. 그렇게 한 템포씩 천천히 서로를 이해하다 보면 우리 간호사들의 불명예스러운 '태움 문화'와 '높은 이직률'이 조금은 나아지지 않을까 싶다.

후배이자 동료인
여치에게

여치야.

우리가 처음 만난 게 2002년이구나. 왜 그랬는지 모르겠지만 너의 첫 모습은 무척 성숙해 보였어. 이렇게 꼬맹이 같은데 말이야. 신규 간호사 실습 기간에 너와 또 한 명이 같이 왔지. 둘 중 누가 우리 병동에 배치받게 될지 모르는 상황이었는데, 또 다른 아이가 나이트 근무 들어가는 날 자신 없다며 돌연 사직하는 바람에 네가 왔지.

너를 트레이닝시켰던 기억은 이제 가물가물하다. 내 기억에 남는 건 참 예쁘게 잘 따라주고 성실하고 꼼꼼하게 일도 잘하는 사랑스러운 후배였다는 거야. 앞머리를 홀딱 까고 양쪽을 실핀으로 고정시킨 헤어스타일이 여치의 더듬이 같다고 행숙이가 '여치'라고 별명을 지어줬지. 그 뒤로 넌 '민정'이라는 이름보다는 '여치'로 훨씬 더 많이 불리게 됐어.

얼마 전 너희 수간호사님이 나에게 "민정이를 '매미'라고 부른다고 했니?" 하시길래 난 기분이 상했어. 그래서 난 "아니요. 여!치!요!" 하고 힘주어 말했단다. 내가 여치라는 애칭을 얼마나 사랑하는데, 매미 따위와 비교를 할 수 있겠니.

입사 후 1년이 지나도 계속 한 시간 이상 일찍 출근하는 너를 보고 내가 한마디 했지.

"여치, 나 라운딩도 못 돌았는데 벌써 출근하면 어떡해! 지금 나 일 안 했다고 태우는 거냐?"

나의 장난스러운 으름장을 다 아는 너는 "그게 아닌데" 하고 배시시 웃으며 들어가서 일을 시작했지.

선배인 우리는 너에게 장난을 좀 많이 쳤어. 행숙이는 네 옆에 붙어서 귀에 대고 쿵쿵거리고는 네가 깜짝 놀라면 즐거워했고, 명주는 "어제 퇴근하는데 풀밭에 여치들이 하도 시끄럽게 찌르르거려서 내가 두툼한 손으로 휘휘 저어줬더니 조용해지더라" 하며 네 친구들의 안부를 전했지.

신8 병동에서 근무할 때는 나이트 근무가 혼자였잖아. 그래서 밤에 응급실에서 올라와 입원하는 환자가 큰 스트레스였지. 밤에 입원한다는 건 그만큼 상태가 안정적이지 못한 거고, 정규로 해야 할 일이 뒤로 밀리고 일이 많아진다는 걸 의미하니까. 네가 나이트 근무일 때 우리는 어김없이 또 장난을 쳤지. 이브닝이었던 우리가 너 출근하기 전에 응급실에서 입원 예정인 환자 명단을 칠판에 장난으로 세 명 정도 써놓는 걸로 말이야. 인계를 받고 나서 계속 우웅거리며 한가득 걱정하는 너를 두고 "여치 수고해, 우리는 간다!" 그러곤 사라졌지. 그러고는 탈의실에서 전화를 거는 우리.

"네, 응급실인데요. 지금 환자 올려도 될까요?"

"아, 지금요? 네, 올려주세요."

우린 옷을 갈아입고 병동에 가서는 "응급실에서 환자 왔습니다!" 하고 너를 놀래켜 준 후에 퇴근을 했지.

순하고 착한 너는 참 잘 속아 넘어갔어. 우리는 그런 네가 귀엽고 예뻐서 또 장난을 쳤고.

시간이 지난 뒤 나는 서6 병동, 소화기내과가 메인인 곳으로 로테이션이 됐어. 1년 정도 지난 후 너도 따라왔지. 나랑 같이 일하게 됐다며 좋아했던 너. 하지만 얼마 지나지 않아 나는 양수가 새서 입원했다가 육아휴직에 들어갔기에 너와 같이 일한 시간은 길지 않았어. 그런데 이게 웬일이니! 복직할 때 다시 서6 병동으로 갔지 뭐야. 서6에서 이미 3년을 근무했던 터라 복직할 때는 다른 곳으로 로테이션이 될 줄 알았는데 말이야. 알고 보니 수간호사님께서 나를 보내달라고 하셨다더군. 아흑. 서6 병동은 정말 힘든 곳이었어. 그렇지만 그곳에 갔기에 너와 윤경이, 정원이, 세영이, 민영이를 만날 수 있었던 거지. 사람 일은 참 알 수 없는 것 같아, 그치?

지금이나 그때나 너랑 난 참 일복이 많아. 그래도 우리가 항상 하는 이야기 있잖아. 다시 거기서 일하라고 하면 못하겠지만 지금 이 멤버면 할 수 있다고. 그리고 지금 이 멤버들이기에 버틸 수 있었노라고.

내가 근무할 때도 사건사고가 많았지만 넌 더한 것 같더라. 네가 담당했던 10호실의 간경화와 식도정맥류 환자 김OO 아저씨. 샤워하면 안 된다고 하는 네 말을 무시하고 화장실에서 샤워하다가 피를 토하며 쓰러져 너랑 나랑 아저씨를 침대로 올린 후 처치실로 옮겼지. 응급조치를 하고 아저씨는 중환자실로 가셔야 했어. 너는 "아저씨, 샤워하지 말라고 했는데 왜 그랬어요? 그러지 말라니까" 하며 울먹였지. 사람 좋았던 아저씨는 오히려 너에게 "미안해, 말 안 듣고 샤워해서 미안해"라고 이야기해 네 마음을 아프게 했지. 그리고…… 다음 날 아저씨는 하늘나라에 가셨어.

아저씨가 갑자기 안 좋아진 것도 마음 정리가 안 됐는데, 하루 만에 하늘나라로 가셔서 너는 한동안 기분이 침체돼 있었지. 난 그런 네가 참 안쓰러웠어. 환자가 안 좋아지는 게 내 잘못은 아니지만 계속 내 잘못인 것만 같은 그 기분, 난 충분히 이해할 수 있었으니까.

내과 병동에서 참 많은 응급상황을 겪었어. 마음이 잘 맞는 우리라서 그런지 환자 상태가 안 좋아지면 한 명은 재빨리 닥터 콜하고 두 명은 순식간에 침대를 빼서 처치실로 옮겼어. 그러고는 바로 감시기를 연결하고 응급상황에 대한 준비를 한 후 다리나 팔에서 18G 라인을 잡았지. 한 번도 내 일이 아니라며 서로 떠넘긴 적이 없었던 것 같아. 내 일이든 아니든 일단 뛰어들었지. 그렇게 다져진 신뢰와 믿음은 전장에서의 전우애와도 같았어. 일이 바쁘고 힘든 건 용납할 수 있었지만, 뺀질거리고 여우 같은 유형은 못 참아했지. 그리고 일이 너무 없으면 온몸이 배배 꼬이는 스타일이었고.

그렇게 몇 년을 근무한 뒤 나는 외래로 발령을 받았고, 너도 나를 따라 외래로 왔지. 대박 바쁜 신경과에 가서 무지하게 고생한 너, 외국인들과 VIP 그리고 HIV 환자를 상대했던 나. 외래에 와서도 우리의 일복은 여전했어, 그치? 그래도 우리는 인정받으며 일했고 같이 일한 선생님들의 신뢰를 얻었지.

어느새 시간이 흘러 넌 병동으로 로테이션이 되어 갔고 그곳에서 가장 올드 간호사가 되어 있더라. 난 피식 웃음이 나왔어. 네가 아무리 올드가 되었다 해도 내 눈에는 항상 막내였거든. 다른 수많은 후배들이 있지만 나에겐 네가 항상 귀여운 막내였어. 가끔 병동에 가서 네가 후배들 트레이닝시키는 걸 보면 기특해. 내가 가르친 네가 어느새 성장해서 후배들의 그늘이 되어주고 있다는 게 너무 예뻐서.

하도 붙어 다녀서 네가 나의 동문 후배인 줄 착각하는 선배님들도 많으셨어. 퇴근하는 너를 보며 "민정아, 너 동문회 안 가니?" 하는 선생님들도 계셨으니 말이야. 하긴 어느 분은 우리 둘이 자매냐고 물어보기도 하더라.

어제 기분이 꿀꿀하다고 찾아온 너. 우린 삼겹살을 먹으러 갔지. 밥을 먹고 이야기를 하는 동안 너의 기분은 나아졌고 밝아졌어. 그냥 이야기를 하며 밥을 먹을 뿐인데 기분이 나아지고 해소가 되는 건 상대가 좋은 사람이기에 가능한 거잖아. 그 상대가 나여서 고맙고, 너여서 고마워.

내가 임신 8개월일 때 우리 밤기차 여행 갔던 거 기억나지? 너희 수간호사님은 네가 나를 꼬여서 여행 가는 줄로 아셨다길래 얼마나 웃었던지……. 사실은 내가 너를 꼬여서 간 거였는데 말이야. 밤기차를 타고 가는 내내 우린 도란도란 계속 얘기했고, 여수에 내려 비 오는 새벽 산길을 올라 향일함에 도착했지. 그때 본 여수의 바다는 또 다른 묘미가 있었어. 만삭의 나는 너와 비바람을 맞으며 레일바이크까지 탔고, 넌 나를 걱정하느라 바빴지. 하하하.

또, 보수교육을 마치고 창우와 미령이랑 같이 훌쩍 춘천으로 떠나서 닭갈비와 막걸리를 먹고 춘천의 야경을 보고 왔던 일, 월미도에 가서 디스코

팡팡 타다가 나는 굴러떨어질 뻔했지만 넌 끝까지 매달렸던 일, 다시는 안 타겠다고 다짐했던 것 모두가 즐거운 추억으로 남아 있어.

여치야, 아마 앞으로 우리가 같은 부서에서 근무하는 날은 없을 거야, 그치? 둘 다 이젠 급수가 같으니 말이야. "같이 있지 못하면 옆 병동이라도 좋으니까 샘이 옆에만 있었으면 좋겠어요"라는 너의 말은 내 마음을 따뜻하게 해줬어. 별로 해준 것도 없는데 그리 생각해주니 말이야. 있는 곳이 서로 다르긴 해도 같은 직장에서 근무하고 있으니 참 든든하고 좋다. 그리고 너의 역량이 커지고 그늘이 넓어져서 더 좋고.

여치야, 난 널 만나서 참 감사하고 행복해. 너와 함께 근무했던 시간들이 참 좋았어. 앞으로도 우리 쭉 좋은 기억들 많이 만들면서 할머니가 되어도 신나게 지내자!!

사랑하고 축복해!

간호사로서 나는
몇 점일까?

　직장은 필요에 의해 뽑힌 사람들이 모여 일하는 집합체로 다양한 사람들이 섞여 있다. 학교를 비슷한 또래들이 모여 지내는 연못이라 본다면, 직장은 여러 연령대의 사람들이 모여 조직문화를 습득하고 같이 일하는 바다라고 볼 수 있다.

　다양한 사람들이 모여 있다 보니 생각과 기준이 나와 맞지 않을 때가 있다. 어느 때는 내가 배웠던 것들이 힘없이 무너지기도 한다. 너무 튀거나 자신의 의견을 강하게 피력했다가 한 소리를 들을 수도 있다.

　사람들은 사회생활이 어렵다고 이야기한다. 그리고 대부분 자신은 잘못이 없고 다른 것들이 문제라는 식으로 생각한다. 그런데 원인이 꼭 다른 데 있는 걸까? 나로 인해 일어난 문제는 아닐까? 서로 지킬 것들을 지키지 못했기 때문에 어려움이 발생한 건 아닐까?

　직장에서 지킬 것을 지키며 일하는 것은 서로에 대한 예의이자 기본 자세다. 혹시 나에게 안 좋은 모습이 있지는 않았나 점검하는 시간을 가져보자.

부끄러운 간호사가 되지 말자

이브닝 근무를 하던 어느 날이었다. 정신과 환자 한 분이 가성 경련을 일으켰다. 한번 시작되면 온몸이 뻣뻣해졌고 입에서는 침이 흘러나오고 거품이 품어졌다. 환자의 안전과 다른 분들의 안정을 위해 처치실로 옮겼다. 의사실에서는 가능하면 안정제를 쓰지 않으려 했기에 환자의 경련은 오래갔다. 당직의와 담당 간호사인 나는 환자를 잡아주고, 다치지 않도록 침대의 딱딱한 부분에 베개를 대주었다. 한 시간 정도 그 일에 매달려 있었던 터라 내가 담당한 환자들의 혈당검사와 취침 전 투약 등은 다른 간호사가 대신 해주고 있었다.

나이트 번이 출근했다. 한 명은 인계를 받기 시작했고, 내가 붙들고 있던 환자의 담당은 처치실로 들어왔다. 마스크를 끼고 있어 눈만 보이는 담당 간호사. 그 눈에 짜증이 가득했다. 무뚝뚝한 표정으로 환자를 한번 흘깃 쳐다보더니 세트들만 카운트하고 쏙 나가버렸다. 환자에 대한 질문은 물론 우리에게 인사조차 하지 않았다. 자기 담당이 아니더라도 처치실에 환자가 있으면 어떤 환자냐며 물어보는 게 일반적인 반응인데, 귀찮고 짜증나는 일을 대하듯 했다.

속으로 '자기 담당인데 무슨 일인지 물어보지도 않고 쳐다보지도 않네' 라는 생각을 하고 있던 찰나 "뭐야? 참 내!" 하며 처치실을 나간 간호사의 뒤에 대고 신경질적으로 혼잣말을 하는 당직의.

간호사는 환자의 상태에 따라 일의 경중도가 확연하게 차이가 난다. 누구나 기나긴 밤근무를 하는 중에 중증도가 높은 환자를 맡는 게 싫을 테고 조용한 밤이 되길 바랄 것이다. 하지만 우린 일하기 위해 나온 것이 아닌가. 그것도 몸이 불편한 환자를 돕는 일! 환자 상태가 안 좋은 건 내 뜻도 환자의 뜻도 아니다. 그렇지만 내가 맡은 일을 잘 해내는 것이 일에 대한 자세가 아닐까? 처치실까지 환자를 옮겨 놓았을 정도면 심각한 상태임을 뻔히 알 텐데, '지긋지긋하다. 꼴도 보기 싫다'라는 마음이 그대로 얼굴에 쓰여 있다면 누가 그 간호사에게 간호를 받고 싶어 할까? 어떻게 믿고 환자를 맡길 수 있을까?

우리의 일은 환자의 간호!

신경과 뇌졸중 집중치료실은 급성기 치료를 위한 병실이다. 이곳 환자들은 기본적으로 심전도 모니터와 수액을 달고 있고 경우에 따라서는 소변줄도 꽂고 있다. 손상받은 뇌의 부위에 따라 환자의 증상은 다양하게 나타난다. 신체 한쪽에 힘이 빠지거나 감각이 둔해질 수도 있고, 말이 잘 안 나오거나 이해를 하지 못하기도 하고 발음이 어둔해질 수도 있다. 또 물체가 둘로 겹쳐 보이는 증상이 나오기도 한다.

환자들이 자신의 신체 상태를 인정하고 받아들이는 일은 쉽지 않다. 화장실에 갈 수 있을 것 같아 침대에서 일어나 보지만 쇠약감이 있는 쪽의 팔과 다리는 말을 듣지 않는다. 자리에 앉아서 밥을 먹을 때도 쉽지 않다. 몸의 한쪽 감각이 둔하고 내 맘대로 움직여지지 않기 때문에 쇠약한 쪽으로 계속 몸이 기울고 음식을 씹으면 계속 흘린다. 물도 제대로 마시지 못해 입 밖으로 새어 나오는 양이 삼키는 양보다 더 많을 때도 있다. 보호자나 간병인이 옆에 있어야 하지만, 독거노인이나 보호자가 없는 경우에는 상황이 여의치 않다. 우리가 도와준다고 해도 한계가 있기에 환자들의 개인위생은 금방 엉망이 된다.

뇌졸중 집중치료실의 한 환자가 계속 집에 가야 한다며 수액을 잡아 뽑고 침대 밖으로 나오려 하다가 넘어질 뻔했다. 덩치 큰 남자 환자가 휘청거리니 간호사가 세 명이 달라붙어도 감당하기 힘들었다. 겨우 침대에 눕혔더니 그대로 소변을 보는 게 아닌가. 보조원까지 동원되어 넷이 끼끼거리며 시트와 환의를 다 갈고 기저귀를 채웠다. 환자에게 침대에서 내려오면 위험하다고 재차 설명하고 뒷정리를 한 뒤 간호사실로 왔다. 그러나 환자는 계속해서 침대 밖으로 나오려 했다. 그럴 때마다 병실의 다른 환자 보호자들이 콜벨을 누르는 바람에 간호사실 콜벨은 쉴 틈 없이 울어댔다. 낙상의 위험도가 높고 보호자도 없는 데다 우리들 역시 24시간 내내 지킬 수가 없었기에 결국 주치의는 억제대를 적용하자고 결정했다.

　얼마 후 점심시간. 나는 담당 간호사는 아니었지만 식사를 챙겨주기 위해 억제대를 풀고 침대 상단을 올려 환자를 앉혔다. 그런 다음 식판을 환자 앞으로 대주고 밥을 먹이기 시작했다. 환자의 몸은 계속 기울어졌고, 입으로 들어가는 음식보다 나오는 음식의 양이 더 많았다. 내 쪽으로 쏠리는 환자의 무게를 버티기 힘들어 땀이 삐질삐질 나기 시작했다. 담당 간호사가 마침 병실로 들어왔다. 그런데 오자마자 "왜 이렇게 힘들게 해? 너네 집으로 가" 하는 것이 아닌가.

　그 말에 화가 난 환자는 "나도 가고 싶다고!"라고 답했다. 그 말이 끝나자마자 이어지는 담당 간호사의 대답. "조용히 하고 밥이나 먹어!"

　반말로 명령하듯 말하는 그 모습을 보고 너무도 놀랐다. 시대가 변한 것인가 아니면 그 환자가 과한 것인가? 직업윤리상 명백히 그 간호사의 태도가 문제다. 아무리 힘들어도 보통 간호사들은 그렇게 하지 않는다. 이곳보다 더 힘든 병동에서 근무할 때도 그런 식으로 환자를 대하는 간호사를 보지 못했다. 간호사는 환자를 간호하기 위해 존재한다. 환자에게 함부로 대하는 간호사를 보면 차라리 그만뒀으면 좋겠다는 마음이 절로 든다. 일을 못하는 건 도와주면 되고 시간이 지나면 어느 정도 해결이 된다. 하지만 직업에 대한 소명 없이 그저 월급 받으면서 시간만 때우려는 태도는 누구도 해결해줄 수 없다. 스스로가 뿌린 씨앗이기 때문에. 병실에서 우리를 지켜봤던 이들이 과연 간호사에 대해 어떻게 생각할까?

내가 지나온 길에 아무런 흔적이 없도록

외래 근무와 육아휴직을 한 뒤 병동으로 복직했다. 병동을 떠난 지 4~5년 만이었다. 오랜만의 병동 근무를 앞두고 두려움과 설렘이 교차했다. 그러나 그 감정은 며칠 만에 경악으로 바뀌었고 곧 나는 현실을 파악했다.

나는 항상 근무시간보다 일찍 출근한다. 인계장을 보면서 수액과 주사제를 준비하고 약을 차린 뒤 내 카트 위 트레이(tray)에 IV를 할 재료들을 정갈하게 정리해놓고 인계를 받는다. 신규 때부터의 습관이다. 복직 후 어느 날, IV를 하기 위해 내 카트로 갔다. 그런데 앗! 내 트레이가 없는 것이다. 누군가가 들고 간 것이 분명했다.

'아니, 어디 감히 선배가 준비한 걸 말도 없이 갖다 써?'

순간 기분이 팍 상했다. 감정을 추스르고 일단 다른 일부터 했다. 다시 와보니 트레이가 놓여 있는데, 처음의 모습이 아니었다. 주사기 껍질이며 피 묻은 솜, 사용한 vinca(정맥주사용 카테터), 풀어져 있는 toniquet(노란고무줄)을 그대로 널어놓은 채 범인은 사라지고 없었다. 어지르는 사람 따로 있고 치우는 사람 따로 있는 건가? '그래 오죽 바쁘면 그랬겠냐!' 하며 넘어간다 해도 엉망인 모습은 이해할 수 없었다. 그러고 나서도 나에게 미안하다는 말도, 양해를 구하는 말도 없는 후배 간호사.

오히려 "선배가 준비한 걸 그렇게 말도 없이 가져가면 어떡하니?" 하고 이야기하자 이상한 사람 본다는 식의 눈빛으로 나를 보던 그녀.

이런 태도는 어디서부터 기인한 것일까? 이런 후배들을 보고 처음에는 화가 나고 놀랐다가 나중에는 마음이 아프고 씁쓸했다. '이게 그동안의 병동 현실이었구나. 그래서 다들 한탄했던 거구나'라는 생각이 절로 들었다.

본인이 사용할 물건을 준비하고 일이 끝난 후에는 뒷정리를 하는 건 너무도 당연한 일이다. 그리고 남의 물건을 빌릴 때는 미리 허락을 구하는 것도 당연한 일이다. 유치원 아이들도 그렇게 한다. 내가 이상한 것인가? 이런 사소한 것들을 후배에게 가르쳐야 하는 건지 정말 난감했다.

"여러분, 내가 쓸 물건은 스스로 준비하고, 사용 후에는 꼭 제자리에 두셔야 합니다!"

이렇게 교육을 해야 한다는 것이.

아무리 주의를 줘도 그런 간호사는 계속 그렇게 한다. 사람은 없지만 누가 지나갔는지 알 수 있었다. 그녀 아니 그녀들이 지나가고 난 뒤 널부러져 있는 주삿바늘에 찔릴 뻔한 게 한두 번이 아니었고, 물품장이나 세트장에서 물건을 꺼내고 나면 문이 그대로 열려 있었다. 수액 준비를 하고 나면 주사기, 수액세트 봉투, 알코올 솜 등이 책상 위에 너저분하게 널려 있었다.

이것만으로도 충분히 놀라운데, 뛰는 놈 위에 나는 놈 있다고 그보다 더

한 간호사도 있었다. 이 간호사는 아예 내 카트를 통째로 가지고 가서는 돌아오지 않는 대범함을 보였다. 저녁 약을 돌려야 하는데 하도 돌아오지 않아 내가 그 병실까지 쫓아간 적도 있었다.

"네 카트 병실 바로 앞에 있던데 왜 내 걸 가져가니? 난 약을 언제 돌리라고 그래?"

하지만 이 간호사의 나쁜 버릇은 여전했다. 서른 살이 넘어도 다른 사람의 뒷마무리가 필요하고 양해를 구할 줄 모르는 간호사라니!

내 경험상 뒷마무리가 안 좋은 간호사들은 대체로 일하는 것도 깔끔하지 못했다. 다음 번 근무자가 애먹는 경우가 많았고 환자에게도 엉망으로 대했다. 그야말로 설상가상, 첩첩산중. 게다가 고집이 세고 성격까지 안 좋으면 그야말로 갖출 것을 모두 갖춘 '진상'이고 '말리그'(malignancy의 앞부분만 읽은 것으로 '악성'이라는 뜻의 의학용어)가 된다. 간호사는 삼교대로 24시간 돌아가며 근무한다. 앞사람이 일을 제대로 해놓지 않으면 이어가는 사람이 힘들다. 그래서 간호사들은 "나 OO 따라가는 듀티야. 어제도 빼먹은 게 한두 개가 아니야. 정말 힘들었어" 하며 하소연하는 경우가 많다. 누구나 그렇겠지만 이런 동료들과는 같이 일하고 싶지 않다.

이런 경험들 후에 나는 후배들을 트레이닝할 때 꼭 교육한다.

"네가 지나간 흔적이 남지 않게 해라!"

내가 수액을 준비했는지 뭘 했는지 알지 못하도록 다녀와서 뒷정리를 깔끔하게 해놓으라는 것! 이건 기본 중의 기본이며 서로 간에 지켜야 할 예의다. 내가 남긴 지저분한 흔적으로 인해 동료들을 짜증나게 하지 말자. 나 혼자 일하는 곳이 아니라 여러 멤버가 같이 공유하는 곳이므로 제발 꼬리가 긴 간호사가 되지 말자.

나를 트레이닝해주셨던 선배들의 모습을 찬찬히 생각해보았다. 내가 겪은 선배 간호사들은 누구 하나 나에게 뒷정리를 하라고 말한 적이 없었다. 전부는 아니지만 거의 대부분 자신의 물건을 손수 챙겨 일을 했고, 돌아오면 본인의 뒷정리는 물론 쌓여있는 드레싱 세트며 처치 소모품, 수액들을 보이는 대로 정리했다. 그 모습을 보면서 나는 그대로 따라하게 되었고, 어느새 몸에 배게 되었다. 자녀들에게 책을 많이 읽게 하고 싶으면 부모가 먼저 늘 책을 가까이하는 모습을 보여줘야 하는 것처럼 말이 아닌 일상에서 행동으로 알려주는 선배 간호사가 있어야 함을 깨달았다. 후배들의 모습은 곧 나의 모습이었던 것이다.

이직해서 왔다면

다른 병원에서 이직해서 온 경우라면 전에 있던 곳과 비교하는 말은 삼가는 게 좋다. 특히 유명한 대형 병원에서 온 경우는 더더욱 그렇다.

"아우 전에 있던 병원에서는 이런 거 이제 안 해요. 언제 적 건데 아직도 해요?"

이렇게 툴툴거리면 듣는 사람 열이면 열 모두 '그러면 그 병원 계속 다니지 여긴 뭐 하러 왔냐?'라는 생각을 할 것이다. 우리의 발전을 위해 있던 곳의 좋은 점을 얘기해주는 건 물론 좋다. 하지만 조언과 비판은 다르다. 조언을 하더라도 기분 좋게 해주고, 이곳에서 일하는 이들을 미개인 취급하듯 대하는 태도는 삼가야 한다. 이직해서 온 이상 잘 융화되어 일하는 것이 서로에게 좋다.

꼴불견인 모습들

의사실과 같이 하는 회식이라면 서로 마음에 있는 관계더라도 둘만 사라지거나 전체 분위기를 흐리는 일은 삼갔으면 좋겠다. 회식의 목적이 단합인데 그런 행동은 예의가 아니다. 언젠가 회식을 하고 난 다음 날, 옆 병동 간호사가 오더니 A 간호사를 찾았다.

"여기 병동 A 간호사가 누구예요? 어제 2차로 나이트를 갔는데 그 간호사가 사라져서 다들 찾고 난리였대요. 알고 봤더니 부킹해서 다른 일행들이 있는 룸에 들어가 있었다네요. 전체 회식인데 그게 뭐 하는 짓인지 모르겠어요. 누군지 궁금해서 얼굴이나 보려고 와봤어요."

창피해서 얼굴이 화끈거렸다. 나이도 어리지 않고 다른 병원에서 경력도 있는 알 만한 사람이 왜 그러고 다니는 걸까? 개인적으로 놀러간 거라면 뭘 하건 상관없다. 하지만 회식의 목적은 화합이다. 잘 분별해서 행동해야 한다.

그리고 회식은 아무래도 술이 돌아가는 자리니 본인이 감당할 수 있는 만큼만 마시는 것이 좋다. 취기가 돌면 서로가 느슨해지기 마련이고 이런 분위기에서는 성희롱 문제가 발생할 확률이 높다. 스스로 자기 자신을 아끼고 존중하자. 안 좋은 소문의 근원지가 되지 말자. 개인적으로도 명예롭지 않지만 전체 간호사의 이미지 또한 크게 실추된다. 내가 간호사의 대표라 생각하고 우아하고 당당해지자. 꽃은 가만히 있어도 그 자태와 향기로 인해 벌과 나비가 찾아온다.

일은 뒷전이고 의사들에게 개인 폰으로 노티하거나 옆에 붙어서 하하호호 하는 간호사가 되지 말자. 본인은 좋아서 하는 일인지 모르겠지만 같이 일하는 동료들은 그 모습이 창피하고 분통 터지며 또 자존심 상한다는 걸 알아야 한다. 우리의 가치를 잊지 말자. 환자 간호에 몰두할 때 우리의 진가는 발휘된다. 자신의 일에 몰두하는 모습만큼 아름다운 풍경은 없다. 그리고 우리 모두는 그 풍경의 주인공이다.

그녀의 이미지

CAG(Coronary Angiography: 관상동맥 혈관조영술)를 위해 환자가 입실했다. 인공호흡기를 하고 계신 분이다. 이런 경우 그쪽 간호사가 먼저 와서 인공호흡기 세팅을 해주고 간다. 그런데 환자를 옮기고 준비가 끝나 가는데도 간호사가 오지 않아 전화를 했다. 전화할 때부터 틱틱거리던 담당 간호사는 잠시 후 도착하자마자 "에이 씨팔" 하는 것이 아닌가. 처음엔 내 귀를 의심했다. 모르는 사람들이 전부인 곳에서 스스럼없이 욕을 하는 게 어디 쉬운 일인가? 몸에 배어 있지 않으면 나오기 어려운 법! 이리도 자연스럽게 나오는 걸 보면 욕을 입에 달고 있는 유형이 틀림없다. 세팅하는 내내 연달아 들리는 '에이 씨'와 짜증스럽고 툴툴거리는 말투. 의료 기사인 J가 씩씩거렸다.

"쟤 뭐예요? 뭐 저런 게 다 있어. 나 한마디 할까 봐."

나 역시 기분이 상하기는 마찬가지였다. 모두들 열심히 일하려고 준비 중인데, 그 정성을 그녀가 한순간에 흩어버렸다. 직업윤리로든 상식적으로든 맞지 않는 행동이었다. 우리는 모두 기분이 상했고, 이 사건 이후 그녀는 '에이 씨팔 그녀'가 되었다.

한 사람이 남긴 것 가운데 가장 오래 기억되는 것은 그의 이미지라고 한다. 사람을 처음 보고 모든 것을 판단할 수는 없다. 하지만 첫인상에서 이토록 부정적이고 강렬한 이미지를 상대에게 심어놓은 건, 전적으로 본인이 한 일이다. 그리고 그 모습은 그대로 그녀의 꼬리표가 되어 평판으로 이어진다. 뿌린 대로 거두는 법! 그녀를 다시 만난다면 『광수생각』에 실린 이 글귀를 건네주고 싶다.

당신 스스로는 몰라도 당신의 주변에서 오래 머무른 사람들은 당신에 대해 잘 알 겁니다. 당신이 막도장과 같은 점 표식을 지니고 있는 사람인지 아니면 그런 점 표식이 없는 인감도장 같은 사람인지를 말입니다. 처음 한두 번은 모르고 지나쳐도 사람들은 곧 알게 되어 있답니다. 그래서 슬프게도 결국 사람마저도 막도장과 인감도장처럼 쓰임새가 정해져 버리죠. 중요한 일에 중용이 되는 사람이거나, 아무 일에나 아무렇지 않게 쓰이는 사람으로 말입니다. 당신의 삶, 막도장 같은 삶입니까? 아니면 인감도장 같은 삶입니까?

1. 부끄러운 간호사가 되지 말자
▶ 진심으로 환자가 간호받고 싶어 하는 간호사가 되자.

2. 우리의 일은 환자의 간호!
▶ 간호사는 환자를 위해 존재한다.

3. 지나온 흔적을 남기지 말자!
▶ 내가 지나온 자리에 누가 지나갔는지 알지 못하도록 뒷정리를 잘하자.

4. 사용할 물건들은 손수 준비하자
▶ 다른 동료가 정성스레 준비해놓은 물건을 양해도 없이 들고 가는 일 따윈 No!

5. 이직해서 왔다면?
▶ 전에 있던 병원과의 비교와 비판은 삼가고 조언은 신중하게 하자.

6. 회식의 목적은 단합!
▶ 술은 감당할 수 있는 만큼만 하고 전체 분위기를 흐리는 행동은 삼가기!

7. 남긴 것들 가운데 가장 오래 기억되는 것은 그 사람의 이미지이다.
▶ 나의 이미지는 그대로 평판으로 이어진다. 평소 나의 모습을 잘 가꾸자.

윤경아,
넌 나의 엔젤이야!

어리석은 사람은 인연을 만나도 인연인 줄 알지 못하고,

보통 사람들은 인연인 줄 알아도 그것을 살리지 못하며,

현명한 사람은 옷자락만 스쳐도 인연을 살릴 줄 안다.

피천득 작가의 『인연』 중에 나오는 글귀다. 좋은 사람을 만나는 건 어찌 보면 '운'일 수 있다, 나의 뜻대로 되는 일이 아니기에. 좋은 사람을 1년에 한 명만 만난다 해도 10년이면 열 명. 만나는 건 내가 조절할 수 없다 할지라도 그 사람을 내 곁에 머무르게 하는 건 내가 어떻게 하느냐에 따라 달라질 수 있다.

나에겐 특별한 능력이 없다. 그런 나의 곁에 좋은 이들이 머물러 있는 걸 보면 내 능력이라기보다는 감사할 수밖에 없는 그 무엇이라 생각된다. 윤경이를 만난 것, 윤경이가 지금까지 내 곁에 있는 것, 이 모두가 내겐 큰 선물이다.

우리의 첫 만남은 서6 병동, 내과 병동에서였다. 내가 먼저 로테이션되어

왔고 7개월쯤 지나 윤경이가 왔다. 그
리고 그 후, 같이 근무하는 몇 년 동안
의 시간은 윤경이가 나의 천사임을 알
아가는 시간이었다.

　나이트 근무를 마치고 윤경이를
만나기 위해 기다리던 중에 찍은 사진
이다. 2016년 대한간호협회 주관 간호
문학상 당선 소감문에 실은 사진이기
도 하다. 소감문에 올릴 사진을 고르
다가 만난 이 사진을 보니 윤경이와의
'그날'에 대한 추억이 떠올랐다. '그날'은 이 사진을 찍은 날이면서 동시에 윤
경이와 내가 만난 날이자 같이 일하던 시절에 나이트 근무를 마치고 종종
했던 우리의 놀이를 재현한 날이었다. 윤경이는 재활원에서 전일 근무를 하
고 있었지만 당시 나는 삼교대 근무를 하고 있었다.

　나이트 근무를 마친 나와 만나기 위해 오프를 받고, 또 내가 있는 곳으
로 오기 위해 아침부터 아가를 어린이집에 보내고 총총걸음을 걷고 있을 윤
경이를 떠올리니 나이트 근무로 인한 피로감은 스르륵 사라졌다. 같이 근무
하던 시절, 우리는 나이트 짝꿍을 많이 했고 나이트 오프인 날(나이트를 하고 쉬
는 날)은 아침을 먹고 목욕탕까지 함께 들르곤 했다.

　윤경이를 오랜만에 만난 '그날', 우리는 몇 년 만에 그 일정을 재현하고
싶어서 만나자마자 바로 병원 옆의 고깃집으로 갔다. 아침임에도 우리는 삼

겹살에 맥주까지 한잔했다. 이렇게 이야기하면 많은 사람들이 "어떻게 아침부터 삼겹살을 구워 먹어? 고기가 넘어가?" 하며 의아해한다. 하지만 삼교대를 하는 간호사들은 정해진 식사나 수면시간이 따로 없기 때문에 밤을 새우고 나서 고기를 먹는 게 이상한 일이 아니다. 오히려 밤새 몸이 축났으니 몸보신해야 한다며 우적우적 먹는다.

우리는 고기로 배를 불린 후 근처 카페로 자리를 옮겨 커피와 쿠키로 입가심을 했다.

마구 쏟아져 나오던 수다가 잦아들 무렵 목욕탕으로 향했다. 따뜻한 탕 안에 들어가니 졸음이 확 쏟아졌다. 눈을 감고 물속에서 쉬다가 '세신사' 아줌마에게 몸을 맡겼다. 묵은 때를 밀고 시원한 음료수를 마시며 뒹굴뒹굴하고 나니 시간은 어느덧 오후 2시경. 목욕탕을 나와서도 그대로 헤어지기 아쉬워 떡볶이와 김밥으로 점심을 먹고 나서야 헤어졌다. 오랜 친구와 아침부터 고기를 구워 먹고 서로의 벗은 몸을 부끄러워하지 않고 출렁이는 뱃살을 보면서 낄낄거리며 웃을 수 있는 그런 사이! 윤경이와의 이런 관계를 나는 행복이라 명하고 싶다.

윤경이는 마음이 예쁘다. 내가 이 얘기를 하면 윤경이는 항상 "샘이 마음이 예쁘지 내가 뭘. 샘은 항상 사랑을 퍼주잖아"라고 대꾸한다. 그렇지만 나의 마음은 윤경이를 따라가기에 많이 부족하다.

같이 밤근무를 할 때였다. 병실 라운딩을 갔는데, 환자의 정맥주사가 영 시원치 않아 다른 부위에 다시 잡고 꼬인 모니터 줄을 정리하느라 20여 분 정도 머물러 있었다. 갑자기 병실에 나타난 윤경이. 무슨 응급상황이 있어서 왔나 하고 토끼눈으로 쳐다보는 내게 윤경이는 "하도 안 와서 걱정이 되어서 왔어. 무슨 일 있으면 제발 같이 좀 해. 혼자 하지 말고" 하는 것이 아닌가. 그제야 나는 긴장을 풀고 "지지배, 알았다고!" 대답하고 같이 간호사실로 돌아왔다.

윤경이는 복도를 지나가다 환자가 뭘 해달라고 하면 담당 환자가 아니더라도 항상 일을 해결해주고 왔다. 그러고도 무심하게 "샘, OO 환자 라인 막혀서 내가 IV 다시 잡았어" 하고 이야기한다. 무심하게 이야기하기에 감동은 더해진다.

같이 일할 때 내가 싫어하는 유형이 바로 치사한 부류들이었다. 예를 들어 환자가 불편함을 호소하면 "제가 담당이 아니거든요. 담당 간호사에게 얘기하세요" 하고 쏙 와버리는 유형이다. 수액이 잘 들어가도록 바로 잡아주는 것처럼 간단히 도움을 주기만 하면 되는 것임에도 자기 일이 아니라고 넘기고 오는 타입들, 정말 별로다. 윤경이와 나는 일이 힘든 건 참을 수 있었지만, 얌체 같은 타입은 참지 못했다. 우리가 돈독했던 이유는 서로의 일을 자기 일처럼 나서서 했고 또 그 도움을 알아주고 고마워했기 때문이다.

S 병동의 어느 간호사는 선배 간호사에게 "샘이 나를 제대로 안 도와줘서 내가 일을 못 마쳤잖아요"라고 싹수없는 이야기를 했다고 한다. 선배는 근무 내내 그 간호사를 돕느라 예정되어 있던 신규 간호사의 트레이닝도 못 할 지경이었는데도 말이다. 말 한마디로 천 냥 빚을 갚는다고 했다. 제발 이런 식으로 얘기해서 도와주려는 손길까지 스스로 내치는 어리석은 사람이 되지 않았으면 좋겠다.

DKA(Diabetic Ketoacidosis: 당뇨병성 케톤산혈증) 환자가 입원하면 1~2시간 간격으로 혈당을 측정하면서 수액 및 인슐린 용량을 결정한다. 여러 환자를 동시에 간호하다 보면 혈당 측정 시간을 놓치기 쉽다. DKA 환자를 담당하고 있던 어느 날, "아! 혈당 재야 하는데……" 하며 허둥지둥 혈당을 재러 가려고 했다. 그런 나를 보고 윤경이가 급하게 말렸다.

"샘, 안 가도 돼! 내가 혈당 쟀어. 혈당이 타깃 안으로 유지되고 있어서 수액은 손 안 댔어."
"윤경아! 나 감동이잖아! 내가 너 덕분에 병동에서 버틴다."
"뭘 그걸 갖고 그래. 내가 샘한테 항상 고맙지."

남의 일을 자기 일처럼 해주고도 티를 내지 않을 뿐 아니라 대수롭지 않다는 듯 넘어가서 더 감동하게 만드는 아이. 윤경이는 그랬다.

임신 막달의 토일월 세 개짜리 나이트. 홀몸일 때도 쉽지 않았는데 배가 부른 상태에서 나이트 근무는 더 녹록지 않았다. 몸도 힘들었지만 마음은 더 힘들었다. 일요일 저녁, 출근 준비를 하는 데 느낌이 이상했다. 뭔가가 밑으로 쑥 빠져나오는 느낌. '혹시 양수가 새는 거 아닌가?' 하는 생각이 들었지만 출근 한 시간을 앞두고 다른 멤버로 교체한다는 게 얼마나 힘든 일인지 잘 알기에 그냥 출근했다. 아, 그런데 그날따라 왜 그렇게 일이 많고 힘들던지……. 월요일을 앞둔 밤이었기에 검사 준비뿐 아니라 퇴원 환자들을 위한 준비도 많았다. 또 알코올성 섬망 환자들이 그날따라 유난히 고성을 지르고 가만 있지 않아 잠시도 쉴 틈이 없었다.

긴 밤근무를 끝내고 정신없이 인계한 후, 윤경이와 바로 산부인과에

갔다.

"아니, 알 만한 사람이 왜 이래요? 양수 샌 걸 알면서도 일하는 게 어디 있어요? 그러다 애 잘못되면 어쩌려고 그래요? 바로 입원해요."

속상하고 서러운 마음이 밀려왔다. '누구는 밤근무를 하고 싶어서 하나? 어쩔 수 없으니까 하는 거지.'
윤경이는 맥 놓고 질질 짜고 있는 나를 의자에 앉혀 놓은 다음 병동에 가서 수간호사님께 말씀드리고 입원 수속을 해주었다. 그러고는 휴지와 종이컵, 물과 간식 등을 잔뜩 사 와서 정리해주었다.

"왜 말 안 했어? 양수 샌 줄도 모르고 일을 다 하게 했으니 내가 너무 미안하잖아."

그러면서 어쩔 줄 몰라 했다. 지난밤, 내 일을 거의 도맡아 해주고, 나를 데리고 산부인과 진료뿐 아니라 입원 수속 및 필요한 모든 걸 해주고도 오히려 미안해하는 나의 천사. 나야 입원해서 누워 있으면 되지만 윤경이는 또 나이트 근무를 가야 하는데⋯⋯. 점심때가 되어 밥을 같이 먹으면서도 우리는 서로를 걱정하고 미안해했다.
윤경이를 집으로 보내면서 나는 '에고, 몇 시간 눈 붙이고 다시 나와야 할 텐데 어쩌나' 하는 마음이 들었다.
그렇게 어려운 상황에서 태어난 녀석이 지금의 큰딸 수연이고 벌써 중학생이다. 수연이는 엄마에게 윤경이 이모가 어떤 존재인지를 잘 아는 것처럼 "엄마, 우리 윤경이 이모랑 목욕탕 가자"라는 이야기를 자주 했고, 여러 차례 우리만의 놀이에 참여하고 즐거워했다. 윤경이와 내가 우리의 놀이를 재현한 '그날', 목욕탕 안에서 때를 불리며 나는 윤경이에게 수줍은 고백을 했다.

"윤경아, 나 할머니 돼서도 너랑 계속 놀 거다. 그러니까 각오해!"

나의 고백에 대한 윤경이의 대답은 간단했다.

"당연하지! 나도 그럴 건데."

막상 보호자가
되어 보니

내 딸은 유치원에 다니는데, 그 유치원에는 시각장애를 가진 남자애가 있어.
딸애는 앞이 안 보인다는 게 어떤 의미인지 몰랐기 때문에 내가 설명해줬지.
다음 날 내가 딸아이를 데리러 갔을 때,
딸은 그 남자애와 마주 보고 앉아서는
눈을 감고서 나무가 어떻게 생겼는지 설명해주고 있더군.
그 남자아이는 입이 귀에 걸리도록 활짝 웃고 있었지.

　　얼마 전 SNS에서 만난 이야기다. 인간이라면 누구나 가지고 있는 밑바
닥의 정서를 건드려주는 것 같아 왠지 마음이 뭉클했다. '공감'이 무엇인지
알려주지 않아도 누구나 느낄 수 있게 해주는 이야기였다.
　　간호사들은 수시로 친절교육을 받는다. 교육을 받을 때마다 항상 나오
는 이야기가 '공감'이다. '공감'은 크고 거대한 것이 아닌 작고 소소한 따뜻함
인데, 교육을 통해 주입시키려 하니 거부감이 생긴다. 같은 위치에서 바라보
고 느끼려는 그 마음, 타인의 삶이지만 그 안에서 나를 바라보고 너를 느끼

고 같은 마음을 가지려고 하는 것, 그것이 공감이 아닐까?

"선생님, 우리 아빠 내일 시술해요. 잘 부탁드려요."

후배 간호사인 S로부터 문자가 왔다. 평소 특별한 증상이 없었던 S의 아버지는 몇 달 전부터 등산을 하면 가슴이 뻐근하고 숨이 찬 증상이 있어 집 근처 병원에서 CT 검사를 한 후 우리 병원에 오셨다.

시술 당일, S 아버님의 순서는 오전 세 번째. 앞에 두 환자의 시술이 순조롭지 않았고 사건이 많았던 날이라 거의 12시가 다 되어서야 검사실에 들어왔다. 시술은 쉽지 않았다. 막힌 혈관에 가이드 와이어를 진입시켜야 하는데 제대로 들어가지 않았고, 그 길이 맞는지도 알기 어려웠다. 그래서 기존의 오른쪽 요골동맥뿐 아니라 왼쪽 요골동맥도 천자하고 양쪽 혈관에서 조영을 하여 시술을 진행했다. 또 관상동맥의 해부학적 구조 및 협착을 진단하기 위한 관상동맥 내 혈관 초음파 검사까지 시행했다.

기계를 세팅하는 동안 검사실 문 밖에서 기다리고 있는 S에게 다가갔다. S는 오전 내내 기다려서인지 힘들어 보였다.

"걱정 많이 했지? 아빠가 Rt. coronary(오른쪽 관상동맥)가 다 막혔더라고. 천천히 진행되면서 왼쪽에서 collateral(측부 혈관)들이 만들어져서 오른쪽 혈관을 먹여 살리고 있는 상태야. 길이 안 보여서 양쪽 radial artery(요골동맥) 둘 다 puncture(천자)하고 IVUS(관상동맥 내 혈관 초음파 검사) 볼 거야. 시간이 많이 걸리겠어. 너 걱정할까 봐 얘기해주러 나온 거야."

"선생님, 고마워요."

잔뜩 긴장해 있던 S의 얼굴이 다소 편안해졌다.

"보호자로 앉아서 기다리니까 많이 초조해요. 보호자들 심정을 좀 알겠어요."

나는 다시 조영실로 들어왔다. 시술은 두 시간 정도 지나서야 끝났다. 오랜 시간 누워서 움직이지도 못하고 시술을 받은 S의 아버님께 "고생하셨어요, 정리해드릴게요" 인사를 드리며 마무리를 했다. 조정실 쪽을 보니 전문의 선생님의 설명을 듣는 S가 보였다. 그녀의 표정은 밝았다. 초조함은 이미 사라지고 없었다.

내가 S의 마음을 알 수 있었던 건 나 또한 심혈관 조영실 밖에서 보호자로 대기했던 적이 있었기 때문이다. 몇 년 전, 숨이 차고 가슴이 아파 갑자기 응급실에 실려간 시아버지. 일요일 새벽, 약물치료를 받다가 오후에 응급으로 관상동맥 중재술을 받으셨다. 조영실 밖 로비에서 두 시간여를 기다리며 서성일 때 얼마나 많은 생각이 오가던지…….

그때 신랑은 나에게 조용히 이야기했다.

"아버지가 6개월만 더 살아계셨으면 좋겠어."

시어머니는 너무도 경황이 없는 터라 신랑이 어떤 얘기도 꺼낼 수가 없었다. 나는 신랑을 위로했다.

"일단 시술이 어떻게 되는지 기다려봐야지. 너무 불안해하지 마."

나 또한 긴장되기는 마찬가지였지만 병원에서 일하는 사람이라는 이유로 평정심을 유지하고 겉으로 불안감을 티내지 않아야 했다. 시아버지가 조영실로 들어가고 30여 분이 지난 후 원내 방송이 들렸다.

"내과 의사 선생님들은 심혈관 조영실로 속히 오시기 바랍니다."

응급 상황임을 암시하는 방송. 마음이 철렁했다. 그리고 얼마 지나지 않아 우르르 달려 들어가는 의료진들. 잠시 후, 다른 환자로 인한 방송임을 알게 됐지만 놀란 가슴은 쉽게 진정되지 않았다. 의료진으로서 응급상황 안에 있는 것과 문밖에서 보호자로 기다리는 일은 너무도 다른 세계였다. 문안쪽의 상황이 어떻게 진행되는지 알지 못한 채 하염없이 기다리는 일은 초조함과 불안의 연속이었다. 그 시간을 지나 봤기에 나는 같은 상황에 있는 S를 이해할 수 있었다.

다른 사람의 입장이 되어 본다는 건 생각보다 쉽지 않다. 특히 바쁘고 힘들 때는 더욱 그렇다. 병원에서 나는 의료진으로 일한다. 간호사로서 환자를 대하는 건 익숙하지만 보호자에게까지 관심을 기울이기는 쉽지 않다. 해결해야 할 일들이 산처럼 쌓여있고 마음의 여유가 없기 때문이다.

가족 중 한 명이 입원하게 되면 누군가가 보호자로 환자 옆을 지키게 된다. 경험해본 사람들은 잘 알겠지만, 보호자가 된다는 건 녹록지 않은 일이다. 희생과 배려가 필요하고, 지루함과 초조함, 불안감과 씨름해야 한다. 예기치 못한 당혹감과도 마주할 수 있기에 결코 유쾌한 시간이 아니다. 또, 가족 관계가 좋으면 별 탈 없이 지내지만, 평소 불편했던 경우라면 종일 옆에 있어도 말 한마디 따뜻하게 오가지 않는다. 심지어 큰 싸움이 나기도 한다.

병동에서 일하던 어느 날, 여자 보호자가 내게 다가왔다.

"아버지가 대변을 보셨는데 기저귀 좀 갈아주세요."
"환자는 저희가 대변을 확인하지 않아도 되는 분이셔서 보호자께서 갈아주시면 됩니다."

혈변을 보거나 설사가 심해 대변 양상을 확인해야 하는 분이 아니었기에 나는 그렇게 대답했다. 보호자는 쭈뼛쭈뼛했다.

"사실은 제가 해보질 않아 좀 어려워서요. 시아버지거든요."

'아니 누구는 태어날 때부터 기저귀 갈 줄 아나?' 순간 짜증이 확 났다. 일단 꾹 참고 보호자와 함께 병실로 향했다. 보호자와 같이 기저귀를 교환하며 난 찬찬히 설명했다. '친절'이 아니라 다시 나를 부르지 않았으면 하는 마음으로 말이다. 나는 보호자가 기저귀 가는 일을 부탁하는 게 싫었다. 본인이 하고 싶지 않은 일을 나에게 떠넘기는 것만 같았다. 안 그래도 노숙자나 보호자 없는 환자들의 기저귀를 숱하게 갈아주고 있는데, 힘든 일을 내게 시키는 것 같아 서운하고 속상했다.

그러나 사람은 역시 그 입장이 되어 보지 않으면 이해하기 어려운가 보다. 내가 결혼을 하고 며느리의 입장이 되어 보니 보호자의 그 난감했던 상황이 단박에 이해가 됐다. 결혼과 동시에 가족이 되긴 했지만 평생 알지 못하는 사이였으니 얼마나 어색하겠는가. 마땅한 공감대가 있는 것도 아니고 옆에 있는 것만으로도 편하지 않았을 텐데 기저귀까지 갈아야 했으니 얼마나 난감했겠는가. 아, 내가 생각이 짧았다.

시아버지가 병원에 계시는 동안 거의 일주일 동안 대변을 못 보아서 관장을 하게 됐다. 내가 병상을 지키고 있던 딱 그때 말이다.

'시어머니랑 교대한 지 30분도 안 됐는데 이게 뭐람!'

그나마 얼굴에 감정이 드러나지 않아 다행이었다. 대변을 치우고 기저귀를 갈았다. 하지만 변이 시원하게 나오지 않았던 시아버지는 관장을 한 후에도 끙끙거리며 힘들어했다.

'아무래도 변이 딱딱해져 제대로 나오질 못하나 보네.'

나는 마음을 가다듬고 심호흡을 했다. 그런 후 장갑을 끼고 손가락으로 딱딱해진 변을 파낸 후 기저귀를 채우고 기다렸다. 시간이 지난 후 쏟아져 나오는 변을 후딱 해치웠다. 간호사였기에, 그리고 숱하게 기저귀를 갈아봤기에 가능했던 일이긴 했지만 썩 좋진 않았다. 난 속으로 별별 생각을 다 했다.

'이따 저녁에 신랑 오기만 해봐라. 평생 나 업고 다니라고 해야지.'

'오늘은 병원에 좀 늦게 올 걸 그랬다.'

'우리 엄마는 내가 이러고 있는 걸 알면 속상하겠지?'

'일할 때도 그렇게 기저귀를 갈았는데, 육아휴직 때도 이래야 하나?'

하지만 이미 벌어진 상황인데 어쩌겠는가? 평소 지론대로 '닥치면 다 하게 되어 있어'를 떠올리며 얼른 해치웠다. 서로 어색한 상황을, 그냥 일한다고 생각하며 시아버지를 대했다. 그래야 시아버지가 덜 민망할 것 같았기 때문이다.

신랑이 퇴근 후 병원으로 왔다. 난 종알종알 이야기했다.

"암생(신랑의 별명), 나 업고 다녀야 해. 요즘 시대에 시아버지 대변 치우는 착한 며느리가 어딨어!"

그런 나에게 신랑은 조용하고도 묵직한 한마디를 남겼다.

"너 무겁다."

'어떤 경험이든 버릴 게 없다'고 했던가. 내가 보호자가 되어 본 이후부터는 일하면서 환자뿐 아니라 옆에 있는 보호자까지 살피게 됐다. 환자의 정맥주사를 놓을 때나 투약할 때도 보호자에게 한 마디씩 건넸다.

"커피 드세요? 맛있겠다."
"어, 오늘은 다른 보호자가 오셨네요, 교대하셨나 봐요. 힘드시죠?"
"좀 누워서 주무세요. 몸 상해요."

짧은 인사말을 했을 뿐인데, 대개의 보호자들은 기다렸다는 듯 이야기를 시작한다.

"아휴, 어젯밤에 이 양반이 하도 난리여서 잠 한숨 못 잤어. 근데 이 양반, 왜 이리 오줌을 자주 싸는겨? 밤에 있던 간호사들도 고생 많이 했어.

침대에서 내려온다고 난리 치는 이 양반 달래느라."

"오늘은 우리 언니랑 교대해서 왔어요."

"커피 한 잔 타줄까? 냄새가 좋지?"

그러면 나도 모르게 웃음이 나온다. 어떤 아주머니는 사과를 깎다가 쭈그리고 앉아 혈관을 찾고 있는 내 옆으로 와서는 "먹고 일해. 먹고살자고 하는 건데 밥도 못 먹고 이게 뭔 고생이야" 하며 내 입에 사과를 넣어주셨다. 나는 우적거리며 사과를 먹느라 발음도 제대로 못 하면서 "아니, 주사 놓는데 이렇게 방해하셔도 되는 거예요!" 하며 웃었다.

그래서 그런가? 나는 병실에 들어가면 빨리 나오질 못했다. 원래 일을 많이 타는 스타일이기도 하지만 보호자의 이야기를 자르지 못해 병실을 탈출하지 못하는 경우도 많기 때문이다.

간호사로 일하고 있는 내가 보호자가 되어 본 건 보호자를 이해할 수 있는 소중한 경험이었다. 나뿐 아니라 의료진 누구라도 보호자가 될 수 있다. 보호자의 가족 중에 간호사가 있는 분들은 거의 다 나에게 "아이고, 이렇게 간호사가 힘들게 일하는 줄 몰랐네" 하며 위로해주셨다. 그분들의 따뜻함에 또 나는 힘을 얻는다.

우리 간호사들 또한 가족 중의 누가 아프면 지금 내 앞에 있는 보호자처럼 환자 옆을 지키게 될 것이다. 그들에게 한 번이라도 눈길을 돌려주고 따뜻한 말 한 마디 건네보는 것, 지금부터 시작해보면 어떨까? 모든 일은 '나'로부터 시작된다.

워킹맘으로 살아가기?
아니 버텨내기

일과 육아를 병행해야 하는 워킹맘의 행복지수는 전업맘보다 떨어진다. 통계청의 '2012 통계로 보는 여성의 삶' 보고서에 따르면, 삶에 만족한다는 워킹맘은 24.1%로 27.9%인 전업맘보다 낮았다. 실제로 직장생활에 가사·육아 부담까지 '이중고'를 겪는 워킹맘의 고통은 상당하다. 사단법인 여성·문화네트워크가 여성가족부와 여성신문 후원으로 30~40대 워킹맘 1,000명을 대상으로 실시한 '2014 워킹맘 고통지수' 조사 결과, 워킹맘의 90.9%가 '힘들다'고 응답했다.

인터넷에 올라온 뉴스 기사다. 기사에서 보는 것과 같이 아이를 키우며 일하는 워킹맘은 쉽지 않다. 남녀의 교육수준이 비슷하고 취업도 똑같이 하지만 아이를 출산하고 난 다음부터는 이야기가 달라진다. 일을 나가고 싶어도 아이를 맡길 곳을 찾기가 쉽지 않다. 보통 양가 부모님이나 도우미, 어린이집 중 한 곳에서 결정이 난다. 양가 부모님이 아이를 봐줄 수가 없으면 도우미에게 맡겨야 하는데, 경제적으로 풍족해서가 아니라 어쩔 수 없는 선택인 경우가 대부분이다. 부모님께 아이를 맡긴다 해도 지방인 경우에는 쉬는 날마다 가서 아이를 봐야 한다. 그마저도 여의치 않으면 결국 여자 쪽이 일을 포기하고 전업맘이 된다. 우리나라 워킹맘들의 경우, 친정 부모님이 아이를 맡아줄 수 있다면 그게 바로 육아계의 금수저가 아닐까 싶다. 친정 부모님께는 죄송하지만 워킹맘이 마음 놓고 일하는 데 있어서 가장 좋은 조건이기 때문이다.

맞벌이를 하더라도 육아와 살림은 여자가 도맡는 경우가 대부분이다. 똑같이 직장을 다니지만 대부분의 남편들은 도와준다고 생각하지 본인의 일이라 여기지 않는다. 그러니 생색을 낼 수밖에 없다. 쓰레기 정리를 예로 들어보자. 쓰레기를 분리해서 봉투에 넣고 문 앞에 내다 놓는 것까지 아내의 일이다. 남편은 다만 들고 가서 버리기만 할 뿐인데 마치 자신이 분리수거를 다 하는 것처럼 말한다.

남성이 생계부양자라는 모델이 깨지고 있음에도 가사·육아는 여전히 여성의 몫이다. 맞벌이·비맞벌이 남성의 가사노동시간 차이가 단 7분이라는 조사결과도 발표되었다. 아이가 아프면 밤을 지새며 돌보는 건 엄마의 몫이고 아빠들은 대부분 잔다. 그렇게 밤을 새운 채 아침이 되면 워킹맘은 또 일을 하러 나가야 한다. 이런 상황이 지속되면 피곤함과 서운한 마음이 쌓이기 시작한다.

퇴근 후에도 워킹맘은 집으로 또 다른 출근을 하기 때문에 쉴 수가 없다. '워킹맘'이란 단어에는 일도 육아도 가사도 책임져야 한다는 사회적인 인식이 담겨 있다. 아이의 공부와 학원 스케줄 챙기기, 각종 공과금 이체 및 가족들을 위한 쇼핑 그리고 경조사와 청소, 빨래 등 해야 할 일은 끝이 없다. 사회적으로 조명받는 슈퍼우먼 워킹맘들은 예쁘기도 해야 하고, 살림도 잘 하고, 아이도 잘 키우고, 일도 잘하고, 지적이기까지 하다. 이런 높은 기대치 에 맞춰, 아니 현실에서 감당해야 할 일들을 해내는 동안 워킹맘들은 서서 히 지쳐가고 있다.

워킹맘을 며느리로 둔 시어머니들의 생각도 조금씩 바뀌어야 한다. 어떤 간호사는 나이트 근무 전에 시부모님과 저녁을 먹다가 시어머니가 "아이고, 너 배불러서 밤근무를 어떻게 하니? 힘들겠다" 하시기에 "뭐 정 힘들면 일 그만두고 신랑 벌어오는 돈으로 살면 되죠" 웃으며 얘기했다가 "너 그만두 면 우리 아들 혼자 벌어서 힘들잖니!" 하는 이야기를 들었단다.

지금은 자녀를 한 명씩 두는 가정이 대부분이다. 딸이든 아들이든 한 명 만 기르기에 모든 걸 투자하기 마련이고 성별에 관계없이 모두가 소중하다. 그러기에 엄마, 아빠가 살림과 육아는 공동의 일임을 어렸을 때부터 보고 자라게 해줘야 한다. 아들도 같이 동참하게 하고 부모가 같이 육아와 살림 을 하는 모습을 보여줘야 한다.

지금은 임신한 간호사들에게 나이트 근무를 시키지 않지만 나는 그런 혜택을 받지 못했다. 첫째아이를 임신하고 삼교대 근무를 했던 시간은 지금 생각해도 어떻게 견뎌냈나 싶다. 좀 수월한 곳이면 나았을 텐데, 중증도가 높은 환자들이 많은 내과 병동이라 근무시간 내내 동동거렸다. 임신을 핑계 로 일을 소홀히하는 유형도 아니었던 나는, 응급이 터지면 부른 배를 신경 쓸 겨를도 없이 뛰어갔고, 침대가 들어가면 꽉 차는 처치실에 꾸역꾸역 배를 우겨 넣고 들어가 어시스트를 했다.

당시 알코올성 간경변증 환자가 많았다. 알코올 금단증상이 나타나는 환자들의 안전을 위해 억제대를 묶다가 환자에게 맞는 경우도 허다했다. 팔을 맞거나 환자가 힘으로 버티는 걸 받아주는 건 어느 정도 참을 수 있는데, 발에 차이면 정말 아팠다. 어디서 그런 괴력이 나오는지 모르겠다. 임신 중에 밤근무를 하면서 배를 발로 차인 적이 있었는데, 그날은 너무도 서럽고 속상해서 진심으로 '이제 그만둬야겠다!'라고 결심했다. 고래고래 소리를 지르며 난리 치는 환자를 당직 레지던트와 같이 억제대로 묶고 겨우 마무리를 했다. 처치실의 세면대에서 손을 닦으며 거울을 보니 머리는 산발이고 얼굴은 피곤이 켜켜이 쌓여 있었다.

'내가 무슨 부귀영화를 누리겠다고 배불러서까지 이 짓을 하고 있나.'

서글펐다. 그리고 얼마 후, 양수가 새서 입원했다. 한 달여 동안 입원 치료를 받고 첫째를 출산했다. 임신 기간 동안 많이 힘들어서였는지 아가도 작았고 나 또한 상태가 좋지 않았다.

아기가 태어나면 좀 편할 줄 알았는데, 산 넘어 산이었다. 어른들이 '뱃속에 아이가 있을 때가 편한 거야' 하셨던 이유를 알 수 있었다. 아이는 내 뜻대로 되지 않았다. 아가에게 모든 걸 맞춰야 했다. 아가가 깰 때 같이 깨야 했고, 배고프다고 할 때 젖을 줘야 했고, 잘 때 같이 자야 했고, 칭얼거릴 때 안아주고 달래줘야 했다. 병원에서는 대화가 가능한 사람들과 일을 하지만 (물론 안 통하는 사람들 있긴 하지만) 아가는 불가능했다. 일할 때는 잠깐이나마 커피 마시고 밥도 먹을 수 있지만, 애를 안고 화장실에 가야 하고 애를 업고 밥을 먹어야 했다.

내 의지가 아닌 전적으로 타인에게 맞춰야 하는 시간들, 어렵고 어려웠다. 왜 산후우울증이 오며, 왜 어른들이 애 보는 대신 밭을 매겠다고 했는지 바로 이해가 됐다. 나이 서른에 출산을 했음에도 나는 할 줄 아는 게 아무것도 없었다. 아가를 키우면서 세상의 엄마들이 위대해 보였다. 그리고 철모르는 10대 미혼모들이 핏덩이를 안고 얼마나 막막했을지 이해하게 됐다. 나도 이렇게 힘든데, 아직도 아이인 그들이 엄마가 됐으니 말이다.

출산 9개월 후 나는 복직했다. 친정 엄마의 응원이 컸다.

"난 못 배웠지만 넌 배운 거 잘 써먹어야지, 아깝잖아. 엄마가 애 키워줄 테니까 넌 일해."

벗어났다고 생각한 그 병동으로 복직했다. 다른 곳으로 갈 거라 기대했는데 말이다. 병동은 여전했고 일도 여전했다. 아이를 키우면서 일하는 건 강도가 두 배가 아닌 네 배 이상이었다. 그럼에도 살림은 물론 아이들 교육까지 챙기는 선생님들이 놀라웠다. 나는 현상유지도 버거웠고 힘에 부쳤지만 일하는 게 좋았다.

휴직기간을 보내며 깨달은 건 세상의 수많은 일 중에서 '엄마', '전업주부'가 제일 대단하다는 것! 육아를 하기 전에는 '집에서 살림하는 게 뭐가 그리 힘들어? 쉬엄쉬엄 자기 할 일 하면 되는 걸' 하며 폄하했다. 이 생각이 얼마나 겁 없고 오만한 것이었는지 휴직기간을 통해 배웠다. 당연하다고 생각했던 일이 절대 당연하지 않다는 걸 일깨워준 시간이었다. 육아와 살림은 너무도 힘들고 버거웠다. 끝도 없고 해도 표가 나지 않으며 성취감은 없고 가족 누구 하나 제대로 인정해주지 않는 일들. 사람을 키우고 보살핀다는 건 보이지 않는 수고와 노력, 인내의 과정이며 결정체였던 거다. 우리네 엄마들이 그렇게 나와 우리들을 키워내셨다. 내가 워킹맘으로 살아갈 수 있었던 것은 엄마의 숭고한 수고와 헌신이 있었기에 가능했음을 깨달았다.

모 기업에서 학부모 572명을 대상으로 설문조사한 결과, 워킹맘의 83.1%가 '육아 때문에 일을 그만두려고 생각해본 적이 있다'고 응답했다고 한다. 즉 10명 중 8명이 육아 때문에 퇴사를 결심한 적이 있다는 것이다. 일을 그만두고 싶었던 시기(복수응답)로는 '자녀와 함께해주지 못하는 것에 미안하고 죄책감이 들 때'(57.1%)를 가장 많이 꼽았다. 이 마음은 모든 워킹맘들이 가지고 있는 것이며 나 또한 마찬가지였다. 미안한 마음에 나이트 근무로 밤을 꼴딱 새고 나와서는 아이를 데리고 도서관, 아쿠아리움, 놀이공원 등을 가곤 했다. 하지만 이 열정은 시간이 지남에 따라 조금씩 사그라졌다. 힘에 부쳤기 때문이다.

주변에서는 둘째를 가지라고 권유했지만 나에겐 씨알도 안 먹히는 소리였다. 친정 엄마가 많이 도와주셨지만 남편과 둘이서 아이를 볼 때는 거의 내가 전담이었기에 둘째를 절대 갖고 싶지 않았다. 아이로 인해 일을 소홀히 하고 싶지 않았고, 아이에게 시간을 할애하느라 나의 시간은 거의 없는 상황이 숨 막히고 버거웠다. 그런데 아이를 또 낳으라니…… 자기 일 아니라고 너무 쉽게 이야기하는 것 같아 서운했다.

육아는 가장 가까이에 있는 남편과 잘 조율해야 할 문제였지만 둘 다 힘에 부쳤다. 많이 도와줬지만 내 성에 차지 않았다. 나의 삼교대를 맞추는 것만 해도 쉽지 않은 일인데 내 욕심이 컸던 거다. 삼교대를 하는 내가 더 힘들다고 여겼고 당연히 신랑이 더 많이 육아와 가사를 해야 한다고 생각했다. 내 삶이 팍팍해진 것이 신랑과 아이 때문인 것 같아 표현도 거칠어졌고 심술도 많이 부렸다.

아이가 여섯 살이 되니 숨통이 좀 트였다. 버티다가 첫째와 여덟 살 터울 나게 둘째를 임신했다. 첫째 때보다 나이가 훨씬 들어 임신을 했지만 몸 상태는 훨씬 좋았다. 병동이 아닌 외래여서 근무시간이 일정했던 것이 가장 좋은 배경이었다. 그 시기에 나는 일을 하면서 대학원 논문까지 쓰고 졸업을 했다. 또 틈틈이 지인들과 여행도 다녀오고 알차게 보냈다.

주변 사람들은 대단하다고 이야기했지만 내 역량이라기보다는 나의 백그라운드인 엄마, 아빠와 신랑의 지원이 확실했기에 가능한 일이었다. 그리고 조급해하지 않고 '그래, 내가 할 수 있는 만큼만 하자. 그래도 안 하는 것보다는 훨씬 낫잖아' 하면서 느긋하게 나를 격려하는 성격 탓도 컸다. 육아휴직 때도 즐기려고 노력했다. 첫째를 키워봤고 어느 정도 연륜이 생긴 후에 출산을 한 터라 힘든 상태로 나를 내버려두지 않고 그 상황에서 가장 좋은 것을 찾아내려 애썼다.

사실 나는 성격이 급하고 느긋하지 못했다. 그렇지만 간호사 생활을 하면서 여러 사람들을 만나고 맞춰가는 중에 모난 부분들이 둥글둥글해졌고 아이를 키우면서 기다릴 줄 아는 여유가 조금씩 생겼다. 내 뜻대로 되지 않는 일이 동동거린다고 되는 것이 아님을 깨달았다.

난 꼬맹이를 안고 전주, 부산, 제주 등등 여러 곳을 놀러 다녔다. 가방 가득 기저귀와 아기용품을 챙겨서 대중교통을 이용한 여행이었지만 기쁘게 다녔다. 내가 누릴 수 있는 것들을 찾아 누렸기에 휴직임에도 직장 다닐 때

만큼 바빴다. 노느라고 말이다. 대부분이 지인들과의 여행이라 신랑은 가지 못했지만 너그러이 이해해주었다.

내가 좋아하는 건 책읽기다. 책을 읽으며 밑줄을 치고 다시 나만의 노트에 정리를 한다. 오래된 습관이다. 사람들은 "애 키우고 일하면서 언제 책을 읽어? 난 시간이 없던데" 하고 묻는다. 나는 출퇴근 시 지하철에서 거의 대부분 책을 읽는다. 이렇게만 읽어도 하루 한 시간 정도 된다. 휴직 기간엔 아기를 업고 재우면서 읽었다. 그리고 새벽에 향초를 켜고 음악을 들으며 노트에 글을 정리했다.

새벽의 고요함과 종이 위에 연필로 글을 쓸 때의 그 사각거림을 나는 사랑한다. 아가 때문에 잠을 제대로 잘 수 없었지만 투덜거리는 대신 새벽의 고요함을 즐겼다. 첫째 때와 달라진 점이었다. 둘째의 육아도 물론 힘들었지만, 아이뿐 아니라 나도 커 가는 시간이었다. 나는 위로 커 가기보다는 아래로 깊어져 가길 지향했다. 수용할 수 있는 내가 되길 원했다. 아이를 키우며 내가 얻은 가장 큰 수확은 내 뜻대로 되지 않는 일들에 대한 나의 자세였다.

그럼에도 결론적으로 말하면 육아는 어렵다. 사회적인 인식의 개선과 제도적인 뒷받침이 없으면 힘들다. 2017년 육아휴직을 한 아빠는 1%에 미치지 못한다고 한다. 남성이 제도를 사용하지 못하는 이유는 무엇일까? 남성 중심적인 조직 문화와 경제 문제 그리고 '애는 여자가 봐야 한다'는 인식이 그 이유다. 스웨덴은 엄마들의 80%가 일하기 때문에 워킹맘이라는 단어가 없고 오히려 육아 휴직한 남자들을 부르는 말은 있다고 한다. 한 손엔 라테, 한 손엔 아이를 태운 유모차를 밀고 자연스레 거리를 활보하는 아빠를 일컫는 '라테 파파'다. 이런 모습이 우리 사회에 자리 잡게 된다면 워킹맘들의 고됨은 덜할 것이고 출산율 또한 올라갈 것이다.

조정육 작가의 책에 이런 글이 나온다.

> 이 세상에 누군가에게 완벽한 희생을 요구하는 존재는 자식밖에 없을 것이다. 그런 힘든 존재를 힘들다고 불평하지 않고 길러봐야 비로소 사람을 이해할 수 있게 된다. 내 힘으로는 도저히 어찌하지 못하는 자식을 기르다 보면, 나 아닌 타인을 있는 그대로 받아들일 수 있는 포용력이 생긴다. 아이를 통해 모나고 날카롭던 반쪽자리 인격이 둥글어지고 너그러워진다. 아이가 살아가야 할 시간이 힘들어도 염려할 필요가 없다. 포도가 맛있게 익으려면 한여름의 뙤약볕을 견뎌야 하지 않는가. 포도가 익어가면서 견디는 뙤약볕은 고통이 아니라 깊어지는 과정이다.

힘들고 어려운 과정이지만 난 다시 태어난다 해도 결혼을 하고 아이를 낳아 키우고 나의 일을 하고 싶다. 이 과정을 겪어본 사람만이 알 수 있는 인생의 맛이 있다. 힘든 중에서도 나를 사랑하고 내가 행복해야 주변이 행복할 수 있다는 것, 가장 가까운 이들에게서 누릴 수 있는 기쁨과 사랑의 '맛' 말이다. 에리히 프롬은 『사랑의 기술』에서 모든 엄마는 '젖'을 줄 수 있지만, '꿀'은 진정으로 행복한 엄마만이 줄 수 있다고 말했다.

내가 행복해야 다른 이들을 행복하게 할 수 있다. 내 안에서 솟아오르는 행복이 진정한 행복인 거다. 그래서 난 요리도 못하고, 살림도 못하는 엉터리 엄마지만 아이들에게 진정한 행복을 줄 수 있는 엄마다. 살아가는 모든 순간을 행복의 순간으로 바꿀 줄 아는 '나'이기에 말이다.

한창 육아에 시달리고 있을 수많은 워킹맘들이 하루에 단 몇 분만이라도 자신을 위한 시간을 가지려고 노력했으면 한다. 그 시간들이 나를 지탱해주고 일으켜주는 척추가 될 것임을 알기 때문이다. 오늘도 고군분투하고 있을 우리 워킹맘들에게 응원을 보내고 싶다.

모두들 잘하고 있습니다!
기운 내세요!
사랑하고 축복합니다!

1. 나를 위한 시간을 하루에 몇 분이라도 꼭 가지세요!
▶ 그 시간이 나를 일으키는 자양분이 될 것입니다.

2. 아이들과 많은 시간을 갖지 못함을 자책하지 마세요!
▶ 대신 쉬는 날, 듬뿍 사랑을 주면 된답니다. 휴직 때의 경험을 보면 종일 같이 있다고 24시간 모두 잘할 수 있는 건 아니더라고요.

3. 나에게 에너지를 줄 수 있는 지인들을 곁에 두세요.
▶ 좋은 사람에게 받는 에너지는 무척 크답니다.

4. 나만의 사치를 누리는 방법을 하나씩 갖고 있으면 좋아요.
▶ 나는 새벽에 촛불을 켜고 차 한 잔을 마시며 감미로운 음악 속에서 책을 보는 걸로 사치를 누렸답니다. 나를 성장시킬 수 있는 비법이 하나쯤 있으면 삶이 풍요로워집니다.

4부

사람이 풍경이 되는 곳,
나의 일터

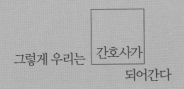

그렇게 우리는 간호사가 되어간다

천사를 기대해도
좋을까요?

대중에게 알려진 간호사의 이미지는 '백의의 천사'다. '천사'라는 단어, 참 좋으면서도 부담스럽다. 내가 착하거나 완벽하지 못하기 때문에 '천사'라고 불리면 민망하다. 그럼에도 지금까지 간호사 생활을 하면서 나를 '천사'라고 불러주신 분들이 꽤 많았다. 그중에서도 세상 물정 모르던 신규 간호사 시절에 나를 '천사'라고 해주신 아저씨에 대해 써보려 한다.

지금은 법인이 되었지만 우리 병원은 국립이었다. 그래서 의료보호 및 노숙자 환자가 상당히 많았다. 나를 '천사'라 불러주신 아저씨는 노숙자는 아니지만 그와 비슷한 수준이었다. 피부과 환자였는데, 온몸의 피부가 비늘처럼 벗겨져 얼굴은 항상 벌겋게 달아올라 있었고, 벗겨져 나온 각질들이 침상에 가득했다. 새로 시트를 교환해도 몇 시간 지나지 않아 각질로 뒤덮였기에 산뜻한 느낌을 찾을 수가 없었다.

아저씨는 수시로 벗겨진 피부에 연고를 발랐고, 매일 외래에 가서 광선 치료를 받았다. 피부가 약해 주사 놓는 것도 만만치 않았다. 혈관도 좋지 않았지만, 피부가 계속 벗겨지고 약해서 반창고 붙이는 것조차도 걱정스러웠다. 반창고를 떼어낼 때는 혹시나 피부가 같이 떨어져 나오지 않을까 조심해야 했다. 그런 아저씨가 측은했다. 벗겨지고 다시 새 살이 올라오는 피부이니 얼마나 쓰리고 아플까? 난 아저씨 담당 간호사였지만 아직 신참이라 정맥주사를 제대로 한 번도 찔러보지 못했다. 그래도 일단 고무줄로 팔목을 묶었다. 한참 들여다보고 열심히 찾았지만 못 찾았다.

"제가 못하겠어요. 괜히 잘못 놔서 고생할 것 같아서요. 주사 잘 놓는 우리 선생님께 부탁해서 맞는 게 낫겠어요."

그 시절의 나는 할 수 있는 일이 많지 않았다. 아저씨한테도 마찬가지였다. 그저 불편함을 들어주고, 시트를 갈아주고, 증상에 따라 담당의에게 노티하고 처방받은 약을 주고 치료시간을 챙겨주는 정도가 전부였다.

아저씨는 입원 기간이 한 달 이상으로 꽤 길었다. 어느 날 아저씨가 선물을 주셨다. 내용물은 편지와 목걸이. 음료수나 먹을 것 등은 환자들에게 많이 받아봤지만, 그런 선물은 처음이었다. 여자의 예감인가? 편지와 선물을 뜯어보기 전부터 알 수 없는 부담감이 밀려왔다. 그래도 일단 포장을 뜯었다. 학교 앞 문방구나 팬시점에서 볼 수 있음직한 디자인과 재질의 목걸이가 눈에 보였다. 그리 비싸지는 않았겠지만 아저씨 형편에서는 큰 무리였을 것이다. 한눈에도 정성을 들였음이 느껴지는 편지는 큰 부담을 안겨주었다. 내가 '천사'인 것 같고 그런 나에게 호감이 있어서 목걸이를 선물로 준비했다는 내용의 편지였기 때문이다.

'아, 이를 어쩐다……. 이런 거 안 주셔도 돼요 하면서 다시 돌려줘야 하

나? 아니면 모르는 척해야 하나?'

한참을 끙끙거리던 나는 혼자 어쩌지 못해 선배 간호사에게 도움을 요청했다.

"많이 부담이 되겠구나. 그쪽 병실에 갈 일이 있으면 가능한 한 내가 들어갈게."

마주치지 않는다고 100퍼센트 해결되는 건 아니지만, 일단 덜 마주치면 감정이 조금은 정리가 되지 않을까 하는 마음에 나는 그러겠다고 대답했다.

편지를 받고도 내가 별다른 반응이 없자 아저씨는 조금씩 변하기 시작했다. 처음에는 순하기만 한 줄 알았는데 짜증도 내고 별안간 울컥하며 화를 내기도 했다. 아마도 본인의 마음을 받아들여 주지 않은 나에 대한 감정풀이였을 것이다. 아저씨의 변한 태도와 짜증에 나는 당황했지만 어떻게 대처해야 할지 몰라 그냥 참을 수밖에 없었다.

일을 하는 내내 부담이 컸다. 이런 상황을 어떻게 대처하는 것이 현명한 것인지, 난 아직도 잘 모르겠다. 내가 잘못한 게 없음에도 불구하고 껄끄러운 관계가 지속되는 상황에서 어떻게 해야 하는 걸까? 입원해 있는 환자를 피할 수도 없는데 어찌 해야 하는 건가? 그래도 계속 친절해야 하는 건가? 아마도 많은 간호사들이 마주했을 법하고 고민해본 상황이 아닐까 싶다.

그 아저씨 사건 이후 나는 방법을 하나 생각해냈다. 내가 가장 많이 썼던 방법은 남자 환자가 "혹시 남자친구 있으세요?"라는 사적인 질문을 던지면 생글생글 웃으면서 바로 "남자친구는 없고 신랑은 있어요"라고 대답하는 것! 그리고 "학교 졸업하고 바로 결혼했더니 벌써 애가 둘이에요" 하며 묻지도 않는 대답까지 덧붙이는 것이다.

이 방법은 나름 효과가 좋았다. 호감을 보이다가도 쐐기를 박는 나의 대답 이후부터 잠잠해지는 모습을 여러 차례 보았기 때문이다. 그래서인지 나는 결혼하고 나서 그리고 아기엄마가 되고 난 이후 간호사로 일하기가 더 편했다. 거짓말이 아닌 진짜 아줌마가 됐으니까.

아줌마가 되고도 환자나 보호자들에게 간간이 결혼했느냐는 질문을 받거나 아니면 '나중에 결혼할 때 저런 사람 피하는 게 좋아!'라는 조언을 듣기도 했지만 아줌마의 여유로 느긋하게 씩 웃으며 넘길 수 있게 되었다.

나의 직업은 다른 이의 아픔을 어루만지고 간호하는 '간호사'다. 사람은 누구나 힘들 때 따뜻하게 대해주고 관심을 가져주면 마음이 포근해지고, 보살펴준 이에게 호감을 갖게 된다. 일하면서 상대에게 호감을 얻을 수 있는 기회는 흔하지 않다. 하지만 호감과 과도한 관심에 대한 구분이 필요하고, 호감이 아닐 때는 부드럽지만 단호하게 끊을 수 있는 태도가 필요하다. 물론 쉽지 않다. 그리고 내가 이런 것까지 신경을 써야 하나 하는 생각도 들 것이다. 하지만 어쩌겠는가. 우리가 일하면서 마주할 수 있는 상황인 것을.

나 또한 고민했던 문제지만 시원스럽게 해결책을 마련하지 못한 채 그 시간들을 지나왔다. 혹시 내가 풀어갔던 방법 외에 좋은 묘안이 있다면 누군가 알려줬으면 좋겠다. 여러 사람의 머리를 모으면 좀 더 나은 방법이 나올 테니 말이다. 그리고 그 좋은 방법을 후배들과 공유하고 싶다.

아저씨의 경우는 예외 상황이었지만 사실 우리는 모두 서로에게 '천사'가 될 수 있다. 당신은 나의 '천사'가 되고, 나 역시 당신의 '천사'가 될 수 있다.

이제껏 살아오면서 나는 수많은 '천사'를 만났고 그들의 도움으로 이 자리에 있다. 흔히 천사는 날개가 달린 깨끗하고 하얀 이미지에 광채가 나는 모습으로, 악마는 뿔이 달리고 찢어진 눈에 무서운 모습으로 표현한다. 그러나 현실에서는 그런 모습의 천사와 악마는 존재하지 않는다. 지극히 평범한 모습으로 나타나기에 지나고 나서야 비로소 알 수 있게 된다.

엘리베이터를 기다리다가 어느 보호자의 통화 내용을 듣게 되었다.

"그래. 어…… 수술이 늦어져서 밥도 못 먹고 계속 기다렸지. 아휴, 말도 마, 힘들어. 답답하고. 지금 보호자 없어도 되는 병실 가려고 대기하고 있는데 자리가 아직 없다네. 힘들지, 그럼. 그걸 말이라고 해? 저녁 드시는 것까지 봐주고 가야 하니까. 그제는 8시 반에 집에 도착했고 어제는 9시 반이더라고. 가면 피곤해서 아무것도 못하고 바로 곯아떨어져."

계속 이어지는 통화.

"그래도 부모님이 지금까지 살아계시니 감사하지! 힘들어도 내가 그렇게 생각하니까 감사하게 되더라고."

너무도 시끄러워 이제 좀 끊었으면 좋겠다고 생각하던 터였는데 보호자의 이야기는 반전이었다. 고개를 돌려 그분을 바라봤다. '나는 오늘 또 한 명의 천사를 만났구나.' 이 모습이 바로 '천사'가 아니고 무엇일까? 길을 지나가면 어김없이 볼 수 있는 평범한 아줌마지만, 그 입에서 나오는 언어로 '천사'임을 나타낸 그분. '천사'가 되는 게 아주 어려운 일만은 아닌 것 같다. 일 터에서 말 한 마디라도 따뜻하게 건네는 순간부터 우린 이미 '천사'의 자태를 드러내고 있는 거니까.

　『나이팅게일의 눈물』이라는 책에서 저자는 사람들이 간호사를 '백의의 천사'라고 부르는 이유는 간호사에 대한 감사의 의미도 있지만 '천사'처럼 잘 해달라는 절대적인 의지의 표현이라고 이야기한다. 즉 환자들의 간절함을 '천사'라는 단어로 나타낸 것이란다. 또 간호사들이 초능력을 지닐 수는 없지만 책임의식을 가지고 고민하고, 간호하고 환자를 돌보는 것이야말로 '천사'로서의 진정한 자존심이라고 덧붙였다.

　간호사를 '천사'라고 부르는 건 어쩌면 진부하기 짝이 없는 표현일 수도 있다. 하지만 이 명칭이 처음 만들어졌을 때 사람들은 무척 신선하게 여겼고 충분한 공감대를 얻었을 것이다. 간호사로서 내가 하는 이 일이 지금은 지겹기 짝이 없고 인상이 찡그려지며 그저 습관적으로 출근하는 일로 추락했다 할지라도, 그 시작은 분명 두근거림과 설렘이었을 것이다. 학생간호사에서 등록된 면허가 있는 간호사인 RN(Registered Nurse)이 되어 처음 일을 시작했을 때의 그 떨림과 수줍음을 기억하는가? 불과 몇 개월 전까지 학생간호사였던 나를 '선생님'이라고 불러줬을 때의 어색함과 뿌듯함을 말이다. 나를 부르는 것 같지 않아 다른 간호사 선생님이 있나 두리번거렸던 그때의 나의 모습 그리고 그 설렜던 마음을 다시 한번 기억해보자.

　우리를 '천사'라고 불러주는 건, 타성에 젖어가는 나를 일깨우는 외침이 아닐까 싶다. 끊임없이 공부하고, 자세히 들여다보고, 한 번 더 확인해서 정확하게 간호를 수행하고, 지치지만 환자에게 한 번 더 발걸음을 향하는 것 그리고 그 모습을 드러내는 주체인 나를 다듬어가는 이 모든 것이 '천사'의 작은 날갯짓이며 '천사'가 되어가는 과정이 아닐까싶다.

이제 우리 간호사들 스스로가 서로의 '천사'가 되어 보는 건 어떨까? 우리 안에서 만들어진 따뜻함을 그저 나르기만 해도 우리의 손길은 '천사'의 손길이 될 테니 말이다.

만만치 않은 세상,
내가 너무 순진했다

어린 시절, 난 세상을 무지갯빛으로 바라본 것 같다. '빨강머리 앤'이 창밖을 바라보는 사랑 가득한 시선처럼 말이다. 사람들은 누구나 착하고, 내가 선(善)으로 대하면 당연히 선으로 대할 줄 알았다. 또 어른이 되면 누구나 성숙해지고 마음이 푸근해지며 한 살 한 살 더하는 만큼 마음이 조금씩 그리고 저절로 넓어지는 줄 알았다. 그래서 할아버지, 할머니는 하늘만큼 땅만큼 마음이 넓은 줄 알았다. 그러나 사회생활은 나의 그런 생각이 환상임을 일깨워주었다. 세상에는 단 돈 천 원 때문에 삿대질을 하며 목에 핏대를 세우는 어른들도 있음을 알게 됐기 때문이다.

후두암에 걸린 60대 남자 환자가 있었다. 수술과 방사선요법을 했지만 병은 점점 진행되어 갔다. 군인 출신의 그는 아침 일찍 일어나 각 잡힌 침상 정리를 한 후 앉아 있었다. 거기까지는 참 좋았으나 병실의 다른 환자들에게 제대로 이불 정리를 못했다며 타박하거나 우리에게도 엉망이라고 하는 말을 서슴지 않고 뱉어내어 기분을 상하게 했다. 본인은 군인 출신이라는 사실에 자부심이 무척 강했지만 병실의 다른 환자들과 우리는 감당하기 힘들었다. 그는 언제까지나 살 수 있을 것처럼 죽음을 수용하지 않고 주변에 너무도 함부로 하는 독불장군이었다.

그는 우리뿐 아니라 병실의 다른 환자들 그리고 본인의 가족에게도 명령 식의 말투를 사용했다. 우리의 상사도 아니고 병원이 군대가 아님에도 말이다. 같은 병실 환자들의 불만이 끊이지 않았다. 게다가 여성에 대한 폄하가 무척 심했다. 자신의 부인에게 한 번도 조용하고 따뜻하게 말한 적이 없었다. 조용한 경우는 자고 있을 때뿐이었다. 병실에 들어서다가 부인에게 "야, 너 내 말 이해 못해? 귓구멍이 어디로 뚫린 거야? 여자들은 이래서 안 돼" 하며 한 대 칠 기세로 눈을 부라리고 소리 지르는 모습을 보며 기겁한 적도 있다. 같은 병실 환자들이 다 지켜보는 상황에서 부인에게 그렇게 할 정도면 집에서는 말해 무엇 하겠는가.

우리 병동은 수술을 위주로 하는 곳이었기에 명절에는 대부분의 환자들이 퇴원했다. 하지만 그 환자는 명절임에도 퇴원할 수 있는 상태가 아니었다. 6인실에 혼자 덩그러니 있는 게 안됐기도 했고, 다소 시간적 여유도 있어 그 환자 침상 옆 의자에 앉아 이런저런 얘기를 했다. 이야기 도중 그는 선배 간호사 누군가를 지칭하면서 "걔는 너무 뻣뻣해. 여자가 그러면 못쓰지. 그런 여자들은 맛도 없어" 하는 것이었다. 또 이어서 "여자는 나긋나긋하고 순종적이어야 예쁘고 맛있는 법이야" 하기도 했다.

너무나 갑작스런 여성 비하와 성적인 발언에 난 멍해졌다. 그러더니 갑자기 앉아 있던 나에게 손을 뻗치더니 가슴을 만졌다. 너무 놀란 나는 "지금 뭐 하시는 거예요?" 하며 병실을 뛰어나왔다. 당황하고 놀란 나머지 눈물이 계속 나왔다. 같이 일하던 선배 간호사가 물었다.

"너 왜 그래?"
"6호실…… 그 환자가…… 내 가슴을……."
"미친 새끼. 너 거기 들어가지 마라. 내가 들어갈 테니까."

선배 간호사는 나를 위로해주었다. 그때는 성희롱을 당해도 신고할 곳도 없었고 혼자 삭일 수밖에 없었다. 그때 이후로 나는 트라우마가 생겨서 남자 환자들을 대할 때 경계하는 습관이 생겼다.

환자의 상태는 더 나빠졌다. 하지만 시간도 그의 못된 성품을 어쩌지는 못했다. 거의 목소리가 나오지 않음에도 부인에게 눈을 부라리며 얼굴이 벌게진 모습이 자주 목격됐다. 임종이 얼마 남지 않았던 어느 날, 환자를 처치실로 옮겼다. 부인은 옆에 있었다. 보통 남편이 사망하기 전이면 눈물범벅이거나 자녀들과 위로하며 시간을 보내기 마련이지만, 이 부인은 편안해 보였고 주로 병실 보호자 침대에 누워 있었다. 손 한번 잡아주는 모습을 보지 못했다. 또 숨이 꼴딱꼴딱 넘어가는 남편 옆에서 간호를 하던 나를 붙잡고 "내가 자기를 위해 좋은 거 하나 가져왔어. 엄마 암보험 하나 해드려. 이거 요번에 잘 나온 상품이야. 진단금액이 아주 높아. 우리 아저씨도 내가 암보험 잘들어놔서 병원비 해결했거든. 이거 봐봐" 하며 안내 전단지를 들이밀고 영업을 했다. 환자의 산소포화도 수치가 많이 떨어져 나는 맘이 급한데 보호자는 그것과 상관없이 상품설명서를 찬찬히 읽고 있었다.

순간 온몸에 힘이 쫙 풀리며 간호사로 일하는 게 회의감이 들었다. 나는 환자 때문에 동동거리며 매달리고 있는데 부인이라는 사람은 자신과는 상관없는 일인 것처럼 나에게 영업을 하고 있으니 말이다. 환자는 내 가슴을 만지고 그 부인은 나한테 보험을 팔고. 스물네 살의 나, 죽음 앞에서 맞닥뜨린 이 어처구니없는 상황을 어쩌지 못한 채 멍하니 당하고 있었다. 지금의 나라면 "보호자 분, 지금 뭐 하시는 거예요? 아무리 그래도 지금 환자가 임종을 앞둔 시간인데 이러시는 건 아니죠" 하고 차근차근 얘기했겠지만, 그때의 나는 속은 부글부글해도 입도 뻥끗 못하는 신규 간호사였다.

죽음 앞에서도 여전한 그 환자의 태도는 나에게 많은 깨달음을 주었다. 사람의 고운 품성과 마음은 부단히 노력하지 않으면 만들어지지 않는 것이며, 재산이나 직업, 성별에 관계없이 끊임없이 자신의 마음을 살피고 걸러내야 가능한 일이라는 걸 말이다. '어느 신혼부부에게나 있는 것처럼 두 개의 개성이 달라서 둥글어질 때까지의 마찰은 물론 우리에게도 있었다'라는 전혜린 씨의 글귀처럼 사랑하는 사람 사이에도 마찰이 있기 마련인데 다른 사람들은 말해 무엇 하겠는가. 그러나 타인의 티끌이 아닌 나의 들보를 쳐내며 다른 이들과 마찰되지 않는 부분이 많아지도록 둥글둥글하게 만들어가다 보면 어느새 마음의 영역이 넓어져 있음을 알게 될 것이다.

안개를 뚫고 엷게 비치는 가로등의 불빛은 우리의 감수성을 자극하고 아련하게 만든다. 그 풍경은 사람의 긴장을 풀어주고 아늑하게 해준다. 하지만 가로등이 없고 어둠과 안개만 자욱하다면 어떨까? 우리 간호사의 역할은 안개 속의 가로등이 아닐까 싶다. 안개가 짙어지며 어두워질수록 그 등

불은 위안이 되고, 하나씩 불이 밝혀질 때마다 어둠은 조금씩 뒤로 물러간다. 사람들에 대한 나의 환상은 간호사를 시작함과 동시에 상당 부분 깨졌다. 그럼에도 사람에 대한 희망을 버리고 싶지 않다. 나의 힘이 미약하고, 지금은 나 하나일지라도 또 하나의 등이 밝혀지길 기다려주고 도와주는 마음으로 살아가다 보면 무지갯빛 세상이 조금이라도 이루어지지 않을까. 그래서 세상은 만만치 않지만 난 여전히 순진하게 살아가고 싶다.

성인코드블루,
순환기내과, 외상중환자실!

아침 8시. 원내 방송.

"성인코드블루, 순환기내과, 외상중환자실. 성인코드블루, 순환기내과, 외상중환자실."

아침부터 응급이구나. 코드블루는 심정지 환자가 발생해서 즉시 심폐소생술이 필요할 때 의료진을 부르는 호출신호다. 병원이라는 곳이 아침, 점심이 무슨 상관이 있겠는가만 아침부터 환자 상태가 위중하다는 알림은 썩 유쾌하지 않은 출발이다. 순환기내과라면 내가 있는 심혈관 조영실에 올 수도 있기에 통합기록을 조회하기 시작했다.

<현병력>

#NSTEMI, #Pul. edema #Fever, R/O pneumonia

(비-ST 분절 상승 심근경색, 폐부종, 폐렴으로 인한 발열)

<과거력>

#DM, #HTN, #CKD 4stage, #metabolic alkalosis

(당뇨, 고혈압, 만성신부전증 4단계, 대사성 알칼리증)

내원 2일 전 외출 후 몸살 증상 있었다고 했고, 내원 당일 새벽부터 dys-pnea(호흡곤란) 호소하여 119 타고 응급실 통해 내원함. Mental(의식상태)은 stupor(혼미)한 상태이고, V/S(vital sign: 활력징후) 118/59-75, SPO2(산소포화도) 63% 체크되어 O2 full ambu-bagging(산소 최대용량으로 하여 산소마스크에 연결된 고무주머니를 직접 손으로 짜서 체내에 산소를 공급하는 것) 하며 intubation(기관 내 삽관) 시행 및 vent(인공호흡기) 연결함.

여기까지가 응급실에서의 기록이었다. 이후 환자는 외상중환자실로 옮겨졌고 입원한 지 이틀이 채 되지 않은 이 시각에 코드블루가 뜬 거다. 기록을 읽던 나는 '보호자들이 적극적인 치료를 원하지 않음'이라고 쓰여 있는 구절에 시선이 한동안 멈춰 있었다.

보호자(부인)에 의하면 환자는 뇌경색 및 당뇨, 고혈압을 오래 앓았으며 집에서 활동하는 것이 전부였다고 함. 부인은 18년 동안 혼자서 경제적 책임을 지고 있어 형편이 어려운 상태고, 시술해도 100% 좋아진다는 보장이 없고 투석까지 하는 경우 비용 부담이 힘들기 때문에 CAG(coronary angiography, 관상동맥 조영술) refuse(거부)함. 또 119 타고 내원하기 전 환자 본인이 시술, 수술 등을 해서 더 살고 싶지 않다고 말했다고 함.

경과기록지의 내용이다. 환자는 자신의 상태를 예견했던 것일까? 그래서 더는 가족들에게 경제적 부담을 안겨주고 싶지 않았던 것일까? 떠나가는 이의 마지막 배려였던 것일까?

그리고 이어지는 기록이다.

> 환자 아침 8시 10분부터 CPR(심폐소생술) 15분간 시행하여 리듬과 맥박은 돌아왔으나 심장으로 가는 혈관이 많이 좁아지고 막혀 있어 부정맥 발생한 상태이며 이로 인해 다시 나쁜 상황이 올 수 있을 뿐 아니라 사망할 수 있음을 설명함.

읽어가는 중 추가로 올라오는 기록.

> 'CPR을 중단한 지 13분 후 또다시 코드블루. CPR 재개하고 보호자와 면담 뒤 적극적인 치료 더 이상 하지 않기로 함. 그리고 보호자 입회 하에 12:26 사망 선언.

마음이 먹먹했다. 얼굴 한번 본 적 없고 전산으로 입력된 의무기록으로만 만난 환자였지만, 나라도 아저씨의 죽음에 조의를 표해야 할 것 같았다. 고인에 대한 예의, 지금까지의 시간을 살아내신 것에 대한 예의로 말이다.

죽음이 언젠가는 그리고 누구에게나 찾아오는 건 확실하지만 흔쾌히 받아들이기는 쉽지 않다. 천상병 시인처럼 '나 하늘로 돌아가리라…… 아름다운 이 세상 소풍 끝내는 날, 가서 아름다웠다고 말하리라' 하며 훨훨 이 세상을 떠날 수 있는 사람이 과연 얼마나 될까? 수많은 죽음을 접해 봤지만,

미소를 지으며 평안하게 가는 죽음을 거의 보지 못했다.

　병원에서 맞이하는 죽음은 의학적인 영향력이 마지막 숨까지 머무르다가 그 영향력이 사그라질 때, 아니 그 영향력이 더 이상 인체를 장악하지 못할 때 맞이하는 결론인 경우가 대부분이다. 그나마 가족 및 가까운 이들이 그 죽음에 안타까움을 가지고 있다면 외롭지 않은 이별이겠지만 혼자 사는 사람이 많아지고 긴 병치레를 한 경우에는 슬퍼해주는 이들조차 없어 죽음마저 무미건조한 경우가 많았다.

　그날은 아침부터 유난히 사망 소식을 많이 접했다. 며칠 전 우리 방에서 검사한 할머니도 이틀 전에 사망하셨다고 한다. 할머니는 검사가 진행되는 동안 개미 같은 목소리로 수차례 "나, 물 좀 줘. 목말라"를 연발했다. 당시 콧줄을 꽂고 있어 음식을 입으로 먹을 수 없는 상태였던 할머니. 나는 거즈에 물을 적셔 입에 대드렸다. 그나마도 시원스럽게 할 수 없었다. 산소를 마스크로 10리터나 하고 있었기에 몇 초간 거즈를 입에 대주었다 빼고, 대주었다 빼고를 반복할 뿐이었다. 그런 할머님이 돌아가셨단다. 소식을 접하자마자 '할머니, 물 한번 시원하게 드셨을까?' 하는 생각이 머릿속을 스쳤다. 그리고 우리 방에 들어오시기 전, 할머니의 딸들이 "엄마, 잘하고 나와" 하며 울부짖던 장면도 같이 겹쳐졌다.

　얼마 전 밤 9시경, 응급시술 연락이 왔다. 환자가 응급실에서 우리 검사실로 오기 직전 BP(혈압) 60대, I-5DW 200 + Dopa(심근경색, 외상, 심박출량 감소로 인한 저혈압 시 사용하는 순환기 약물) 400mg 20mcg/kg/min, I-NS(normal saline: 생리식염수) 1L 2개를 양쪽 팔에 달고 있었다. 환자의 의식은 명료, 산소 10리터 마스크로 유지 중.

<응급실 기록>
환자는 내원 당일 저녁부터 지속적으로 쥐어짜는 양상의 왼쪽 가슴 통증으로 119를 타고 응급실 오심. 방사통 및 어지러움과 호흡곤란은 없었으나 식은 땀은 있음. 한 달 전 본원에서 SMA thromboembolism(superior mesenteric artery: 상부 장간막 동맥에 혈전증) 소견 보여 urokinase inj.(혈전용해약물 주사) 후 경과 관찰 및 치료 후 퇴원.

환자가 응급실에서 우리 방으로 도착해서 검사용 침대로 옮겼다.

"토하고 싶어."

장갑을 낄 겨를도 없이 휴지만 뽑아와 환자의 고개를 옆으로 돌렸다.

"우웩."

몸을 들썩이며 많은 양의 구토를 했다. 환자의 눈에 눈물이 맺혔다. 난 얼굴에 묻은 구토물과 눈물을 닦아주었다. 다행히 아직까지 기도 유지가 잘 되고 의식도 괜찮아서 나의 질문에 대답을 다 한다. 그러나 혈압 측정이 잘 안 되고 femoral artery pulse(대퇴동맥 맥박)도 약하다.

혈압 80대, 맥박 100대 체크. femoral artery puncture(대퇴동맥 천자) 후 검사가 시작됐다. 진입해서 한 컷 찍자 엇! LAD total(좌전방하행 관상동맥의 완전폐

쇄)이다. 두 컷만 찍고 전문의는 바로 보호자에게 환자 상태를 설명한다. 나는 즉시 경피적 관상동맥 중재술 준비!

"나 좀 편하게 보내줘" 하는 환자.

"저 보세요! 눈 감지 마시고요! 제 목소리 들리세요?" 하며 계속 의식 확인하는 나. 그리고 고개를 끄덕이는 환자. 그러나 안 좋다. 혈압이 70대, 60대까지 떨어진다. 에피네프린과 도파가 계속 들어가지만 혈압이 오르지 않는다. 그때 보호자가 조정실 문을 벌컥 열고 검사실까지 들어와 절규한다.

"이래도 죽고 저래도 죽을 거면 엄마 얼굴 한번 보게 해주세요!"

난 전문의 선생님의 얼굴을 쳐다봤다. 모니터에 눈을 고정한 채 고개를 젓는다. 어찌 됐건 끝까지 최선을 다해야 하니까. 나는 보호자를 달래서 검사실 밖으로 안내하고 바로 들어왔다.

"혈압 60대입니다."

아…… 맥박도 떨어진다.

"맥박 42회입니다!"

입실 시 100대였던 맥박이 80대였다가 몇 분 사이 40대까지 떨어졌다. 환자가 손을 버둥거리고 마스크를 벗겨내려고 했는데 그 움직임이 서서히 약해졌다. 산소포화도가 차차 떨어지고 있어서 산소를 끝까지 올렸다. 와이어 진입을 시도하는 전문의 선생님.

"눈 떠 보세요!"

환자의 의식 확인을 하는 나. 그 사이…… 심전도의 파형이 느려지고 산소포화도가 70%대로 곤두박질한다. 발판을 가져와 바로 심장 마사지를 하는 나. 어시스트와 교대를 하고 재빨리 전화를 걸어 코드블루를 띄웠다. 순식간에 나타나는 CPR팀. 바로 intubation(기관 내 삽관)을 시작한다.

"에피 1mg, 3분 간격!"

처방. 난 바로 에피네프린을 정맥주사한다. intubation 하는 동안 환자 코와 입으로 피가 주르륵 흐른다. 석션기로 환자 입에 고인 혈액과 체액을 제거해주었다. 3분이 되어 다시 에피네프린 투여 그리고 계속 이어지는 CPR.

15분 정도 심폐소생술을 하는 동안 전문의 선생님은 조정실 안에서 보호자에게 설명을 한다. 문을 닫았음에도 고성이 들린다. 보호자가 갑자기 검사실로 난입한다.

"니들 다 가만 있어! 지금 그대로 둬. 검사 결과지랑 다 내놔. 소송할 거야!"

그러고는 심폐소생술을 방해하고 심전도 결과지와 눈에 보이는 서류들을 확 잡아챘다. 보호자의 고성은 계속 이어졌다. 그 사이에도 나는 시간에 맞춰 에피네프린을 투여하고 있었다. 엄마의 죽음을 바라볼 수밖에 없는 자식의 입장이니 그랬을 거다. 계속 석션을 하고 에피네프린을 투여하는 나. 심폐소생술을 30분간 했지만 환자는 돌아오지 않는다.

결국…… 22:42 사망선언.

CPR팀의 간호사와 함께 할머니 손에 있는 주사를 빼고, 소변줄을 제거한 다음 E-tube(기관내튜브)도 뺐다. 코와 입에서 피가 여전히 흐른다. 적신 수건으로 다시 얼굴을 닦고 마지막으로 손을 잡았다. 환자들의 마지막 순간, 그 곁에 있을 때면 난 항상 그들의 손을 잡고 짧게 기도를 했다. 그게 나의 마지막 간호이자 인사라고 생각했기 때문이다. 보호자인 아들이 다시 들어와 대성통곡한다. 아들의 입장에서는 살아 계셨을 때, 얼굴 한 번 더 보고 손 한 번 더 잡아보고 싶었으리라.

병동에서 응급상황을 많이 겪었지만 심혈관 조영실, 이곳에서의 응급은 또 다르다. 나와 좀 전까지 이야기하던 분이 시술하는 동안 갑자기 안 좋아지는 그 상황을 견뎌야 하는 것이 힘들다. arrest(심정지)를 대비하여 발판을 갖다 놓고 compression(심장 마사지)를 준비하고 있을 때의 두근거림과 긴장감. 그리고 환자가 괜찮기를 끊임없이 기도하는 나. 이건 나의 일을 하는 데 있어서 숙명과도 같은 거겠지. 감정 이입이 잘 된다는 건 그 감정에서 벗어나기 힘들다는 것과 같다.

'아, 남들은 평생 한 번도 보기 힘든 죽음을 나는 왜 이리 많이 보는 걸까?'

사망 소식이 많은 날 혹은 죽음의 순간에 같이 있었던 날은 나도 모르게 그런 한탄이 나온다. 하지만 이내 생각을 바꾼다. 죽음을 많이 보았기에 어떻게 살아가야 할지를 배워가고 있다고 말이다.

내가 간호했던 누군가를 하늘로 보내는 날이면 한동안 마음이 뒤척인다. 예상된 죽음이든 아니든 간에 상관없이 말이다. 아마도 간호사를 하는 내내 그럴 것이다. 누군가의 마지막 길에 따뜻하게 손 잡아주는 것, 이것이 최선의 임종 간호라 생각하며 내가 임상에 남아 있는 한 계속 그렇게 할 것이다. 평소 내가 즐겨 암송하던 에밀리 디킨슨의 시 「만약, 내가」가 떠오르는 날이다.

내가 만약
아픈 마음 하나 달랠 수 있다면
내 헛되이 사는 것 아니리.

내가 만약
누군가의 아픔을 덜어줄 수 있다면,
혹은 고통 하나를 가라앉힐 수 있다면,
혹은 기진맥진 지쳐 있는 한 마리 울새를
둥지에 다시 올려줄 수 있다면
나 헛되이 사는 것 아니리.

심술쟁이 할아버지의
반전매력

검사를 위해 침대로 도착하신 일흔여덟 살의 할아버지. 여느 때와 다름없이 인사를 했다.

"안녕하세요, 간호사 김혜선입니다."
"안녕하긴 뭐가 안녕해! 내가 안녕하면 병원에 왔겠어?"

누운 자세에서 눈도 뜨지 않고 심술궂게 대답한다.
'아, 성격 무지 안 좋으시네.'
그래도 꾹 참고 다시 물었다.

"혹시 틀니 하셨나요?"
"안 했어."
"음식이나 약물에 알레르기 있으신가요?"
"참 내. 귀찮게 뭘 자꾸 물어봐? 그런 거 없대도!"

'여기에서 이 정도면 병동에서는 난리도 아니겠구나.'

대부분의 환자가 수술실이나 검사실에서는 긴장감과 불안감으로 많이 경직되어 있기에 불만을 표출하거나 난리를 치는 경우가 많지 않다. 하지만 병동에서는 상황이 다르다. 안도감이 들어서인지 아니면 좀 더 자주 보는 간호사들이라 편해서인지 불만을 늘어놓거나 훈계 또는 고함을 치는 경우가 심심치 않다.

아무튼 나는 기분이 상해서 필요한 이야기 외에는 하지 말아야겠다고 다짐했다. 그래도 일은 해야 하기에 혈압기 커프를 감고 심전도 전극을 붙이며 검사 시 주의사항 등에 대해 설명했다. 대화가 몇 번 오가고 나니 마음이 조금 누그러졌는지 나에게 말을 건다.

"나, 궁금한 게 있는데……."
"네, 말씀하세요."
"병동 간호사들은 예쁜데, 외래 간호사들은 왜 그래?"

황당한 질문에 잠시 멈칫했던 나는 바로 크게 웃음을 터뜨렸다.

"얼굴이 그래요, 마음이 그래요?"
"그야 얼굴이지."
"왜요? 외래 간호사들도 얼마나 예쁜데요."
"어휴 내 보기엔 아니던걸. 뭐 일단 그렇다 치고. 내가 뭐 하나 알려줄까?"
"뭔데요?"

"이 세상에서 가장 알기 어려운 게 뭔지 알아?"

"글쎄요. 그게 뭔데요?"

"그건 말이지, 사람 마음이야. 그중에서도 여자 마음! 도대체 이랬다가 저랬다가 왜 그러는지 몰라. 난 우리 마누라 마음을 아직까지도 모르겠단 말이야."

그러더니 씩 웃는다. 예상치 못한 반전에 나의 상했던 맘은 웃음과 함께 순식간에 풀어졌다.

검사는 순조롭게 진행되었고 결과도 좋았다. 성질을 내며 검사실에 왔던 할아버지는 "수고 많았어" 하고 웃으며 가셨다. 뒷정리를 하고 간호기록지 작성을 위해 컴퓨터 앞에 앉았다. 같이 있던 전문의 선생님, 기사 선생님과 검사에 대한 이야기를 나누다 할아버지 이야기를 들려주었다.

"병동 간호사들은 예쁜데 외래는 왜 그러냐고 하더라고요."

전문의 선생님은 잠시 고민하는 듯하더니 말을 잇는다.

"음…… 난 병동이랑 외래 간호사들 다 괜찮던데?"

"오, 선생님. 처세술이 대단하신걸요. 양쪽에서 원성을 듣지 않으려는 고도의 전략인걸요."

나는 깔깔 웃었다.

"할아버지 왈, 세상에서 가장 알기 어려운 건 사람 마음이고 그중에서도 여자 마음이 제일 알기 어렵대요."

"여자 마음 모르는 건 나도 동의해. 지금도 잘 모르겠거든."

"나도 우리 와이프 마음 모르겠어."

두 남자 선생님은 순순히 동의하셨다. 그리고 뒤이은 기사님의 한마디.

"그런데, 아까 열심히 깔깔거리더니 이 얘기 한 거였어?"

"네. 처음에 인사하니까 환자분이 안녕 못하다며 툴툴거려서 기분이 엄청 상했는데, 이야기하면서 풀렸어요. 그 짧은 시간에 참 많은 얘길 했죠?"

"그러게 말이야. 능력도 좋아."

처음 할아버지를 마주했을 때, 말투가 전투적이어서 내게 좋지 않은 첫인상을 심어주었다. 심술궂은 첫인상만 봤다면 나에게 그 환자는 평생 못된 할아버지로 남았을 것이다. 그 순간만 보고 판단했을 때는 오해의 원인이 될 수 있으며 잠시 시간을 두고 지켜봐야 진짜 모습을 알 수 있다는 걸 다시 한번 느꼈다. 할아버지의 첫인상은 별로였지만, 그것을 뛰어넘고도 남는 재치와 유머 그리고 입담을 가지고 있다는 걸 나중에 알게 되었으니 말이다.

살아갈수록 나는 아는 것보다 모르는 게 더 많아지는 것 같다. 인상이 좋아 첫눈에 호감이 갔지만 알아갈수록 실망스러운 경우도 많이 있었고, 인상은 별로지만 알아갈수록 향기 나는 사람도 보았기 때문이다. 그러기에 어떤 게 정답인지 나는 잘 모르겠다. 또 판단을 내리는 일이 얼마나 오만하고 위험한 일인지 알게 됐다.

　박웅현 작가는 톨스토이의 소설 속에는 악인과 선인이 따로 존재하지 않는다고 했다. 사람은 그렇게 개념정리가 될 수 있는 존재가 아니라 물과 같은 존재여서, 조용한 데 이르면 조용히 흐르고 돌을 만나면 피하고 폭포를 만나면 떨어진다고 했다. 결국 내가 좋은 사람이 되고자 노력하고 타인을 판단하지 않으며 주변 사람들을 좋은 사람으로 인정하면 나 스스로가 매력 있는 사람이 되는 것이다. 매력이란 게 결국은 사람을 끄는 힘이 아닌가. 사람은 유유상종(類類相從)하기 마련이다.

　외모에서 풍기는 인상도 중요하지만 내면의 인상을 가꾸는 데 더 많은 노력과 정성을 들여야 진짜 매력 있는 사람이라는 걸 시간이 지날수록 새록새록 느끼게 된다. 그래서 개인적으로는 외모는 불량감자처럼 생겼지만 이야기를 나눌수록, 시간이 지날수록 끌리는 사람이 좋다. 이런 사람이 진정 매력이 톡톡 넘치는 사람이자 알아갈수록 향기로운 사람이며, 내면의 깊은 우물을 길어 올린 사람이기에 말이다.

아저씨, 하늘에서 보는
이곳은 어때요?

하반신이 마비된 동렬 씨. 그는 다섯 살, 일곱 살 된 딸들의 아빠다. 가슴과 배의 통증으로 동렬 씨는 병원을 찾았다. 검사 결과는 폐암 그리고 그에게 남은 시간은 많지 않았다. 아내는 1년 전 소리 없이 사라졌고, 일가친척 하나 없는 동렬 씨는 어리디어린 두 딸을 지키기 위해 버텨내듯 살았다. 급격하게 상태가 안 좋아져 다시 입원한 후, 그는 퇴원하지 못했다. 생의 마지막 순간, 두 딸의 얼굴을 놓치지 않으려고 아이들이 있는 쪽으로 돌아누운 채 눈도 감지 못하고 세상을 떠난 동렬 씨. 하늘나라로 간 아빠 그리고 남은 아이들. 그 아이들은 어떻게 살아가고 있을까.

박경철 작가의 『시골의사의 아름다운 동행』에 나오는 이야기 중 하나다. 이 책을 처음 읽은 건 4~5년 전쯤. 도서관에서 빌려 읽은 후 마음에 여운이 오래 남아 '내 곁에 두고 읽고 싶은 때면 언제고 읽어야지' 생각했던 책. 그러나 마음과 달리 바로 구입은 하지 못했다. 생활에 파묻혀 지내다 중고서점에서 다시 만났다.

책도 사람과 같은지라 다시 봐도 반가운 이가 있고, 한 번 보고도 괜히 봤다 싶은 이도 있다. 이 책은 당연히 반가운 책. 보자마자 바로 책장에서 뽑아 들고 한 장 한 장 넘겼다. 책 안에는 새로운 세상이 펼쳐져 있었다. 외과의로서 써 내려간 글은 간호사로서 내가 겪은 일들과는 또 다른 세계였다. 어느 현장이나 녹록한 곳은 하나도 없겠지만 병원이라는 곳은 그 강도가 더 만만치 않다. 죽음과 살아있음이 언제고 뒤바뀔 수 있는 곳이기 때문이다.

동렬 씨의 이야기를 읽으며 후두암으로 입원하셨던 H 아저씨가 떠올랐다. 후두암을 진단받은 처음부터 하늘나라 가실 때까지 우리 병동에서 줄곧 입원과 퇴원을 반복했다. 그에게는 당시 스물한 살 정도 된 아들이 있었다. 사정은 모르지만 부인은 없었고 아들과 아버지 사이는 매우 돈독했다. 입원할 때마다 아들이 간병을 했는데, 자주 입원을 했기에 아저씨와 보호자인 아들 S도 우리 간호사실과 친해졌다. 아들은 한눈에도 앳돼 보였다. 이비인후과 레지던트가 수술동의서를 받을 때 "미성년자에게는 동의서를 받을 수가 없는데 혹시 다른 보호자 안 계시나요?" 하고 물었을 정도다.

"저, 미성년자 아닌데요?"
"중학생 아니에요?"

어려 보이는 외모와 달리 S는 마음이 참 깊었다. 우리가 늦은 밤에 과제를 하고 있으면 옆에 와서 워드를 쳐주거나 모르는 것을 알려주었고, 다른 환자로 인해 힘든 일이 있으면 도와주기도 하는 고마운 보호자였다. 우리는 그런 그가 안쓰럽기도 하고 기특하기도 해서 주말이나 여유가 있을 때 간호사실로 불러 간식 등을 챙겨 주곤 했다.

아저씨의 상태는 입원을 거듭할 때마다 점점 나빠졌고 하늘나라로 가시기 몇 달 전부터는 급격히 안 좋아져 살아있는 것이 기적이라 여겨질 정도였다. 드레싱을 하기 위해 목을 감싸고 있는 붕대와 거즈를 제거하고 나면 있어야 할 인체의 조직들이 거의 남아 있지 않아 '이 상태로 어떻게 살아계시는 걸까?' 하는 마음이 절로 들었다. 게다가 암 때문에 생긴 살이 썩는 냄새와 통증으로 인한 고통은 치료할 때마다 더 깊이 새겨져 아저씨와 우리 모두를 힘들게 했다. 하지만 눈을 감고 가만히 치료를 받는 아저씨의 얼굴을 보면 저절로 숙연해졌다. 이 모든 과정을 마땅히 받아야만 하는 것으로 여기는 듯 너무도 담담했기 때문이다.

돌아가시기 얼마 전, 선배 간호사에게 이런 이야기를 남겼다고 한다.

"내가 아들 때문에 눈을 감을 수가 없어, 걱정이 돼서…… 형제도 없고 저거 혼잔데 이 세상에서 어찌 살려나."

이후 나는 아저씨를 볼 때마다 그 이야기가 떠올랐다. 당시 목에 기관절개관을 가지고 있어 목소리는 나오지 않았고 입 모양으로 의사소통을 하는 상태였는데, 얼마나 답답하고 걱정이 되면 그런 마음을 비추셨을까.

'아저씨는 혼자 남게 될 아들에게 얼마나 미안할까?'

'울타리가 되어주지 못하는 아비의 심정은 어떤 걸까?'

이런 생각이 마음속을 떠 다녔지만 그 시절의 나는 20대 중반의 철없는 아가씨였기에 아들을 두고 떠나는 아저씨의 마음을 헤아리기에는 많이 부족했다.

밤근무를 하던 어느 날, 라운딩을 가서 병실 전체 등을 소등하고 아저씨 머리 상단의 개인등만 켜드렸다. 똑바로 누우면 숨이 차 줄곧 반쯤 앉은 자세로 계셨던 아저씨. 그날 밤도 마찬가지였다. 간호사실 바로 앞, 아저씨가 계신 병실. 다시 라운딩을 갔을 때 아저씨는 주무시지 않았다.

"왜 안 주무세요? 벌써 새벽 2시가 다 되어가요."

나를 바라보는 아저씨의 눈빛이 무언가를 말하는 듯했다. 좀 더 가까이 다가갔다. 느낌이 이상했다. 아저씨의 목에 감긴 드레싱을 살펴보았다.
'이게 뭐지? 앗! 피다!'
자세히 보니 붕대를 감아놓은 목 뒤로 피가 새어 나오고 있었다. 피의 양이 많아 아저씨 머리 주변으로 그림자를 드리운 것처럼 보였다. 거동이 힘든 아저씨는 나를 부를 수도, 자고 있는 보호자를 깨울 수도 없는 상황이었다.
'20분 전에 왔을 때도 이러지 않았는데…….'
놀란 맘을 꾹꾹 누르고 아저씨의 가는 팔을 흔들며 조용히 물었다.

"제 말 들리세요?"

괜찮다는 표시로 눈을 껌뻑이는 아저씨. 하지만 이내 눈빛이 흔들린다. 난 재빨리 바이털 사인을 재고 이비인후과 당직의에게 콜을 했다. 잠시 눈을 붙이러 의사실로 들어가던 흉부외과 레지던트가 바삐 뛰어가는 나를 보고 물었다.

"무슨 일 있어?"
"ENT(이비인후과) laryngeal ca. terminal(후두암 말기) 환잔데 베개가 피로 다 젖었어."
"어딘데? 가자!"

앞장서서 병실로 들어선 그와 함께 환자 침대를 끌고 바로 처치실로 옮겨 혈압을 쟀다. 다행히 110대다. 수액을 달기 위해 아저씨의 팔과 다리에서 혈관을 찾았으나 쉽게 나오지 않았다. 흉부외과 레지던트는 중심 정맥관 삽관 준비를 했고 뛰어온 이비인후과 레지던트는 숨을 헉헉거리며 환자의 목에 감긴 붕대를 풀어 상태를 확인했다. 중심정맥관을 삽관하고 응급 혈액 검사 및 수혈과 처치를 진행하면서 다행히 출혈은 조금씩 잦아들었다. 갑작스런 상황에 놀란 아저씨의 아들은 처치실 밖에서 서성거리며 기다리다 내가 나갈 때마다 어떠냐고 물었다. 나는 "좋아지고 있어요"라고 조용히 이야기해주었다. 상태가 안정되어 갈 때 나는 흉부외과 레지던트를 의사실로 보냈다.

"샘, 고마워요. 피곤한데 얼른 들어가서 눈 좀 붙여요."

혼자 밤근무를 하던 나는 동동거리며 처치에 사용된 물건들을 정리하고 아저씨를 병실로 옮긴 후 나머지 환자들을 살폈다. 시간이 어찌 지나갔는지, 일을 어떻게 했는지, 언제 동이 텄는지 모르게 흘러갔다. 하지만 나의 고단함은 저 멀리 간 지 오래고 '아저씨가 괜찮아야 하는데'라는 생각이 수도 없이 들었던 밤이었다.

그로부터 얼마 지나지 않아 햇빛이 찬란하던 어느 날, 아저씨는 고요히 세상을 떠나셨다. 장례식장 직원이 모시러 왔고, 우리 간호사들은 엘리베이터까지 따라가서 아저씨에게 마지막 인사를 했다. 아저씨와 아들 S가 엘리베이터에 오르고 천천히 문이 닫혔다. 닫힌 문을 보니 마음에서 뭔가 쑥 빠져나간 것 같고 아저씨가 정말 떠나신 게 맞는 건가 하는 의구심도 들었다. 두 분 다 의미 있는 분이어서 그런 건가? 예견된 결과였지만 막상 닥치고 나니 마음이 묵직하고 아팠다. 아저씨의 장례를 치르고 나서 고맙다는 인사를 왔던 아들 S. 그 뒤로는 그를 볼 수 없었다. 지금은 어디서 어떻게 살아가고 있을까.

집에서 책을 읽고 있다가 또 응급시술 연락을 받았다. 주말 동안 벌써 네 번째. 날이 추워져서 그런지 심장에 문제를 일으키는 분들이 많다. 마침 꼬맹이랑 놀아주던 참이었다.

"엄마, 병원에 다녀올게."
"싫어, 엄마 병원 가지 마. 나랑 같이 살자."

아이는 어제도 두 번이나 엄마를 뺏겨서 기분이 상했는데 또 나간다고 하니 대성통곡한다. 우는 아이를 달랠 새도 없이 서늘한 밤공기를 가르며 뛰어나갔다. 다른 이의 생명을 구하기 위해 뛰어나가는 나의 발길, 그리고 같은 마음으로 모인 우리 팀들을 보며 나의 삶도 『시골의사의 아름다운 동행』에 나오는 이야기들 못지않게 의미 있음을 확인한다.

> 내가 무심코 던진 말, 뜻없이 행한 일들, 이런 것들이 나도 모르게 연기의 사
> 슬로 이어져 두고두고 업장을 쌓아나가는 일임을 나는 그때서야 비로소 깨
> 달았다.
> – 『시골의사의 아름다운 동행』 중에서

언젠가 동기가 이런 이야기를 해주었다.

"우리 의료진들은 자신이 아파야 하는 것 대신에 아픈 사람들을 돌보는 걸 직업으로 가진 거래."

입사한 지 1년도 안 돼 일과 사람에 치이는 게 너무도 힘들었던 나는 동기의 이야기에 강하게 반박했다.

"야, 병원 침대에 누워 있는 건 아니지만 나도 충분히 힘들고 아프다 뭐."

하지만 친구가 해준 이야기는 불쑥불쑥 나의 마음속에서 맴돌았다.
'내가 아파야 하는 대신 환자들을 돌보는 것이 나의 일이라면 할 수 있는 한 열심히 해야 하는 것 아닐까? 그게 나에게 맡겨진 일이 아닐까?'
내가 H 아저씨를 문득문득 떠올리고 보호자 S가 행복하게 잘 지냈으면

좋겠다고 기도를 하는 건, 내가 알지 못하는 그 누군가 나를 위해 기도해주고 마음을 써준 덕분에 지금 내가 이 자리에 있는 것이고 그것이 이어져 누군가에게 전해져 가는 것이라고 믿기 때문이다. 내가 만나는 환자와 보호자 그리고 동료들은 이런 흐름 속에서 인연으로 만난 것일지도 모른다. 중요한 건 지금, 내가 이들과 만난 것이고, 할 수 있는 한 향기로운 모습으로 대하는 것이다.

환자로 만났던 아저씨는 이 세상에 계시지 않지만 나와의 인연은 계속되고 있다. 지금도 아저씨의 모습이 가끔 떠오른다. 목에 붕대를 칭칭 감고 얼굴은 호빵맨처럼 퉁퉁 부어 있었지만 사람 좋은 미소를 지으셨던 아저씨.

'아저씨, 그곳에서 잘 지내고 계세요? 나 가끔 아저씨 생각해요. 그때의 철부지 간호사가 벌써 이렇게 연차 높은 간호사가 됐답니다. 그때나 지금이나 아직 철이 없기는 마찬가지지만 조금 나아지긴 했답니다. 그곳에서 아드님 잘 지켜봐주세요. 아저씨도 잘 지내시고요.'

욕심내지 맙시다?
욕심냅시다!

입사한 지 1년이 안 됐을 무렵, 일하는데 재미를 붙이고 탄력을 갖고 병동생활을 하던 때였다. 간호사로 일한다고 하면 사람들은 대부분 어느 파트에서 근무하는지 물어봤다. 그런데 내가 안과·이비인후과·비뇨기과라고 대답하면 "비뇨기과요?" 하고 되물어보며 뜻 모를 웃음을 띠는 경우가 많았다. 하지만 비뇨기과 환자라고 해서 뭔가 색다르거나 특별하지는 않았다. 방광암이나 전립선암 등의 비뇨기과적 암에 걸려 통증으로 고통스러워하는 모습은 다른 암환자들과 같았고 요로결석이나 신우신염 등의 환자도 다른 내과 환자와 다를 바가 없었다.

그러던 어느 날, 사람들의 웃음이 의미하는 비뇨기과 환자를 제대로 보게 되었다. 그날, 나는 레지던트와 병실에서 드레싱 준비를 하고 있었다. 40대 중반의 환자는 처음 보는 나에게 하소연을 하기 시작했다.

"내가 친구 때문에 이 모양이 됐어요. 내가 그놈을 따라가는 게 아닌데."

무슨 이야기를 하는 건지 알 수가 없어서 애매하게 말끝을 흐렸다.

"아, 네. 그러세요……."
"그놈이 아주 잘하는 곳이 있다면서 나를 데려갔는데 이렇게 됐잖아. 술
김에 갔는데 마누라 볼 면목도 없고. 이게 뭐냐고!"

'이 아저씨 말씀이 많으시군' 생각하며 드레싱 준비를 계속했다. 담당 환
자가 아니었고 잠깐 드레싱 어시스트를 위해 들어왔던 터라 환자의 병력에
대해 전혀 모르는 상태였다.

드레싱을 위한 부위를 여는 순간, 까악! 나는 놀랐다. 아저씨는 불법으
로 성기에 보형물을 넣는 시술을 받아 그 부위에 염증이 난 상태였고, 일
차적으로 염증의 원인인 보형물을 제거한 뒤 치료 중이었던 거다. 드레싱
부위가 딱 '거기'였으니 난 시선을 어디에 둬야 할지 몰랐다. 멋모르고 드
레싱을 따라갔을 뿐인데 어찌나 당혹스럽던지……. 아저씨는 드레싱 중에
아프다고 흐느끼며 '아이고, 아이고'를 연발했다. 레지던트는 환자에게 이
야기했다.

"그렇게 불법으로 시술받으면 어떡합니까. 아저씨 욕심이 지나쳤어요."
"나 다시는 안 할 거예요, 다시는. 잘한다고 해서 갔는데 이게 뭐냐고요.
아이고 아이고. 나 좀 살려줘요."

난 아저씨가 도대체 뭘 했다는 건지 몰랐다. 드레싱이 끝난 후 비뇨기과 레지던트와 병실을 나오면서 물었다.

"환자분이 뭘 했다는 거예요?"

눈을 껌뻑이며 물어보는 나에게 레지던트는 "애들은 몰라도 돼" 하며 씩 웃고는 가버렸다. 간호사실로 돌아온 나는 담당 선생님에게 물었다.

"8호실 환자는 뭐 때문에 온 거예요? 수술명은 foreign body removal(이물질 제거수술)인데 뭘 제거했다는 거예요?"

선생님은 깔깔 웃으면서 찬찬히 설명해주었다.

"우리 막내한테 이런 걸 다 가르쳐주네. 그건 말이지……."

세상에나, 세상에나 이게 뭐람! 세상에 별 사람이 다 있네. 어렸을 때 남동생을 보니 포경수술만 해도 무지하게 아파하던데 거기에 왜 구슬을 넣냐고! 정말 이해할 수가 없었다. 이래서 사람들이 내가 비뇨기과 병동에 있다고 하면 이상하게 받아들였던가 보다.

내과 병동에 있는 동안, 정말 많은 남자 환자들의 기저귀를 갈았다. 알코올성 간경변증 환자들이 많았기에 남자의 비율이 월등히 높았고, 보호자가 없는 경우가 많았던 관계로 그들의 대소변을 숱하게 받아냈던 거다. 간 손상이 진행되다 보면 간성뇌증(hepatic encephalopathy)에 빠지게 되는데, 이는 정상적으로 제거되어야 할 독성 물질들이 간부전의 결과로 축적되면서 의식, 행동, 성격 변화 및 신경학적 이상을 보이는 임상증후군을 일컫는다. 상태가 이렇게 되면 독성 물질을 체외로 배출하기 위해 약물 관장이 시행되는데, 보호자가 없는 환자들의 관장을 할 때마다 변을 치우고, 닦고, 기저귀를 채우는 일은 간호사의 몫으로 떨어졌다.

의식이 온전하지 않은 상태이기에 대화가 어려웠고, 이상행동을 하는 환자의 경우는 안전을 위해 주치의의 처방 하에 억제대를 적용하기도 했다. 대부분 남자 환자이고 손이 많이 가는 일임을 잘 알기 때문에 다른 팀이더라도 여력이 되면 서로 도와주어 보통 두 명의 간호사가 같이 했다.

두 시간 간격으로 세 번 정도 관장을 했는데, 그런 환자가 두 명이면 일의 대부분이 억제대 풀고 대변 치우고 기저귀 갈고 다시 억제대 묶는 걸로 채워진다. 이런 날은 정말 변을 치우기 위해 출근한 것만 같은 기분이 들 정도였다.

기저귀를 갈고 세면대에서 손을 씻으며 우리끼리 "야, 우리 전부 다 시집도 안 간 처자들인데 너무 일 힘들다. 그치? 간호대 나와서 변만 치우는 것 같아. 그리고 인간적으로 남자 고추 너무 많이 봐. 이제 그만 봐도 되는데 말이야" 하고 하소연할 정도였다. 비뇨기과에서는 거의 볼 일이 없었던 남자의 성기를 오히려 내과에서는 거의 매일, 수차례씩 봤다.

나이트 근무를 하던 후배 간호사 둘이 간성뇌증에 빠진 남자 환자의 기저귀를 갈고 있을 때였다. 노숙인 환자였는데 온몸에 문신이 새겨 있었고 상황에 맞지 않는 말을 계속하던 그 환자의 변을 치워주다가 성기 부분의 모양이 이상하고 뭔가가 잡히는 게 있었다고 한다.

"어, 이게 뭐야?"
"나도 모르겠어. 모양도 이상하고."

둘이 심각하게 고민하던 중, 마침 당직 레지던트가 지나가기에 붙잡고 물었다.

"여기 좀 봐요. 이 안에 고름이나 뭐가 차 있는 거 아니에요?"

셋이서 그 부분을 열심히 살펴보고 있는데 환자가 눈을 슬쩍 뜨고는 "그거 구슬이야"라고 한마디 했단다. 고민에 빠진 이들에게 명쾌한 답을 주고 환자는 다시 눈을 쓱 감았다. 간호사들은 어이가 없고 기가 막혀 "뭐라고요!" 했고 레지던트는 씩 웃으며 "구슬이라네" 하고는 갔다.

전혀 생각하지도 못했던 일이었다. 그런 경우가 있다고 이야기는 들었으나 본 적이 없었으니 혹시나 큰 병이 아닐까 걱정했던 후배 간호사들은 황급히 기저귀를 여미고는 병실을 나왔다고 한다. 그러고는 다음 번 간호사에게 혹시 기저귀 갈다가 모양이 이상해도 놀라지 말라면서 아주 자세히 인계를 해주었다.

병원에는 참 여러 인생이 거쳐 간다. 두 가지 경우 모두 내가 만약 간호사를 하지 않았다면 평생 보기 힘든 경우일 것이다. 처음 경우의 아저씨에게는 "환자분 정말 아프시겠어요" 하며 깊은 공감을 한다는 것 자체가 사실 어렵다. 오히려 그 아저씨를 놀리는 걸로 받아들일 수도 있고, 부위가 부위인 만큼 물어보는 것 자체가 편하지 않기 때문이다. 많은 간호사들이 여성인데 이런 경우에는 어떻게 대처하는 게 좋을지 한번 생각해봤으면 한다. 나는 가능한 한 많은 말을 하지 않고 할 일만 하고 나왔는데, 그 태도가 맞는 건지는 잘 모르겠다.

이런 경우뿐 아니라 각종 성병이나 HIV(Human Immunodeficiency Virus: 사람 면역결핍바이러스 일명 에이즈바이러스) 등으로 입원한 환자 또는 어린 나이에 임신해서 오는 중고등학생들을 접할 때 그리고 나의 윤리관과 맞지 않는 환자들을 어떻게 대해야 할 것인가에 대해서 한번 고민해봐야 한다. 여러 다양한 인생들을 만나면서 이전까지 접하지 못했던 인생들을 어떻게 대할 것인지는 간호사 각자의 몫이기 때문이다. 나는 그들을 내 생각의 범주에서 판단하려 하지 않고 똑같은 환자로서만 대했다. 그리고 막상 그 환자들을 만나보면 별다를 게 없었고 나는 일을 하러 나온 것이기에 간호사로서 충실하려고 했다.

많은 이들이 간호사가 천사라는 이미지를 가지고 있어서 여리고 착하게만 보는 경우가 많다. 하지만 간호사는 수많은 사람을 접하면서 그리고 과에 따라 다르기는 하지만 죽음을 접하면서 또 응급상황 등 여러 경로를 통해 단련되기 때문에 외유내강 스타일이 많은 것 같다.

물론 가끔은 보기에도 센 언니고 안으로도 센 언니도 있다. 난 외유내강의 모습이 많은 상처와 아픔을 이겨낸 후 만들어진 작품이라고 생각한다. 겉으로는 차분하고 부드럽지만 속으로는 끙끙거리며 고민하고, 공부하고, 말없이 눈물 흘리던 시간들이 축적된 퇴적물로 나타난 것이 지금 현장에서 일하고 있는 간호사들의 모습이 아닐까 생각된다. 그러기에 지금 이 시간에도 동동거리며 자신의 자리를 지키고 있는 간호사들에게 잘하고 있노라고 격려해주고 싶다. 수없이 밀려오는 그만두고 싶은 마음과 나는 왜 이것밖에 되지 않는가 하는 자괴감과 싸우며 그 자리를 지키고 있는 우리 간호사들에게 말이다.

사람의 욕심에는 종류가 참 많다. 앞의 아저씨들처럼 성적인 부분에 대한 욕심이 있을 수도 있고 돈이나 명예, 권력, 외모 등등 사람들이 추구하는 바는 다양하다. 내가 간호사를 하면서 얻은 가장 큰 지혜는 이 모든 것들이 오래가지 않으며 영원하지 않을 뿐 아니라 그리 중요하지 않다는 거였다. 즉 죽음 앞에서는 아무것도 아니었다. 병으로 인해 힘들고 외로운 그 시간을 같이 갈 수 있는 따뜻한 이들이 곁에 있음이 가장 소중하다는 걸 난 간호사를 하면서 깨달았다.

그러면서 욕심이 생겼다, 아주 큰 욕심. 그건 바로 내가 서 있는 곳에서 사랑의 통로가 되고 싶다는 욕심이다. 통로는 말 그대로 길이다. 나는 길이 되고 싶다. 사랑을 전하는 길 말이다. 물이 흐르는 곳은 그 주변에 식물이 피어난다. 길은 가만히 있지만 그 안에 물이 지나가기 때문이다.

나는 사랑이 지나가는 통로가 되고 싶다. 그래서 그 사랑을 이곳저곳에 나눠주고 싶다. 사람이 욕심내며 살면 안 된다고 하지만 난 이 부분에서만큼은 욕심을 내고 싶다. 그리고 그 마음이 변하지 않기를 바란다. 통로는 많은 이들이 거쳐 가는 곳이어야 의미가 있다. 나를 거쳐 가는 이들이 따뜻해지고 조금이라도 위안이 된다면 그로 인해 난 참 행복할 것 같다. 그 욕심을 지켜나가기 위해 오늘도 나는 내 자리에서 조금씩 사랑을 흘려보내려고 한다.

자, 이제 내 욕심을 이루기 위해 기분 좋게 출근해볼까!

5부

빛나는 별들 그리고
소소한 이야기들

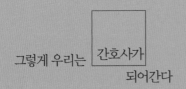

그렇게 우리는 간호사가
되어간다

그곳의
향기

8층에서 6층으로 로테이션이 됐다. 출근할 때 1층에서 엘리베이터를 타면 이제 8층이 아닌 6층에서 내린다. 엘리베이터 문이 열리면 다른 층과 사뭇 다른 향기가 나의 코를 자극한다. 일터에 도착했음을 알려주는 신호다. 빵집에 가면 갓 구운 고소한 빵 냄새가 나고, 숲에 가면 청량한 나무 향기가 나는 것처럼 소화기내과 메인 병동에서는 혈변 냄새와 소변 냄새가 묘하게 섞이면서 만들어진 피비린내가 공기 중에 떠돌아다닌다.

이곳에서 일하면서 가장 크게 느낀 점은 '술 때문에 사람이 이렇게 망가질 수도 있구나!'였다. 지나친 음주로 손상된 간이 제 기능을 못해 복수가 차고 피를 토하는 지경이 되어 병원에 왔건만, 환자들은 몸을 추스르고 퇴원하면 또 술을 찾았다. 그러고는 더 엉망인 모습으로 다시 입원했다. 사람의 습관과 습성이 얼마나 무서운 것인지 환자들의 모습을 보며 알게 되었다. '습관은 제2의 천성으로 제1의 천성을 파괴한다'라는 파스칼의 격언처럼 어떤 습관이 내 몸에 입혀지느냐에 따라 삶과 일상이 판이하게 달라진다. 그리고 그 습관의 시간들이 차곡차곡 쌓여서 지금 현재의 모습을 만들었음을 일터에서 배웠다.

사람의 대소변을 받아내는 건 쉽지 않았다. 그것도 꽃 같은 20대 시절이니 말할 것도 없었다. 냄새에 민감한 나는 처음 이곳에 와서 대변을 치우는 게 역겨웠다. 기저귀를 가는 동안 코로 숨을 쉬지 않고 입으로만 숨을 쉬기도 했고 마스크를 끼고 치우기도 했다. 시간이 지나니 변을 치우는 것 자체는 괜찮아졌는데 움직이지 못하고 의식이 없는 환자들을 돌려 눕히며 힘쓰는 게 버거웠다. 허리도 아프고 손목도 쑤시고 힘에 부쳤다. 그런 상태의 환자를 두세 명 간호하다 보면 나의 머리는 산발이 되었고 정신은 나의 몸과 분리된 것 같은 느낌이었다.

같이 일하는 동료 간호사에게 "나 좀 봐봐. 머리는 산발이고 눈은 풀리고 꼭 몸 풀고 나온 산모 같아" 하면서 웃음으로 달래보았지만 몸이 부대끼고 마음이 씁쓸한 건 여전했다.

환자가 혈변을 보는 경우는 특히 그 냄새가 쉽게 사라지지 않았다. 많이 접했음에도 불구하고 적응이 되지 않는 냄새였다. 혈변 기저귀를 치우는 날은 냄새가 그대로 땀구멍 속으로 스며드는 것 같아 나도 모르게 내 팔을 킁킁거리기도 했다. 임신해서 유난히 비위가 상하고 역겨운 날에는 마스크에 향수를 뿌려 그 향으로 코를 진정시킨 후에 일하곤 했다. 당시 우리 병동에는 준중환자실과 남자 노숙인 환자 병실이 있었다. 준중환자실의 환자들도 거의 노숙인이었는데, 노숙인 병실이 별도로 또 있었으니 노숙인 병실만 두 개인 셈이었다.

노숙인 환자는 길거리에 쓰러진 채로 발견되어 119를 타고 우리 병원으로 이송되는 경우가 대부분이었다. 응급실을 통해 입원하는 노숙인 환자들이 이송 카트로 병동에 들어오는 순간 우린 환자가 도착했음을 바로 알 수 있었다. 그 환자가 뿜어내는 냄새 덕분이다. 마치 시궁창이 옆에 있는 것과 같았다. 오랜 시간 씻지 않아서 만들어진 그 깊고 지독한 냄새는 지나가기만 했을 뿐인데도 순식간에 모든 이들이 코를 막고 눈살을 찌푸리게 만들었다. 그가 지나간 곳마다 향기의 판도는 바뀌었고 아무리 환기를 시켜도 오랫동안 그 향이 사라지지 않게 하는 마력까지 가지고 있었다. 입원한 다른 환자들은 아우성이었고, 그런 환자를 왜 입원시키느냐는 원성까지 간호사실에서 감당해야 했다.

　　그들이 입고 온 옷을 벗기는 것도 쉽지 않았다. 그 더러운 옷을 당장 버리고 싶지만 퇴원할 때 다시 입고 나가야 하는 유일한 옷이었기에 버릴 수도 없었다. 그리고 치료가 끝난 뒤 자기 옷 내놓으라고 큰소리치는 경우가 상당히 많았기에 그대로 둘 수밖에 없었다. 음식물 흘린 자국과 소변이 말라붙어 얼룩진 모양과 냄새 그리고 뒤섞인 먼지들과 더러움이 당당하게 자리 잡고 있는 그 옷. 그 옷에 밴 더러움과 냄새는 하루아침에 만들어진 것이 아니라 묵은지처럼 오래 묵힌 것이었기에 엄청난 영향력을 발휘했다.

　　일단 옷을 벗기고 나면 커다란 비닐에 넣고 냄새가 빠져나오지 못하도록 꽁꽁 묶어 수납장에 넣었다. 이 환자들은 입원과 동시에 씻기는 일이 우선이었다. 급한 대로 물수건으로 닦으면 수건이 순식간에 시커메진다. 그러나 오래 묵은 더러움이라서 닦은 티도 나지 않는다. 수액 처방이 나서 알코올 솜으로 피부를 닦으면 그 솜도 여지없이 까매진다. 치료 이전에 응급으로

씻겨야 했다. 상태가 심각해서 입원하자마자 샤워실로 데리고 가서 씻긴 적도 있었다. 어린아이도 아닌 50대 중반의 아저씨를 샤워시키는 게 간호사의 일이라고 누가 생각이나 할까?

머리를 감기기 위해 샴푸를 들이붓고 빡빡 문질러 보았지만 거품은 쉽게 나지 않았다. 머리를 감은 지가 하도 오래되어 레게머리와 같은 상태였다. 그 엉킨 머리카락들 사이로 손가락을 넣고 비벼보지만 강한 저항감으로 진입 또한 쉽지 않았다. 머리만 세 번 정도 감기고 나니 거품이 그제야 나기 시작했다. 다음 단계는 몸 씻기기. 비누로 거품을 내서 몸을 문질렀는데 비누거품의 하얀색은 온데간데없고 새카만 구정물만 줄줄 흘렀다. 몸도 역시 한 번의 비누칠로는 어림도 없었다. 두세 번 반복하고 몸의 까만 땟물이 사라진 후에 환자에게 일회용 면도기를 쥐어주었다. 아저씨의 수염은 만화에 나오는 산신령 같았기 때문이다.

나는 먼저 샤워실을 나섰다. 내 머리는 산발이고 양말은 다 젖고 땀으로 온몸은 끈적거리고 유니폼도 축축했다. 당장 나도 샤워를 하고 싶었다. 내가 간호사가 아니라 엄마인 것만 같았다. 이렇게까지 일을 해야 하나 싶어 속이 상했다.

다른 일을 좀 보다가 목욕시킨 환자에게 처방된 수액을 놔주려고 갔다. 샤워와 면도를 하고 환의를 갈아입은 환자는 못 알아볼 정도로 깨끗해져 있었다.

"너무 예뻐져서 못 알아보고 그냥 지나칠 뻔했어요."

너스레를 떨면서 나는 수액을 놓았다. 몸을 씻은 것만으로도 이렇게 사람이 달라지다니, 속상함은 사라지고 괜히 뿌듯해졌다.

『향기로 말을 거는 꽃처럼』이라는 이해인 수녀님의 책이 있다. 제목을 봤을 때는 좋은 향기만 사람에게 말을 건다고 생각했는데 불쾌한 향도 역시 사람에게 말을 걸 수 있음을 알게 됐다. 좋은 향이든 불쾌한 향이든 향기는 사람의 마음을 움직이고 고개를 돌려 그쪽으로 향하게 하는 힘이 있다. 병동에서 일하면서 향기가 얼마나 사람의 이미지에 큰 영향을 끼치는지 알게 되었다.

임신했을 때 나는 냄새에 민감했다. 지하철 안의 갇힌 공간은 여러 사람이 한데 섞여 있어 냄새의 밀도가 높았다. 그중에서도 나는 잘 씻지 않는 남자에게서 나는 냄새가 무척 힘들었다. 바로 구역질이 났다. 억지로 참으려고 하니 얼굴은 벌게지고 눈에는 눈물이 고였다. 다음 역에 내려 좀 쉬면서 숨을 정돈해야 다시 갈 수 있었다. 숨을 돌리면서 나는 '사람이 매일 씻지 않아도 이렇게 냄새가 나는데 과연 나는 나의 마음과 정신, 영혼을 얼마나 돌아보고 있는가?' 생각했다.

옛 고사성어에도 '화향천리 인향만리'(花香千里 人香萬里) 즉, '꽃의 향기는 천 리를 가고 사람의 향기는 만 리를 간다'라는 글이 있지 않은가. 선인들이 이미 사람의 향기가 진정한 향기라는 걸 알려주고 있었던 거였다. 거기 더해지는 이해인 수녀님의 글은 나의 생각을 정돈해주었다.

'꽃들이 아름다운 향기를 풍기기 위해서는 많은 비바람의 아픔과 시련 그리고 어둠의 시간을 견뎌야 하듯 우리의 삶 또한 그러할 것입니다. 이 세상이,

나의 내면의 뜰이 복잡하고 소란할 때면 꽃들의 고요함이 더욱 그립고 좋습니다. 향기는 침묵으로 많은 말을 합니다. 늘 고요히 깨어 있어야만 향기를 제대로 맡을 수 있음을 일러줍니다. …… 좋은 냄새든, 역겨운 냄새든 사람들도 그 인품만큼의 향기를 풍깁니다. 많은 말이나 요란한 소리 없이 고요한 향기로 먼저 말을 건네오는 꽃처럼 살 수 있다면, 이웃에게도 무거운 짐이 아닌 가벼운 향기를 전하며 한 세상을 아름답게 마무리할 수 있다면 얼마나 좋을까요?'

– 『향기로 말을 거는 꽃처럼』 중에서–

'귀여운' 할머니가 되기로
결심했어!

오랜 시간 간호사를 하면서 환자를 만나면 그분의 인생을 그려보는 버릇이 생겼다. '지금까지 어떤 삶을 살아오셨을까?' '어떤 생각과 마음을 가지고 이 시간까지 채워 오셨을까?' 궁금해진다. 그리고 그 생각과 맞물려 정현종 시인의 시, 「방문객」이 떠오른다.

사람이 온다는 건
실은 어마어마한 일이다.
그의 과거와
현재와
그의 미래와 함께 오기 때문이다.
한 사람의 일생이 오기 때문이다.

심혈관조영술 검사를 위해 우리 방에 도착하신 일흔다섯 살의 김 할머니. 저 멀리 해남에서 오셨다고 한다. 자그마하고 마른 체형, 까무잡잡한 얼굴, 거친 손, 약간은 겁먹은 듯한 표정, 송아지처럼 껌뻑거리는 큰 눈. 그 모습에서 평생 땅을 일구며 고단하지만 순박하게 살아오신 삶이 느껴졌다.

할머니는 검사용 침대로 옮겨 누우신 후 준비 과정 동안 별말씀 없이 가만히 눈을 감고 계셨다. 낯선 서울 그리고 한겨울에도 에어컨을 틀어놓아야 하는 차디찬 검사실에 누워서 얼마나 많은 생각들이 오갈까? 얼마나 긴장될까? 서울까지 올라가서 과연 이 검사를 받아야 할지 말지를 결정하기까지 얼마나 힘드셨을까? 서울로 떠나기 전날 밤에 잠은 제대로 주무셨을까? 해남에서 이곳까지 오는 차 안에서 마음이 얼마나 콩닥거렸을까?

나 또한 수술대에 올라본 경험이 있는지라 할머니가 지금 느끼고 있을 긴장감과 불안감을 충분히 알 수 있었다. 병원에서 근무하는 나도 막상 수술 침대에 누우니 가슴이 너무나도 콩닥거렸는데, 할머님은 오죽할까. 모든 게 낯설고 두려울 텐데……

할머니는 70대 중반임에도 소녀처럼 눈망울이 크고 맑았다. 검사 중에 "불편한 것 없으세요?"라는 나의 질문에 눈을 꼭 감고 고개를 살짝 젓는 것으로 조용히 의사를 표현했다. 본래 조용한 성격임을 짐작할 수 있었다.

"할머니, 검사 잘 끝났습니다. 걱정하실 필요 없겠어요. 좋습니다."

전문의 선생님의 이야기에 할머니의 눈언저리는 어느새 촉촉해졌다.

"고맙소, 정말 고맙소."

나는 그런 할머니의 눈물을 살짝 닦아드렸다.

"선생님이 검사 잘 끝나셨다니까 그만 우세요."

"알았소. 잘 됐다는 얘기 들으니까 그냥 눈물이 나네."

할머니는 또 눈물이 그렁그렁한다. 이런 할머니들은 연세가 많음에도 '귀엽다'는 느낌이 든다. 할머니, 할아버지가 되어도 표독스러운 모습을 가진 이들을 많이 보아서 그런지 '귀여운' 할머니들을 보면 나도 모르게 저절로 손을 부여잡고 이야기하게 된다.

> 사람이 사람을 사랑하며 살아가는 일이나 죽음의 의미를 알게 되는 일이
> 나이 먹는 일과 비례하는 건 아니다. 세월이 쌓인다고 알게 되는 것도 아
> 닌 것 같다.
> – 신경숙, 『어디선가 나를 찾는 전화벨이 울리고』 중에서

나이 먹는 것과 비례해서 사랑의 마음이 커진다면 얼마나 좋겠는가? 하지만 쉽지 않은 일이다. 온화함과 순수함은 그야말로 자기 노력과 성찰에 의한 결정체이며, 각진 네모의 마음이 인생에 의해 둥글둥글해지는 과정을 통과한 사람만이 얻을 수 있는 빛나는 결정체이기 때문이다.

요즘에는 많이 줄었지만 예전에는 산부인과 병동에 'Prolapse of Uterus' 진단명으로 입원하는 할머니들이 많았다. 'Prolapse of Uterus'는 자궁탈출증 즉, 흔히 어른들이 말하는 '밑이 빠지는' 그 병이다. 자궁탈출증은 자궁이 정상 위치에서 아래쪽 또는 위쪽으로 이동하면서 자궁의 일부 혹은 전체가 질을 통해 빠져나오는 것을 말한다. 자궁을 지지해주는 질 윗부분의 힘이

좋지 않아 발생한다. 힘이 좋지 않아 잡아주질 못하니 아래로 아래로 자궁이 내려가다가 결국엔 질 밖으로까지 나가게 되는 것이다.

오늘 검사한 할머니를 마주하니 학생간호사 시절 산부인과 병동 실습 때 만난 할머님들이 떠올랐다. 아이를 많이 출산하고 논밭에서 쪼그려 앉아 일하던 우리 할머니 세대는 자궁탈출증이 많았다. 아이가 뱃속에 있을 때도 쉴 없이 일했고, 출산 후에도 제대로 된 몸조리를 받지 못한 채 고단하게 생활했던 수고로움의 결과가 병으로 나타난 것만 같아 실습하던 내내 마음이 아팠다. 식구들을 위해 밤낮없이 일했건만 정작 자신을 위해서는 무엇 하나 해본 적이 없는 할머님들. 수고의 대가는 고사하고 병까지 얻었으니 남몰래 얼마나 눈물을 흘렸을까.

게다가 자궁탈출증으로 진료를 보러 가는 일이 어디 쉽겠는가? 가족들에게 말하기도 곤란한 부위여서 하소연도 못하고 혼자 오랫동안 끙끙거렸을 것이다. 의사의 대부분이 남자인 상황에서 아래 속옷을 벗고 검사받는 일이 얼마나 어려웠을까? 요즘도 한번 방문하려면 발이 쉽게 떨어지지 않는 곳이 산부인과인데, 그 옛날 남녀가 유별한 시대를 살았던 할머니들에겐 오죽하겠는가? '괜찮아지겠지, 괜찮아지겠지' 하며 끝까지 버티다가 도저히 안되겠다 싶은 때가 되어서야 병원에 오셨을 게다.

조영실 검사 침대에 누워 있는 할머니를 바라보며 할머니의 과거와 지금 그리고 앞으로의 모습을 떠올려본 이유는 '나는 과연 어떻게 살아가야 하는가?'를 생각해보기 위해서였다. 사람이 살아가는 건 그 자체가 이야기이다. 자세히 들여다보면 그 안에 많은 사연과 여러 감정들이 담겨 있다. 그래서 한 사람을 만나는 건 지금의 모습만이 아닌 그의 과거와 현재, 미래가 함께 오는 거대한 사건인 것이다. 하지만 대부분 가볍게 여기고 스쳐 지나간다. 나의 일이 아니라는 이유로 말이다.

　간호사의 좋은 점은 다양한 인생을 만나볼 수 있다는 것이다. 사람이 아프면 본연의 모습이 나오기 마련이다. 그들을 바라보며 나의 모습이 어떠했으면 좋겠는지 답을 찾아가는 것이다.

　불교의 연기설에는 '인드라의 그물'의 비유가 나온다. 우리는 모두 그물의 코에 달린 유리구슬과 같아서 서로의 모습을 비춰줄 뿐 아니라 상대에게서 내 모습을 보면서 살아가는 관계라는 것이다. 우리가 서로 연결되어 있고 관계망으로 형성되어 있다는 것을 깨닫는 것은 가장 높은 수준의 해탈이다. 꼭 해탈을 바라진 않더라도 누군가가 아픔을 겪고 있을 때 같은 마음을 느끼고 어깨를 토닥여줄 수 있다면 그것이 사랑을 베푸는 것이고 보시를 베푸는 것일 테다. 그렇게 천천히 한 발 한 발 내딛다 보면 먼 훗날, 내가 이 할머니처럼 '귀여운' 할머니가 되어 있지 않을까 싶다.

사람에
취하다

간호사로서 자기 비하가 될 때가 언제일까? 나의 경우에는 의사의 오더만을 수행하는 기계가 된 것 같은 느낌이 들 때였다. 간호학이 독립적이지 않고 의학에 기댄 학문임을 그리고 간호사가 전문가가 아님을 느꼈을 때 자존감이 많이 떨어졌다. 의료진으로서 환자에 대해 치료 방향을 함께 의논하고 결정하는 게 아니라 의사의 처방에 기댄 수행과 처치가 간호의 대부분이었기에 의존적이며 수동적이라는 느낌이 많이 들었다.

처방에 의문을 갖고 다시 노티를 하면 대부분의 레지던트들은 "아, 그래요? 확인해볼게요" 했다. 하지만 "그냥 오더에 있는 대로 해요!" 하며 부정적인 반응이 오는 경우도 있다. 이럴 땐 무안하고 기분이 상했다. 어느 때는 나도 모르게 기분이 나빠지며 욱하는 마음이 들기도 한다. 사실 나도 노티를 안 하면 편하다. 하지만 틀린 처방을 거르지 않는 건 나의 근무태만이다. 또 그대로 수행됐을 때 환자에게 돌아갈 피해를 생각하면 안 좋은 소리를 듣더라도 확인해야 한다.

나의 이 자기 비하는 세 명의 좋은 의사와의 관계에서 털어낼 수 있었다.

첫 번째는 흉부외과 B 레지던트. 그녀의 활달한 성격은 인턴 때부터 빛을 발하여 간호사실과 금방 친해졌다. 그녀와 처치실에서 드레싱을 하던 어느 날이었다.

"의사는 자기 파트가 정해지면 거기밖에 못 보는 경향이 있어요. 내 분야를 깊게는 보지만 다른 건 잘 모를 때가 있거든요. 간호사는 여러 과의 환자들을 같이 보잖아요? 그 덕분에 내가 못 보는 걸 볼 수 있어요. 그래서 경력이 있는 간호사의 조언이 도움이 돼요."

그녀는 무심하게 이야기했지만 난 시원한 바람이 마음속으로 쑥 들어오는 것 같았다. 나의 고민을 마치 다 알고 있었다는 듯 대답을 툭 던져주었기 때문이었다. 입사 3년차 무렵, 내가 과연 간호사로서 무얼 하고 있는 걸까 하며 회의감이 들던 때였기에 그녀의 말은 더 깊이 다가왔다.

두 번째는 내과 L 레지던트. 그녀는 평소에도 침착하고 꼼꼼하게 일을 잘했다. 긴장되고 절박한 상황을 진중하게 다스릴 줄 알았기에 그녀와 같이 응급을 치러낼 때면 마음이 든든했다. 작은 체구지만 그녀가 뿜어내는 에너지는 컸다. 그 아우라에 우리들의 긴장감은 누그러졌고 응급상황 자체에 집중할 수 있었다. 자기감정을 조절하지 못하는 레지던트와 같이 응급을 하면 그의 신경질적인 태도가 상황을 압도하여 환자는 뒷전으로 물러나게 되고 잘하던 것도 허둥거리게 된다. 그러므로 L 레지던트와 일을 하면 할수록 그녀의 가치는 더욱더 빛이 났다.

그녀는 또한 간호사실의 노티에 대해 귀를 기울여줬고 서로 존중하며 기분 좋게 일할 수 있게 해주었다. 나는 서로에게 윈윈이 되는 관계가 어떤 건지 그녀를 통해 배우게 됐다. 의학과 간호학의 조합이 서로를 존중하는 바탕 위에서 꽃 피울 수 있음을 말이다.

마지막은 감염내과 B 전문의 선생님이다. 외래에 간 지 얼마 되지 않아 병원에서 남산 걷기대회를 한 적이 있다. 천천히 올라가던 중에 선생님이 했던 이야기는 나에게 매우 인상적이었다.

"의사들은 원래 진단과 처방이 전문이에요. 진단을 내리는 과정이 중요하기 때문에 그 과정으로 가는 길에 대해 공부하고 고민을 많이 하죠. 진단을 내리고 나면 다음 단계는 치료방침이에요. 처음에는 경험도 없고 잘 모르기 때문에 온갖 검사를 다 해요. 그렇게 시행착오를 겪다가 필요 없는 것들을 거를 줄 알게 되죠. 그게 바로 실력이고요. 진단과 처방을 내리면 수행이 되어야 하니까 그 다음은 간호의 영역이에요. 의사는 간호사처럼 세심하게 돌보는 건 잘 못해요. 간호는 케어 즉 '돌봄'이잖아요. 그에 반해 의사는 '큐어'(cure)죠. 의사가 처방을 아무리 잘해도 환자가 약을 안 먹으면 소용없죠? 그리고 처방된 주사약을 안 주고 엉뚱한 약을 주면 안 되겠죠? 간호사와 의사의 영역은 달라요. 물론 서로가 통하는 건 맞죠. 우리 상담간호사들도 있지만, 가까이에서 환자의 상담이나 심리적 문제를 다루는 건 간호사예요. 이건 의사보다는 간호사의 영역이라고 할 수 있죠. 그러니까 서로 같이 가야 해요."

나는 그때까지 어느 간호사도, 어느 의사도 이렇게 명확하게 서로의 관계와 역할 그리고 영역에 대해 이야기하는 것을 들어본 적이 없었다. 사실 나조차도 깊이 고민해보지 않고 그저 푸념만 했을 뿐이었다. 나의 일을 명확히 알아야 일을 제대로 할 수 있는데, 그것이 처음부터 다져지지 않았던 것이다.

선생님의 이야기는 '갑을' 또는 '주종' 비슷한 기분으로 일해 왔던 나에게 의사와 간호사의 관계를 새로운 시각으로 보게 해주었다. 즉 내가 하는 일에 대해 내 스스로도 의미를 발견하지 못하고 있었는데, 선생님이 일깨워주고 그 가치를 인정해준 것이었다.

내가 외래에 근무하게 된 계기는 우연이었다. 병원이 법인으로 바뀌면서 직원들이 우수수 다른 곳으로 발령이 나고, 나는 외래 간호사의 공백을 메우기 위해 파견을 나가게 됐다. 원래 있던 부서로 돌아가기로 하고 파견을 나갔다가 그곳에서 일을 하게 된 것이다. 나에게 인계를 해주었던 선배 간호사는 B 선생님을 이렇게 평했다.

"정말 B 샘은 진료할 때 손 하나 댈 게 없어. 알아서 다 하고 잘 도와주셔."

처음이라 모든 게 어리둥절했던 나는 선배의 이야기가 어떤 의미인지 알지 못했다. 하지만 일을 하면서 그 말이 진짜임을 확인할 수 있었다.

B 선생님은 배려가 몸에 밴 분이었다. 선생님은 가운 주머니에 음료수를 챙겨 두었다가 전기를 고치러 오거나 청소를 하러 온 분들에게 고맙다는 인사와 함께 건네드렸다. 처음 그 모습을 봤을 때 무척 신기하고 낯설었다. 내

가 겪어본 대부분의 의사 선생님들은 누가 와서 뭘 하건 간에 신경을 쓰지 않았기 때문이다. 또 명령조의 말투뿐 아니라 인사를 해도 잘 받지 않는 분들이 많았다. 그런 분들을 많이 봐왔기에 B 선생님의 태도는 신선한 충격이었다. 지내보니 선생님의 좋은 매너는 생활 자체였다.

점심 식사 후 다 같이 상담실에 커피를 마시러 가면 선생님은 손수 커피를 타주었다. 우리 인원이 보통 대여섯 명쯤 됐는데 항상 그랬다.

"자, 김 대리(나의 직급이 대리여서 선생님은 이렇게 부르셨다)는 달달하게 마시죠? 설탕이 골고루 녹지 않으면 달지 않으니까 내가 맛있게 타 줄게요. 우리처럼 단 거 좋아하는 사람들은 제대로 안 저어서 처음에 안 달고 나중에야 단맛이 몰아서 나면 기분이 상하거든. 우리 같은 초딩 입맛은 달게 먹어야 해."

나뿐 아니라 그 자리에 있는 모든 이들에게 일일이 물어보면서 기호에 맞춰 차를 타 주는 모습이 생소하면서도 감사했다.

직장에서 회식을 가면 아래 연차가 고기를 굽는 게 일반적이다. 그래서 끝난 후에 고기 한 점 제대로 못 먹었다고 툴툴거리는 후배들도 있었다.

"A 선생님은 고기를 굽기만 하면 익은 건 쏙쏙 다 가져가서 먹더라고요. 자기는 손 하나 까딱 안 하면서 고기가 익었네, 안 익었네 잔소리만 하고. 어우 얄미워."

그래서 다음 회식에는 제발 고깃집에는 가지 말자고 하는 경우도 더러 있었다. 외래에서 근무하던 때, 난 회식 자리에서 고기를 구워본 적이 거의 없었다. 전문의 선생님들께서 항상 고기를 구워주었기 때문이다. 어쩌다 내가 고기를 구우려 하면 "김 대리는 맛있게 먹기만 하면 돼요" 하셨다.

"와, 고기를 어쩜 이렇게 잘 구워요? 집에서도 사모님이 엄청 좋아하겠어요!"
"원래 인턴, 레지던트 지나면 다 잘 굽게 되어 있어요. 고기를 얼마나 많이 굽는데!"

나는 그런 선생님들의 모습이 참 좋았다. 그때 선생님들께 잘 배운 덕으로 후배들과 고기를 먹으러 가면 내가 구워준다. 밥 먹기 부담스러운 선배가 되고 싶지 않아서 그리고 편한 선배가 되고 싶어서다. 그런데 한 가지 안타까운 건, 내가 구우면 고기가 맛이 없다며 아이들이 가위와 집게를 빼앗아 갔고, 그것도 모자라 가만히 있으라고 나를 구박하는 것이다. 어쩔 수 없이 먹게만 됐지만 후배들이 나 편하라고 그렇게 돌려 표현한 거라는 걸 잘 알고 있다.

B 선생님은 간호부에서뿐 아니라 다른 직원들에게도 두루두루 인기가 많았다. 원무과의 어느 직원이 감기가 걸렸기에 진료를 보러 오라고 권했다.

"나, B 선생님한테 진료 볼 거야. B 선생님 얼굴만 봐도 감기가 낫는 것 같거든."
"언니, 이건 완전 팬클럽 수준인데?"

나는 크게 웃었다. 어느 날 B 선생님에게 직접 이야기를 한 적도 있다.

"선생님은 아랫사람들과 참 격의 없이 잘 지내시는 것 같아요. 내 후배들도 선생님 무지 좋아하잖아요. 난 사실 어른들이 부담스러워서 저 멀리 보이면 돌아가기도 하고 그랬는데. 샘은 참 인기가 많은 것 같아요."
"원래 아랫사람들을 모시고 살아야 하는 거예요. 아랫사람들에게 맞춰서 일해야 해요."

윗사람의 비위를 맞추는 게 보통의 생각이기에 처음에는 이해가 잘 되지 않았다. 하지만 시간이 지나 내가 선배가 되어 가면서 이 말의 의미가 무엇인지 차차 알게 됐다. 윗사람이 되면 나도 모르게 아랫사람에게 함부로 하는 경우가 생긴다. 의견을 귀담아듣지 않고 내 생각을 주장하려 한다. '어디서 선배한테 감히!' 이런 마음 말이다.

내 귀에 좋은 말을 해주고 잘하는 후배에게 마음이 가고 따박따박 말대꾸하는 후배는 밀쳐내고 싶은 게 보통이다. 그래서 예로부터 권력자 옆에 끝까지 남는 자는 실력 있는 자도 아니고, 똑똑한 자도 아닌, 아부하는 자라고 하지 않았던가! 하지만 누구나 시간이 지나면 윗사람이 된다. 그때 어떤 모습이 되어야 할지 나는 선생님을 보면서 배웠다. 그 선생님의 태도는 박웅현 작가의 책 『여덟 단어』에 나오는 다음의 구절과 같았다.

권위에 굴복하지 않는 것도 중요하지만 더 나이 먹어 윗것이 되었을 때 권위를 부리지 않는 태도도 중요합니다. 권위는 우러나와야 합니다. 내가 이야기한다고 되는 게 아니라 상대가 인격적으로 감화가 되어 알아줘야 합니다.

나뿐 아니라 많은 사람들이 선생님을 좋아했던 이유는 존중해주는 자세에 마음이 움직여졌던 거다. B 선생님의 외래 진료시간, 처방이 틀린 부분이 있었다. 병동에서처럼 혹시나 무안 당할까 봐 걱정하며 이야기했다.

"선생님, 약 용법 한번 확인해주세요. 차트에 증량한다는 기록이 없는데 저번보다 용량을 올려서요."
"아, 그래요? 다시 볼게요."

그러고는 금방 다시 이야기를 해주셨다.

"고쳤어요. 김 대리 역시 똘똘해. 내가 그렇지 뭐!"

항상 깔끔하고 정확하게 일하는 선생님이 투덜거리듯 말하는 모습에 난 웃음이 터졌다. 완벽하다 생각했던 사람이 실수를 하고 바로 인정하는 모습은 인간적인 매력을 더해주었다.

외래에서 일하던 때 우리 전문의 선생님들은 무척 협조적이었다. S 선생님은 환자의 편의를 봐주기 위해 오전 7시에 진료를 봐주기도 했고, 약이 다 떨어졌다며 무작정 환자들이 외래로 온 경우에도 선생님께 연락드리면 병원 내에 있는 한은 진료를 봐주었다. 선생님들과 이렇게 호흡을 잘 맞추면서 일하기 위해 나 또한 열심히 노력했다. 기본 한 시간 정도 일찍 도착했고, 일에 차질이 없도록 전날 미리 체크한 미비점들을 다시 한 번 확인했으며, 외래 환자들과의 라포(rapport: 상호신뢰관계)를 만들려고 노력했다. 사람들이 꺼려하는 HIV/AIDS(인간면역결핍 바이러스/후천성면역결핍증, 에이즈) 환자들을 상대로 일했지만 개의치 않았다. 사실 요즘 HIV는 당뇨, 고혈압처럼 만성질환 중의 하나일 뿐이며 약을 잘 복용하고 꾸준히 건강관리를 하면 조절될 수 있는 질환이기에 일상생활에 있어서 전혀 문제가 없다. 우리의 선입견이 문제일 뿐이다.

환자들은 노출되는 걸 극히 꺼린다. 본인 이름도 못 부르게 하고 전화로 진료 순서를 알려달라고 하는 등 요구조건이 많았지만 난 가능하면 맞춰주려고 노력했다. 배고프다고 구내식당에서 같이 밥을 먹자는 환자에게 밥을 사주며 같이 먹기도 했고, 수술을 받아야 하는데 본인의 질병이 노출될까 봐 보호자에게 말하지 못하는 환자에게는 내가 보호자로 수술동의서에 서명을 해준 적도 있다.

물론 병원비 안 내고 도망가면 내가 끝까지 따라가서 돈 받을 거라는 장난 섞인 으름장을 놓으면서 말이다. 차비가 없다고 하는 환자에게 차비를 빌려주면서 "이 돈 가지고 술 마시면 안 돼요. 꼭 차 타고 집에 들어가요, 알았죠" 한 적도 있고, 진료실에 같이 들어가 달라고 했던 환자의 옆에 앉아 있어주기도 했다. 또 아침 일찍 진료하는 선생님이 요청하지 않았지만 알아서 일찍 가서 도와드렸다.

환자들과 관계가 좋았던 나의 모습을 보고 S 선생님은 상담폰을 만들어줄 테니 환자들과 상담도 해보라며 권유하기도 했다. 나의 모습을 어여쁘게 봐주신 덕에 선생님들과의 관계가 더 좋았다.

어느 날, 황열 예방 접종과 혈액검사 후 증명서를 받아가야 한다면서 업무시간이 거의 끝날 무렵에 오신 분이 있었다. 그분은 예약을 했다고 우겼지만 아무리 명단을 뒤져도 찾을 수 없었다. 모 기업의 임원이라는데, 막무가 내였다. 난감했다. 어쩔 수 없이 나는 퇴근하려는 원무과 직원을 붙들고 접수를 하고 전문의 선생님 두 분께 욕먹을 각오를 하고 연락을 드렸다. 한 분은 중환자실 회진 중이라 끝나고 오시겠다고 했고, 다른 한 분은 회의 중이라서 나중에 연락을 주시겠다고 했다. 일단 내가 할 수 있는 일들을 빨리 진행했다. 예진표 작성이 끝나갈 무렵 선생님 두 분이 동시에 외래로 와주셨다. 조마조마했던 마음이 환하게 밝아졌고, 너무나 감사했다.

"와~ 두 분 다 와주신 거예요? 저 그럼 제 맘대로 선생님 골라서 진료해도 되는 건가요? 아님 두 분이 가위바위보 하실래요?"

그렇게 막무가내 임원의 진료가 진행되었고, 검사실까지 모시고 가서 혈액검사를 하고 수납까지 끝낸 후에야 내 자리에 돌아와 털썩 앉았다. 긴장이 풀리고 피곤이 밀려왔다. 다음 날, 증명서를 받기 위해 왔던 그 임원은 내게 스카프를 선물로 주었다. 본인이 예약한 곳을 잘못 알았다며 사과도 했다.
'어제 그렇게 다시 확인해보라고 할 때는 빡빡 우기시더니' 하며 얄미운 마음이 들긴 했지만 이미 지난 일이고 사과까지 하는데 뭐라 하겠는가. 이 일로 인해 우리 선생님들이 얼마나 좋으신 분인지 다시 한번 확인하는 계기가 되었으니 난 오히려 감사했다.

B 선생님이 얼마 후 다른 병원으로 가시게 됐다. 마지막 날, 외래가 끝날 무렵 선생님이 진료실로 들어가셨다. 한참이 지나도 나오질 않기에 살짝 열린 진료실 문으로 봤더니 쪼그리고 앉아 뭔가를 하고 있었다.

"샘, 뭐 하세요?"

선생님은 수납장의 문고리를 끼우고 있었다. 여러 개의 문고리 중 하나가 떨어지고 없었는데, 선생님은 세심하게도 그 작은 부분을 눈여겨보았고 직접 철물점에서 고리를 사 와 고치고 있었던 거였다.

"마지막 날인데 왜 그러세요. 목공실에 연락해서 고쳐달라고 하면 되는데, 미안하게 왜 그러세요."
"그래야 김 대리 편하게 일하지."

그렇게 마무리를 하고 한 마디를 덧붙였다.

"혹시 몰라 여분으로 몇 개 더 샀으니까 떨어지면 이걸로 써요."

선생님은 평소에도 참 좋았지만 마지막은 더없이 아름다웠다. 조정민 씨의 『인생은 선물이다』라는 책에 이런 구절이 나온다.

몸에 밴 배려가 인격입니다. 깊은 배려는 받는 남도, 베푸는 나도 잘 모릅니다.
그래서 소문날 일도 없습니다. 배려는 교양과 겸손을 뛰어넘는 향기입니다.

선생님은 그렇게 나를 일깨워주셨다. 낙차의 폭이 크면 에너지가 크게 발생하듯이 윗사람이 베푸는 배려와 친절함은 영향력이 크다. 후배들은 나에게 배우고 따를 만한 롤모델이 없다는 이야기를 많이 했다. 그럴 때마다 난 이렇게 이야기해준다.

"네가 그 롤모델이 되면 돼!"

이건 후배에게 하는 이야기면서 나 자신에게 하는 이야기다. 상사에 대해 투덜거리고 불평하면 시간이 지난 후 내가 불평했던 그 모습의 상사로 변해 있을 것이다. 그러지 않기 위해서는 지금의 내 자리에서 두 다리로 굳게 서서 안개 너머의 나의 꿈을 바라보며 일궈가야 한다.

난 떠나고 나서도 반가운 사람이 되는 것이 꿈이다. 업무상 아무런 실권이나 영향력이 없어도 반갑게 맞아줄 수 있는 사람이 되는 것 말이다. 권력이나 서열로 맺어진 관계가 아닌 좋은 사람, 반가운 사람으로 남고 싶다. 어떻게 하면 그렇게 될 수 있는지 난 B 선생님으로부터 배웠다.

마침 병원을 그만둔 후배에게 연락이 왔다.

"샘, 보고 싶어요. 우리 언제 보나요?"
"니들이 나 안 만나주고 맨날 까잖아!"
"아니에요 샘. 안 깠어요! 으아아앙. 샘 빨리 봐야 하는데."

열다섯 살이나 차이가 나는 후배지만 이렇게 나를 편하게 대해주니 참 좋다. 앞으로 스무 살, 서른 살 차이가 나는 후배들에게도 편한 선배, 그들과 같이 가는 선배가 되고 싶다.

일터도 놀이터가
될 수 있다

같은 이야기를 해도 느끼하고 기분이 나빠지게 만드는 사람이 있는가 하면 재미있고 유쾌하게 만드는 사람도 있다. 대학원 시절 나의 지도교수님은 소탈하고 재미있는 분이었다. 개강 후 첫 수업을 마치고 다 같이 점심을 먹기 위해 나가는 길. 왁자지껄 안부 인사를 나누고 있는데 교수님께서 오셨다.

"혜선 씨, 방학 동안 잘 지냈어? 오랜만에 만났는데 악수 좀 할까? 그래야 유부녀 손 한번 잡아보지."

우리는 모두 교수님의 재치 있는 입담에 크게 웃어 젖혔고, 나는 기분 좋게 교수님과 악수를 나눴다. 사실 거의 성희롱 수준의 말이지만 교수님의 입에서 나올 때는 전혀 기분이 상하지 않는다. 오히려 웃음이 터진다. 같은 말을 해도 이렇게 즐겁게 분위기를 이끌 수 있는 사람들과 일하면 힘든 것도 이겨낼 수 있고 서로를 다독이며 나아갈 수 있다.

병동에서 일하던 때, 막내 간호사에게 남자친구가 있었다. 막내는 당시 스물세 살, 남자친구는 무려 다섯 살이 어린 고등학생이었다. 그 자체로 놀랍기 그지없는데, 더 놀라운 건 남자애가 먼저 사귀자고 했다는 것! 우리는 한편 놀라고 또 한편으로는 잘 키워보라며 막내를 격려했다.

데이 근무 후에 저녁을 먹고 맥주 한잔하는 자리에 레지던트가 합석을 했다. 이야기 중에 막내 간호사의 남자친구 이야기가 나왔다. 우리는 내친김에 막내 남자친구를 부르라고 재촉했다.

"남자친구 얼굴 좀 보자. 학원 끝났으려나? 여기로 오라고 그래."

선배들의 성화에 못 이긴 막내는 전화를 했고 시간이 좀 지난 후 등장한 남자친구. 어색하고 어려운 자리여서 말도 제대로 못 하고 쭈뼛쭈뼛하게 있는 그에게 레지던트가 말을 건넸다.

"나 서른한 살인데 그냥 형이라고 불러. 편하게 대해. 말 놔도 괜찮아."
뒤에 이어지는 남자친구의 대답.

"네? 네. 어…… 그런데…… 저희 담임선생님이랑 동갑이셔서……."

예상치 못한 대답에 우린 깔깔거리며 웃었고 레지던트는 얼굴이 벌게져 애꿎은 맥주만 들이켰다.

유난히 손이 크고 아기 살같이 말랑말랑한 후배가 있었다. 아가 손처럼 오동통해서 손등의 우물이 쏙쏙 들어가 내가 수시로 손을 잡고 주물럭거렸던 이 아이의 별명은 '두툼이'. 처음에는 말하는 투가 약간 뚱하고 뭔가 불만이 많은 것 같았지만 시간이 지나면서 보니 반전 매력이 톡톡 넘치는 귀여운 아이였다. 본인은 별것 아닌 것처럼 툭툭 내던졌지만 말이 참 맛깔나고 재미있었다.

같이 근무하던 어느 날, 여자 환자 소변줄을 꽂고 온 두툼이가 "샘, 나 힘들어요" 하며 기운 없이 이야기했다. 일이 고된가 보다 걱정이 된 나.

"누가 또 괴롭혀? 아님 뭐 도와줄까? 많이 힘들어?"

"네, 많이 힘들어요."

"뭐 때문에 그래?"

"원래 장갑 7.5번 껴야 하는데 6.5번 꼈더니 피가 안 통해서 손에 쥐가 날 것 같아요."

그러더니 내 얼굴 앞에 그 두툼한 손을 들이밀고는 찜찜을 하며 웃는 게 아닌가. 어이가 없기도 하고 귀엽기도 한 녀석. 나는 그 두툼하고 말랑한 손을 주물러주면서 사랑스러운 한마디를 던졌다.

"뭐야, 이눔 지지배. 죽을래 콱!"

얼마 전, 관상동맥 조영술 검사를 받을 환자의 경과 기록지를 살펴보다가 웃음이 터졌다.

'밥이 너무 적어서 배가 고파요. 무슨 밥이 코끼리 발바닥만큼밖에 안 나와.'
– 영양 상담 예정이라고 쓰여 있는 기록

당뇨 때문에 칼로리에 맞춰 식단이 구성되는 환자인데 밥의 양이 성에 차지 않았나 보다. 우리 검사실에서는 "코끼리 발바닥이면 엄청 두툼한 거 아니야? 양이 꽤 될 텐데……" 하며 술렁술렁했다. 또 혈당이 533mg/dl로 엄청 높게 체크되었음에도 간호 기록지에는 '주변 사람들에게 과자나 빵, 과일을 얻어먹는 모습 보임'이라고 적혀 있었다. 치료에 잘 협조가 되지 않는 환자임을 예상할 수 있었다.

예상대로 그분은 검사실에서도 독특했다. 검사실 침대에 옮겨 누운 후 바로 쩌렁쩌렁한 목소리로 "God bless you! 여기 있는 모든 이들에게 하나님의 은혜가 넘칠지어다" 했다.

우리는 일순간 멈칫했다. 그뿐만이 아니었다. 검사 중에 전문의 선생님이 "혹시 담배 하시나요?" 하고 질문을 던지자 "저는 지금껏 술, 담배, 마약, 여자를 한번도 해본 적이 없습니다. 무섭습니다" 하고 답했다.

마스크를 끼고 있어 서로의 입 모양을 볼 수 없는 우리는 눈으로 "이거 뭐지?" 하며 서로 바라봤다. 불편한 것 없으신지 확인하는 나에게는 "선생님은 목소리가 천사 같으십니다"라고 하는데, 매우 특이한 환자여서 진정성은 별로 느껴지지 않았다.

시술을 마친 후 나는 뒷정리를 하는 의료 기사 J에게 다가갔다.

"요즘 허리 많이 아프다면서? 내가 정리할게. 아까 환자가 하는 얘기 들었지? 나 천사잖아."

"흥~ 어딜 봐서요? 샘이 천사면 나는 뭔데?"

"어, 너는 돼지. 그것도 황금돼지!"

그렇게 낄낄거리면서 우리는 뒷정리를 했다.

이 환자의 시술을 준비할 때였다. 발령받은 지 얼마 되지 않은 남자 PA(Physician Assistant) S에게 내가 물었다.

"장갑 몇 번 끼니?"

"저, 6번이요."

"뭐? 6번? 난 7.5번인데! 남자도 6번인데 여자인 나는 7.5번이니 나, 곰손인가 봐."

그리하여 오늘의 이 환자 시술은 '코끼리 발바닥 환자'와 '곰손 간호사'의 시술이 되어버렸다.

병동에서 일할 때 우리는 레지던트들에게 장난을 잘 쳤다.

"샘, 강 양(우리끼리의 애칭)이 이번에 로테이션해요. 얼굴 볼 시간 얼마 없으니 피자 한번 쏴요."

내가 내과 레지던트에게 운을 뗐다. 손발이 착착 맞는 우리 간호사실. 옆에 있던 선배 간호사 샘이 다가와 쐐기를 박았다.

"샘 아직 몰랐구나. 다음 주면 가는데."

그렇게 레지던트는 우리에게 발목이 잡혔다.

"어, 그래요? 그럼 제가 한번 사야죠."

피자가 배달되어 왔다. 같이 먹으면서 계속 물 오른 연기를 하는 우리들.

"강 양아, 너 A 병동 가서 힘들면 어쩌냐?"
"그러게요. 나 걱정돼요."
"가서 적응 잘해. 울지 말고."

내과 레지던트는 조용히 피자를 먹으며 안쓰럽다는 듯 고개를 끄덕끄
덕했다.
하지만 예정된 다음 주가 되어도, 다음다음 주가 되어도 강 양은 떠나
지 않았고 병동에서 계속 볼 수 있었다. 우리에게 뜯긴 레지던트가 나에게
조용히 물었다.

"강 간호사 아직 로테이션 안 된 거예요?"
"아~로테이션이요? 가긴 가죠. 순서가 내가 먼저니까 몇 년 있다가 나 가
고 그 다음에 가겠네. 하하하!"

순간 당황해하는 레지던트, 그 앞에서 크게 웃는 나. 잠시 미안하긴 했지

만 우리는 그 후로도 몇 번 더 그 레지던트를 뜯어먹었다.

레지던트 1년차들이 새로 들어왔다. 장난기 넘치는 우리 간호사들은 또 슬금슬금 1년차들에게 작전을 개시했다.

1년차 중의 한 명을 간호사실로 조용히 불러서 속삭이듯 주위를 경계하듯 조심스럽게 말을 건넸다.

"이거 비밀인데, 우리 병동 간호사 중에 원장님 딸 있는 거 알아요?"

1년차는 눈이 휘둥그레 커지면서 얼굴을 가까이 하고 물었다.

"진짜요? 누군데요?"
"강 간호사요. 조심해요. 원장님이랑 같은 '강' 씨잖아요. 잘못 보여서 아빠한테 이르면 샘 앞으로 힘들 거예요. 우리도 그래서 조심하잖아."

레지던트는 정말 귀한 정보를 얻었다는 듯 수차례 고맙다고 인사했다. 레지던트가 사라진 후, 우리들은 깔깔거리며 작전 성공을 기뻐했다.
그로부터 얼마 후, 다른 레지던트가 나에게 와서 물었다.

"강 간호사 아버지가 원장님인 거 맞아요? 우리 사이에 소문이 쫙 났어요. 우리끼리 맞다 아니다 의견이 분분해서 확인하러 왔어요."
"그 소문 맞아요. 그래서 강 간호사 일할 때 보면 떵떵거리고 큰소리 치잖아. 나도 선배지만 강 양 앞에선 조심하는걸."

"어쩐지······. 우리 윗년차한테도 큰소리를 치고 환자들이 말 안 들으면 혼내더니 역시 그래서였구나. 아니면 그럴 수가 없지."

나는 스테이션에 들어가 강 양에게 그 이야기를 들려줬다.

"나 계속 이 콘셉트로 나가야겠어요."

강 양의 말에 우리 멤버들은 웃음바다가 되었다. 강 간호사가 떵떵거리며 일했다는 건 환자와 보호자에게 함부로 했다는 의미가 아니다. 가끔 환자에게 함부로 하는 간병인이나 금식을 유지해야 함에도 몰래 음식을 먹다가 들킨 환자들에게만 큰소리를 쳤다. 레지던트에게는? 물론 친분이 있고 충분히 받아줄 만한 이들에게만 그리했다.

아무튼 강 간호사가 원장님 딸이라는 게 우리의 장난임을 알게 된 건 1년차들이 3년차가 되어서였다. 우리의 연기가 너무도 리얼해서인지 아니면 장난이라고 얘기해주는 것조차도 또 다른 장난이라 생각되었는지 사실을 알려줬음에도 레지던트들은 한동안 믿지를 않았다.

정혜윤 씨의 『마술 라디오』라는 책에 이런 구절이 나온다.

맘 맞는 사람이랑 둘이서 있으니까 일터가 놀이터가 되기도 하더라고. 그게 사람답게 사는 거더라고. ······ 우리는 일상이 자신이 상상하고 기대했던 것과는 달라서 괴로워하지. 일상의 소소함이 더 큰 무엇인가로 이끌어주지 않아서 괴로워하지. 행복이란 상상 속에 있는 것도 아니고 저 높은 곳에 있는 내

가 모르는 남들의 시선 속에 있는 것도 아니며 지상, 식탁, 책상, 잠자리, 산책
길, 자전거, 책 속에 있겠지.

치열하게 일하면서 많은 죽음을 보아온 그곳, 응급상황이 수시로 발생해 긴장을 늦추지 못하고 심장이 두근거렸던 그곳, 아가를 조산했을 정도로 힘들게 일한 그곳 그리고 심장을 검사하는 곳이라 언제 응급환자가 올지 모르는 나의 일터. 이 모든 곳이 힘들었지만 마음 맞는 이들과 함께한 곳이었기에 나에겐 놀이터였는지도 모른다. 지금도 그리움이 가득한 시간으로, 그리움을 만들어가는 시간으로 여겨지는 걸 보면 말이다.

오늘 하루 그리고 나와 같이 일하고 있는 이들과 함께하는 지금 이 순간이 행복임을 간호사로 일하면서 나는 깨달았다. 파랑새는 저 멀리 있는 것이 아니라 내 주변에 있지만 발견하지 못한 것임을 말이다. 그래서 나는 오늘도 나의 행복을 찾아 나가고 있다.

"애들아, 주말 동안 나 엄청 보고 싶었지?"

월요일 아침, 이렇게 출근 인사를 건네면서 말이다.

심혈관조영실
온콜 이야기

깊은 새벽에 울리는 휴대폰 벨소리. 눈 비빌 새도 없이 화들짝 놀라 잠에서 깨 휴대폰 화면을 본다. 화면에는 'A 선생님'이라고 떠 있다.

"여보세요."

"A입니다. 스테미(STEMI, ST elevation myocardial infarction: 심전도상의 ST 분절이 상승한 심근경색을 뜻한다. 응급상황이다)입니다."

"예, 알겠습니다."

1월의 새벽, 시간은 1시 48분. 이번 주 온콜(근무시간 이외에 대기하고 있다가 응급 연락 시 바로 출동하는 근무) 담당인 나는 급하게 옷만 갈아입고 나선다. 날개를 단 듯 달려주는 택시 기사님 덕에 20분 만에 병원 도착. A 선생님과 서둘러 시술 준비를 한다. 잠시 후 도착하는 전문의 선생님. 나는 응급실에 전화를 한다.

"여기 심혈관 조영실입니다. 조OO 환자분 보내주세요."

마흔일곱 살 여자 환자, 집은 전라도 광주. 큰맘 먹고 동대문 쇼핑몰에 와서 야간 쇼핑을 하다가 가슴 통증이 심해 가까운 우리 병원 응급실로 이송되어 왔다.

LCA(왼쪽 관상동맥)를 한 컷 찍으니 LAD total occlusion(좌전하행 관상동맥이 완전히 막힘). ECG(심전도) 상의 ST분절은 계속 떠 있다. 몇 컷 안 찍고 응급상황이라 바로 PCI(경피적 관상동맥 중재술)로 넘어갔다.

"가이딩 JL4로 주세요."
"네. 가이드 와이어는 뭐로 할까요?"
"BMW로 주십시오."

나는 재빨리 가이딩 카테터 JL4를 꺼내 건네고 가이드 와이어 BMW를 가져왔다.

"Nominal 6기압, 2.5!"

벌룬과 스텐트 삽입 시의 압력과 길이를 복창해주고 기계의 화면을 바꿔 레퍼런스(참고하는 화면)를 잡는다.

와이어가 막힌 혈관을 통과하고 벌룬으로 넓혔다. 심전도상의 ST 분절은 쉽게 가라앉지 않는다.

"Thrombus(혈전, 핏덩어리)가 차나 봐요. 헤파린 2,000 더 주세요."

헤파린을 혈관 주사한다. 3분이 채 되지 않아 다시 이어지는 헤파린 추가 처방.

"가슴이 아파요."

막혔던 혈관이 개통되면서 혈류가 흐르자 환자의 통증이 심해졌다. 일시적으로 올 수 있는 증상이긴 하지만 심정지가 올 수 있는 상황이라 촉각이 곤두선다. 나는 제세동기를 다시 확인하고 심폐소생술을 바로 할 수 있도록 환자 옆에 발판을 갖다 놓았다.

"모르핀 2mg 주세요."

환자의 가슴 통증을 가라앉히기 위한 처방이다. 혈압이 입실 시 150대였는데 약물을 투여하기 직전에는 110 정도로 체크된다. 모르핀을 투여하면 혈압이 떨어질 수 있기에 수액 속도를 조절하고 지켜본다. 다행히 환자의 혈압은 유지되었고 통증도 천천히 가라앉았다.

시술은 잘 끝났다. 마무리를 한다.

"오늘이 며칠인지 아세요?"

"11월 2일이오."

"오늘이 새로 태어난 두 번째 생일이십니다."

A 선생님이 환자에게 이야기해준다. 정말 환자는 다시 태어났다. 생사를 달리할 수도 있는 위험한 상황을 이겨낸 날이기 때문이다.

나는 조영실 밖에서 기다리고 있는 보호자에게 갔다. 이미 전문의 선생님이 설명을 해주신 상태지만 기다리는 초조함을 잘 알기에 그 마음을 달래주기 위해서다. 보호자는 스무 살쯤 되어 보이는 환자의 딸. 병원에서 전화를 받고 뛰어오면서 그리고 조영실 문밖에서 기다리며 혼자서 얼마나 놀라고 무서웠을까.

"시술은 잘 되었고 이제 마무리하고 있어요. 다 되면 응급실로 모셔갈 예정이에요. 오늘 정말 큰일 날 뻔하셨는데 다행이에요."

"아, 그래요? 고맙습니다."

꾸벅 인사를 하는 보호자의 표정이 밝아졌다.

전문의 선생님 그리고 A 선생님과 나는 서로 "수고하셨습니다"라고 인사하고 각자의 남은 일을 정리했다. 일을 마치고 조영실 문을 나서니 새벽 4시 15분경. 이곳으로 발령받기 전에 근무했던 병동으로 올라가 봤다. 사랑하는 선아 공주와 민영이가 나이트 근무를 하고 있다. 한창 피곤하고 졸릴 시간에 불을 밝히며 일하고 있는 예쁜이들 모습을 보니 내 얼굴에 웃음이 돈다. 나를 보자마자 "선생님" 하며 반갑게 외친다. 서로의 고됨을 알기에 보기만 해도 어떤 마음인지 안다. 예쁜이들과 주고받은 몇 마디로 가슴에 온기를 채우고 병원 문을 나섰다. 응급 콜을 받고 뛰어나올 때는 추운 줄도 몰랐는데 돌아가는 길은 긴장이 풀어져 몹시도 추웠다.

집으로 가는 길에 휴대폰으로 뉴스를 봤다. 만삭의 간호사가 거리 한복판에 쓰러진 남성을 발견하고 주저 없이 무릎을 꿇어 심폐소생술을 하는 사진이 올라왔다. 임신 7개월로 쉽지 않은 상황임에도 최선을 다하는 모습을 보니 참 멋있었고, 같은 간호사라는 것이 뿌듯했다. 심폐소생술은 힘이 많이 들기에 응급상황에서 CPR(심폐소생술)을 하는 선생님들을 보면 누구라 할 것 없이 이마에 금방 땀이 맺힌다. 그럼에도 그 간호사가 주저함 없이 나선 건, 사람을 살려야 한다는 생각 때문이었을 것이다.

사람을 살리기 위해 새벽에 뛰어나간 나 그리고 모르는 이를 위해 몸을 던져 CPR을 한 뉴스 속의 간호사. 우리는 같은 목적을 가지고 자신을 던진 것이다. 피곤하지만 가슴 저 밑에서부터 밀려오는 뿌듯함. 이것이야말로 내가 지금까지 간호사를 하게 하는 원동력이라 믿는다. 그러기에 나는 나의 직업을 사랑할 수밖에 없다.

이 길이 맞는지 묻는
그대에게

2015년 11월 어느 날, 내과 인턴 샘이 샘플을 하러 왔다. 평소 인사는 하지만 많이 친하진 않은 상태.

"저 고민이 있어요. 오늘 밤까지 과를 정해야 하는데, 안과랑 정형외과 그리고 작업환경과 중 어떤 과를 해야 할지 모르겠어요."

전공을 정해 1년차를 지원해야 하니 인턴 샘들도 나름 머리 아픈 시기가 지금 이때다. 그런데 인턴 샘은 왜 나한테 이렇게 어려운 질문을 하는 거지?

음…… 아무튼 일단 물어봤다. 생소했기 때문에.

"작업환경과는 어떤 과예요?"
"산업의학과 중에 분파된 건데 요즘 특수 건강검진 때문에 가장 핫한 과예요. 월급도 엄청 세고요. 특수 검진 때 마지막에 문진하고 사인해주는, 그거 하는 거예요. 일 정말 편하고 지금 초기라 향후 10년 동안은 확실하게 보장된대요. 그런데 부모님은 반대예요. 몸을 따르면 작업환경과인데 마음은 편치 않고……. 아…… 사실 정형외과를 하고 싶은데 레지던트 때도 고생하고 나중에 개원해도 스트레스 엄청 받고 고생하잖아요."

난 조용히 듣고만 있었다. 다시 나에게 묻는 인턴 샘.

"샘은 간호사 하는 거 좋아요?"
"사실 힘들죠. 삼교대 하면서 환자 보는 거. 근데 저는 몸은 편한데 마음이 불편한 곳은 안 맞더라고요. OO에 있었을 때, 내가 간호사로서 왜 거기 있는지를 모르겠더라고요. 힘들더라도 내가 내 일을 제대로 할 수 있는 곳이 좋아요. 물론 힘들어서 짜증 날 때도 있고 이게 무슨 짓인가 할 때도 있지만 난 환자 보는 게 좋아요. 뭔가 원동력이 있거든요. 일에 대한 자부심이라고 해야 할까 보람이라고 해야 할까. 샘이 작업환경과에 가면 언젠가는 꼭 한번 이런 고민을 마주하겠죠. '나에게 이곳이 맞는 곳일까? 내가 무엇 때문에 의대에 가려고 했던 것이었을까?' 하는 고민 말이에요. 반드시 그 고민이 있을 거예요. 그러니까 처음에 샘이 의사가 되려고 했던 마음, 의대에 가고자 했던 그 마음을 한번 생각해봐요. 난 좀 힘들어도 내가 즐거운 일을 해야 한다고 생각해요. 오늘 밤까지 결정하려면 긴 밤이 되겠네요, 잘 생각해봐요!"

인턴 샘의 질문은 나를 되돌아보게 하는 계기가 됐다. 어느 과가 좋고 나쁜지를 떠나 나의 선택 기준과 잘 맞는지가 중요하다. 그리고 선택 이전에 나의 선택 기준이 무엇인지 평소에 점검해놓아야 한다. 무엇을 선택하는지가 그 사람의 신념이고 가치관이기 때문이다. 그 사람의 말과 글은 그 사람이 아니다. 그 사람의 선택과 행동이 진정한 그 사람이다. 평소 이웃 사랑을 말과 글로 유창하게 설교하면서 주위 사람에게 밥 한번 사려면 아까워서 손을 부들부들 떤다면 그 사람은 이웃을 사랑하는 것이 아니다. 위급할수록 평소의 생각대로 나온다. 그러기에 나의 생각을 수시로 다듬고 검열할 필요가 있다.

선택은 누구에게나 어려운 과정이다. 하지만 해야만 한다. 생활은 선택의 연속이기에. '저녁으로 무엇을 먹을 것인가'처럼 간단한 일뿐 아니라 '이 학교로 진학할 것인가' '이 사람을 사귈 것인가' '대통령으로 누구를 뽑을 것인가' 등 인생의 긴 여정 동안 계속해서 영향을 미칠 만한 일들까지 선택의 폭과 종류는 다양하다.

한비야 작가는 먹을까 말까 고민될 땐 먹지 말고, 살까 말까 고민할 때는 사지 말고, 공부를 할까 말까 할 때는 공부하는 것으로 선택한다고 한다. 또 시골의사 박경철 작가는 상황의 노예가 되지 말라고 이야기한다. 나를 둘러싼 환경이 나에게 선택을 강요하도록 놔두지 말고, 스스로 상황을 만들어가면서 좋은 선택을 할 수 있는 경우의 수를 다양하게 늘리는 것이 중요하다는 걸 의미한다. 그리고 선택 시 '어느 쪽이 인생에서 나를 좀 더 쓸모 있는 사람으로 만드는 길인가' 하는 가치관에 따르면 된다고 조언한다.

정혜윤 작가는 그의 책 『삶을 바꾸는 책 읽기』에서 세계 속에 던져진 우리가 문제를 해결하려고 동분서주하는 것, 그래서 뭔가를 '선택'하는 게 삶이라고 말한다. 이 '선택'은 나쁜 아니라 다른 사람에게도 영향을 끼치며, 선택에서 가장 중요한 문제는 '자신을 존중하는 선택을 할 것인가, 자신을 포기하는 선택을 할 것인가'라고 알려준다.

이것들을 바탕으로 한 나의 선택 기준은 이것이다.

첫째, 이 일이 하나님의 뜻에 합당한가?
둘째, 이 선택이 선한 영향력을 끼칠 수 있는 일인가?
셋째, 이 일이 나의 발전에 도움이 되는 일인가?

이런 조언에도 불구하고 선택을 어려워하는 이유는 단 하나다. 선택 후에 어떤 결과가 나에게 미칠 것인지 알 수 없기 때문이다. 그래서 망설이는 것이다. 결과를 안다면 고민할 이유가 없다. 알 수 없기에 고민할 수밖에 없는 것이다.

살아가는 과정은 끊임없는 선택의 연속이다. 그리고 그 선택의 결과로 지금, 이 자리에, 이 모습으로 내가 서 있는 것이다. 즉 지금의 내 삶은 운명이 아니고 내 의지와 선택의 결과인 것이다. 사람들은 이미 다 알고 있다. 주변의 조언을 구하지만 결국 선택은 자신의 몫이라는 걸. 지금의 내 모습도 내가 선택한 결과이고 우리가 살아갈 미래도 끊임없는 선택의 연속이란 걸. 미래를 알 수 없기에 정북향을 가리키며 부들부들 떠는 나침반처럼 우리는 떨면서 나아간다. 하지만 결정이 되었다면 다음은 전진이다. 비틀거리며 흔들리지만 방향성을 잃지 않고 나아가는 것이다. 다른 선택을 안 한 것에 대한 후회가 아니다.

후배들 중 지금 이 직장에 다니는 것 그리고 간호사가 된 것에 대해 후회하는 이들을 종종 보았다. 아이러니한 건 그렇게 욕을 하면서도 배운 게 도둑질이라고 다른 곳에서 간호사로 다시 일을 한다는 것이다. 내가 가지 못한 길에 대한 계속적인 동경과 내가 밟고 있는 이 땅을 경시하는 그 태도는 어딜 가도 환영받지 못하고 스스로를 얽매는 족쇄가 된다.

직장생활을 하면서 느낀 건 나 스스로가 성장하면서 공부를 해 나가고 진정한 태도로 일을 대하면 선택의 기회가 하나, 둘 생겨난다는 것이다. 사람들은 내 능력에 맞는 일을 하길 원하지만 사실 그런 기회는 거의 없다. 주어진 일을 잘 해내는 게 능력이다. 그렇게 차근히 해내다 보면 내가 하고 싶은 일의 기회도 언젠가는 오게 된다.

주변의 누군가를 보면 줄을 잘 타서 그런지 상사의 예쁨도 받고 승진도 잘 되고 탄탄대로를 가는 것처럼 보이고 나만 힘든 곳에서 고생하는 것만 같다. 그리고 그런 나의 모습은 한없이 초라하고 쭈그러져 보인다. 알아주는 이 하나 없어 서럽다. 박웅현 작가는 어쩌다가 길이 잘 트여 좋은 기회를 만난 경우를 '미시적 우연'이라고 했고, 나의 능력을 크게 키워 실력대로 쓰임을 받는 그때를 '거시적 필연'이라고 했다. 드물지만 기회는 온다. 기회가 왔을 때 나의 것으로 만드는 건 전적으로 나의 역량이다. '거시적 필연'이 나의 기회가 되도록 판을 키워 가는 것이 박경철 씨가 조언해준 경우의 수를 늘려가는 방법이다.

10년의 직장생활을 해도 반드시 무언가를 터득하는 것은 아니다. 1년의 경험을 단지 열 번 반복한 사람들도 많다. 우리가 흔히 말하는 무능력한 상사, 시간만 때우며 사는 유형들이 그럴 것이다. 이 모습은 내가 될 수도 있고 당신이 될 수도 있다. 이런 경우라면 내가 선택할 수 있는 기회는 거의 오지 않고, 외부에서 선택한 기회에 꼼짝없이 따를 수밖에 없게 된다. 그로 인해 푸념과 불평의 나날들을 보내게 될 것이다.

　나의 선택의 판을 키우기 위해 이제 어떻게 해야 할지 감이 좀 오는가? 나도 근래에 선택해야 할 일이 있었다. 결정은 끝났고 지금은 기다리는 시간. 어떤 결정이 나든 간에 즐겁게 받아들이고 나의 길을 갈 것이다. 나에게 기회가 왔다는 것 그리고 나를 인정해준 것 자체에 감사하다. 그곳에 가게 될지 알 수 없지만 어떤 결정이 나더라도 나의 방식으로 나를 만들어 갈 것이다. 그렇게 가다 보면 난 또 다른 '거시적 필연'을 만날 테니까.

내 속도대로 꿈을 향해
가는 중!

다음 주 외래 간호사 컨퍼런스 때 발표가 있다. 발표를 위해 내가 근무하고 있는 심혈관조영실에 대한 소개와 이 안에서 이루어지고 있는 검사 및 시술에 대한 자료를 정리하고 있다. 그러던 중 문득 '같은 병원 안에 있지만 정말 다양한 분야로 나뉘어서 우리가 일하고 있구나'라는 생각이 들었다. 병동, 수술실, 마취회복실, 중환자실, 응급실, 외래, 각종 검사실로 세분화되었을 뿐 아니라 병동이라 해도 어느 분과냐에 따라 환자의 병명과 진단, 치료 및 간호가 확 달라진다. 그러기에 참으로 공부할 것도 많고 알아야 할 것도 많은 곳이 병원이다.

또 병원 안에는 다양한 검사실과 부서들이 있기 때문에 위치를 아는 것도 만만치 않다. 나는 입사한 지 10년이 넘도록 지금 일하고 있는 '심혈관조영실'에 직접 와본 적이 없었다. 아마 많은 간호사들이 그럴 것이다. 병동은 개방되어 있는 곳이라 지나가면서라도 볼 수 있지만 검사실은 문이 굳게 닫혀 있어 접근이 어렵다. 또 섣불리 문을 열고 들어갔다가는 혼날 것 같기도 해서 더더욱 접근이 쉽지 않다. 이곳에 오기 전 우여곡절이 많다.

"방사선 나오는 그곳에 가도 괜찮겠니?"

"시간이 조금 지나면 승진할 텐데 뭐 하러 그곳에 가려고 그래?"

"격주로 온콜 근무해야 하는데 힘들지 않겠어?"

우려와 걱정이 있었지만 그것들을 뒤로 하고 이곳에 왔다. 여기에 온 가장 큰 이유는 '공부하고 싶어서'였다. 우리 병원 300여 명의 간호사들 중 심혈관조영실에서 일할 수 있는 간호사는 단 두 명이다. 승진은 언젠가는 하겠지만 승진 후에는 이곳에 올 수 있는 기회가 아예 사라진다. 그러기에 나는 주저하지 않고 선택했다. 머리가 그다지 좋지 않아 볼 때마다 새롭고 이해가 안 되는 부분도 많지만 선생님들께 물어물어 그리고 여러 자료를 참고하며 배워가고 있다. 가끔 '이곳에 온 게 잘한 것일까? 병동 상황이 아주 안 좋은데 같이 가서 도와야 하는 게 아닐까?' 하는 생각이 들 때도 있다. 그럴 때면 후배들에게 미안한 마음이 커진다. 미안함을 갚는 방법은 이곳에 있는 동안 열심히 배워 나중에 후배들에게 잘 알려주는 것이기에 그런 마음이 들 때마다 나를 다시 가다듬는다.

얼마 전에 읽은 책 『간호사라서 다행이야』는 나의 꿈을 더 견고히 해주었고 마음의 위로를 주었다. 한국에서의 간호사 생활은 2년밖에 안 한 저자지만 가장 힘든 신규 간호사 시절을 버텨냈기에 그 힘겨움과 성취감을 같이 공감할 수 있었다. 나보다 어린 후배 간호사지만 희망과 격려를 주는 그 메시지가 참 좋았다.

우리는 다 잘하고 있다고.

어느 누구 칭찬해주는 이 없어도

하루하루 일터에 나와

아픈 사람을 돌보는 것 자체가

훌륭한 일을 하고 있는 것이다.

누가 뭐라고 해도 최선을 다하고 있는

당신은 최고의 간호사이다.

몇 마디 되지 않지만 그 글귀는 내 마음 깊숙이 온기를 불어 넣어주었다. '너 잘하고 있어! 너의 자리 지키는 것만으로도 정말 대단해!' 하며 옆에서 다독여주고 안아주는 누군가가 있다면 우리 간호사들의 고단함이 조금이나마 덜어지지 않을까? 그리고 지친 날개를 쉬고 다시 병상의 환자를 간호하러 나가는 천사들의 날갯짓이 조금은 더 힘 있어지지 않을까?

부족하지만 나는 나의 자리에서 그 일을 조금씩 해 나가고 싶다. 많은 훌륭한 위인들이 있지만 그들의 삶은 나의 삶이 아니다. 내 속도대로 내 상황에 맞춰 천천히 나가는 것! 그것이 나의 방식이다. 나 또한 한때는 '왜 나는 능력이 부족할까? 왜 나아지지 않는 걸까?'라는 비관에 휩싸였던 적이 있었다. 그리고 지금도 아주 가끔은 나의 부족한 능력을 탓하기도 한다. 하지만 그렇게 고민하고 좌절하는 순간도 성장의 시간이란 걸 한참 지난 후에야 알게 되었다. 그리고 어떤 경험이든 버릴 게 없으며 나의 자양분이 된다는 것도 말이다. 『파우스트』에서도 '인간은 노력하는 한 방황하기 마련이다'라고 하지 않았던가! 방황하고 고민하며 흔들리지만 이것 자체가 노력하는 증거이며 제대로 가고 있음을 알려주는 나침반임을 난 깨달았다. 그 뒤부터 나는 마음을 편안히 먹었다.

'그래, 안 하는 것보다는 이렇게라도 천천히 하는 게 낫지 뭐.'

컨퍼런스 자료를 준비하는 지금도 이 일이 시간을 때우기 위함이 아니라 나와 동료 간호사들에게 필요한 자양분이 되길 바라며 채워가고 있다. 내가 알려주는 심혈관조영실에서의 검사와 시술 등의 지식뿐만 아니라 이를 바탕으로 잘 조합하여 자신의 것으로 만들어내길 바라며 말이다.

어느 날, 후배들과 저녁을 먹게 되었다. 그중 최근에 나와 같이 근무하던 M에게 "야, 너 나랑 일할 때가 좋았지?" 하며 장난을 쳤다. M은 나를 꼭 껴안고는 "샘이랑 일할 때가 완전 좋았죠" 했다. 또 다른 후배 S가 한마디 거들었다.

"샘, 우리 수샘으로 오시면 안 돼요? 나 그러면 육아휴직 안 받고 일할게요."
"내가 간다고 뭐가 달라지겠니?"
"아니에요. 많이 달라질 거예요. 그리고 우리들이 엄청 좋아할 거고요."
"음…… 기회가 된다면 난 간호부가 아닌 다른 쪽 일을 배워보고 싶어. 야, 그리고 수간호사 되면 보직비가 5만 원밖에 안 돼. 말 안 듣는 너희들 데리고 죽어라 일하면서 5만 원 더 받는데, 내가 그거 받겠다고 기를 쓰고 해야겠니?"

그랬더니 "그럼 우리가 매달 5만 원씩 걷어서 드릴 테니까 빨리 와요, 샘" 하는 S.

"야, 내가 무슨 불우이웃이니? 너희들 돈 뜯어서 수간호사 하게."

티격태격했지만 그 안에서 우리는 즐거웠다. 서로가 어떤 맘인지 너무도 잘 알고 있기 때문에. 어차피 자리는 내가 원한다고 갈 수 있는 것도 아니고 원하지 않는다고 버틸 수 있는 것도 아니다. 그저 주어진 내 자리에서 열심을 다함이 최선이다. 나는 불현듯 '조르바'가 떠올랐다.

> 그와 함께 있으면 일은 포도주가 되고 여자가 되고 노래가 되어 인부들을 취하게 했다. 그의 손에서 대지는 생명을 되찾았고 돌과 석탄과 나무와 인부들은 그의 리듬으로 빨려 들어갔다.

니코스 카잔차키스의 『그리스인 조르바』에서 조르바가 일하는 모습을 묘사한 글귀다. 조르바와 같이 일하면 노동이 포도주와 노래로 변화된다. 그리고 그것들은 흥을 돋게 하고 일에 몰두하게 해준다. 일을 하며 흥이 돌아 서로 즐거워하며 웃음 짓는다. 그의 손길이 닿는 곳마다 차가움이 따뜻함으로 변화하여 생명력을 지니게 되며 일의 재료들과 동료들은 조르바와 하나가 된다. 축제인 양 흥겹다. 내가 하고 있는 일이 나로 인해 즐겁고 같이 일하는 이들이 더불어 행복해진다면 얼마나 좋을까? 그리고 나는 꿈꿔본다. 나뿐만이 아니라 우리 간호사들이 서로에게 '조르바'였으면 좋겠다는 부푼 꿈을.

해외여행 클리닉 근무 시절의 일이다. 남미와 아프리카의 일부 나라는 황열예방접종증명서를 지참해야 입국할 수 있다. 당시 이 접종이 가능한 곳은 각 지역의 검역소와 내가 근무하는 국립중앙의료원밖에 없었다. 서울에서는 우리 병원이 유일했기 때문에 연예인, 국회의원, 장관님 등 VIP들이 많이 방문했다. 연예인에 그다지 관심이 없던 나는 접종을 위해 그들이 방문

해도 별 감흥이 없었다. 그런 내가 유일하게 먼저 사진을 찍자고 청했던 이가 있었으니 바로 '한비야' 작가였다. 한비야 작가를 알게 된 건 그녀의 배낭여행기를 담은『바람의 딸』시리즈 책을 통해서였다. 오지 탐험가에서 NGO의 긴급구호 팀장으로, 또 학생으로 청소년과 젊은 여성들의 멘토로 살아가고 있는 그녀의 삶은 내가 닮고 싶은 모습이었다.

한비야 작가가 대기하는 동안 나는 옆으로 다가가서 말을 걸었다.

"저, 한비야 작가님 팬이에요."
"아, 그래요? 반가워요."

그녀는 가방에서 뭔가를 주섬주섬 꺼내셨다. 그건 바로 본인의 책『그건, 사랑이었네』였다. 한비야 작가는 나에게 "이름이 뭐예요?" 하고 묻더니 맨 앞장에 짧은 글을 쓰고 본인 사인을 하고는 책을 선물로 주었다.

김혜선에게.

지금 그 꿈 꼭 이루세요!

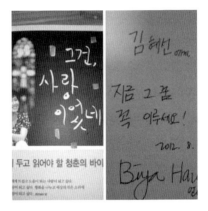

"우와! 정말 저 주시는 거예요?
너무 좋아요. 감사합니다."
"정말 그래요? 그럼 저는 오늘
한 명에게 행복을 준거네요."

　　그녀의 화답은 또 다른 질감의
기쁨이었고, 주는 것에서 행복을 찾는 모습은 앞으로 내가 다른 이들을 어떤 자세로 대해야 하는지 생각하도록 해준 기회가 되었다.

　　장영희 작가의 글에서 내 마음의 지표로 삼은 '선한 것 속에 보물이 있다'는 의미의 '선내보'(善內寶). 이 구절은 한비야 작가의 '선함과 선함이 이어지는 아름다운 순환 속에 나도 작은 고리가 되고 싶다'는 구절과 맞닿아 있다. 그리고 그 둘은 나의 소망인 '내가 있는 곳에서 사랑의 통로가 되는 것'과 연결되었다. '아, 이 세 가지가 모두 통하는구나!' 하며 나는 혼자 작은 웃음을 지었다. 내가 좋아하는 이들의 생각과 내 생각의 교집합을 발견한 기쁨은 아무도 침범하지 못하는 나만의 즐거움이자 나만의 성역이었기에.

　　생각의 고리들을 연결하며 어떤 삶을 살고 싶은지, 어떤 꿈을 꾸고 있는지, 누구와 같이하고 싶은지를 정리해나가다 보니 남은 건 단 하나였다. 바로 한 걸음 앞으로 내딛는 것! 비틀거리며 흔들리지만 천천히 나가보는 것!

모든 일은 나로부터 시작되니까.

나에서 너 그리고 우리를 향하는 마음은 결국에는 나에게로 돌아온다. 내가 하는 공부와 간호, 마음가짐과 태도가 나와 주변을 위함이 되고 그것이 간호사실 전체와 의료진에게 퍼져나가 결국엔 환자들에게 양질의 간호로 제공되고 또다시 나에게로 선순환되어 오는 것, 난 이것이 내가 간호사를 하는 이유라 생각한다. 그러기에 우리 병원의 외딴섬 같은 그리고 두더지굴 같은 이곳에서 묵묵히 나를 만들어가고 있다. 내 자리를 지키며 뿌리를 뻗어가며 말이다. 나는 앞으로도 공부하고 도전하며 내 속도에 맞춰 천천히 나아갈 것이다. 지금처럼 말이다.

나는 나의 먼 후일이 무척 기대가 된다. 얼마나 아름다워졌을지 고와졌을지 궁금하다. 사람이 살아가는 건 나를 재료로 아름답게 만들어가는 과정이다. 그리고 시간이 지남에 따라 더 아름답고 빛 고운 색으로 물들여가는 과정이다. 어떤 모습의 내가 되어 있을지, 어떤 빛깔의 내가 되어 있을지를 그려보며 한 발 한 발 나가는 것 그리고 계속해서 그 모습을 지켜가는 것, 그것이 내가 바라는 '나'의 모습이다.

사랑하면 알게 되고, 알면 보이나니

'언젠가 늦은 귀갓길에 달을 보다가 달이 움직이는 평면은 지구가 움직이는 평면에 기울어져 있는데 이건 태양과 달, 지구 사이의 인력과 관련이 있단 걸 생각해내고 기분이 좋아졌다. 이성으로도 진리를 알지만 감성으로도 진리를 알 수 있다는 건 또 얼마나 기분이 좋은 일인가?
– 폴 오스터, 『달의 궁전』 중에서

이성적이지만 차갑다면 기계와 다를 바가 없으며 따뜻하지만 체계적인 지식이 없으면 전문적이라고 할 수가 없습니다. 간호학은 총체적인 학문이며 인문학이자 종합예술입니다. 그 대상이 사람이기에 그런 거죠. 습득한 지식, 생각과 태도, 기술의 정도 그리고 세계관이 모두 어우러져 '나'라는 통로를 지나면서 나오는 작품이 '간호'라고 생각합니다. 배우나 성악가가 그 자신이 도구이듯이 간호사도 마찬가지입니다.

병원에 가면 주치의를 잘 만나야 한다고 사람들은 말합니다. 맞는 말입니다. 하지만 저는 그것 못지않게 담당 간호사를 잘 만나야 한다고 생각합니다. 모든 치료와 처방이 최종적으로 담당 간호사를 통해 이루어지기 때문입니다. 간호사로 지내온 시간들을 돌아보면 가장 보람됐던 때가 아마도 『달의 궁전』에 나오는 글귀를 직접 느꼈을 때가 아닌가 생각합니다. 이성으로도 알지만 감성으로도 진리를 알았을 때의 즐거움을 누린 순간 말입니다. 누가 알려준다고 얻을 수 있는 것이 아니기에 더욱 소중한 경험입니다.

우리가 살아가는 순간들도 마찬가지라고 생각합니다. 책 속에서 그리고 이론으로만 만나는 글귀들을 현장에서, 내 삶 속에서 실존으로 마주할 때 그 순간을 어떻게 대하느냐에 따라 삶의 풍요와 빈곤이 결정됩니다. 내 삶을 풍요롭게 하는 방법은 간단합니다. 내 주변을 따뜻한 시선으로 바라보면 됩니다. 그러면 이전에 보았던 것들이 새롭게 나에게 다가옵니다. 환자가 환자로 보이지 않고 독립적인 개체를 넘어서 누군가의 소중한 존재임을 알게 되고 그와 연결된 세계를 느낄 수 있게 되는 거죠. 즉 그 사람의 과거와 현재, 미래뿐 아니라 연결된 모든 것들이 보이게 됩니다. 이 느낌을 저는 유홍준 작가의 『나의 문화유산 답사기』 1권 서문에 나오는 글귀로 대신하고 싶습니다.

사랑하면 알게 되고, 알면 보이나니, 그때 보이는 것은 전과 같지 않으리라.

사실 저는 환자들을 사랑하는 단계까지는 아닙니다. 성인군자가 아니거 든요. 하지만 이해하려고 노력합니다. 그리고 그 이해와 더불어 의료진의 입 장을 절충하려고 합니다. 의료진의 입장에서는 반드시 해야만 하는 것들이 환자들의 의견과 충돌하는 경우가 있을 수 있거든요.

병원에서는 어려운 결정을 해야 하는 경우가 참 많습니다. 검사를 해야 할지 말아야 할지, 또 지금까지의 치료를 유지해야 할지, 위급한 상황에서는 어디까지가 최선인지 등 참 많습니다. 이 모든 것들이 생명과 연관됐기에 결 정하기가 쉽지 않습니다. 저는 고민하는 그들 곁에서 이야기를 들어줍니다. 모두들 어려워하는 결정이지만 마음속에서는 어느 정도 나름의 결론을 내 리고 있습니다. 저는 단지 그분들이 이야기할 때 들어주면서 마음의 정리를 할 수 있도록 해줍니다. 별것 아니지만 그것만으로도 많은 분들이 고마워했 고 도움이 되었다고 하셨습니다.

앞으로 계속 저는 간호 이야기를 써 나가고 싶습니다. 또 간호사를 하면서 만났던 인생들의 이야기를 펼쳐 나가보고 싶습니다. 같이 일했던 이들과 나누었던 기억들을 공유하고 좋은 시간들로 남기고 싶습니다. 이 책은 그 이야기의 시작입니다. 같이 있어준 모든 이들에게 고마움을 전합니다. 사랑하고 축복합니다.